# 被遺忘的孩子

瑞安儂・納文 Rhiannon Navin 著
卓妙容 譯

Only Child

推薦序

# 最淺的文字，最深的感動

文／資深譯者卓妙容

我習慣在就寢前預習下一本工作書，閱讀半小時，關燈睡覺。拿起《被遺忘的孩子》時，我也是這麼打算的。

第一章就很緊張刺激，小一新生和老師在衣櫃裡躲避闖入學校的槍手。小男孩自述的安排成功淡化了若以大人為主角必定無法擺脫的沉重感。我一頁一頁往後念，停不下來。作者擅長描繪畫面，文字直白但情緒飽滿。我讀到父母發現孩子罹難時各自的反應，不禁淚流滿面，一直告訴自己該睡了、該睡了，卻始終捨不得放下。我為小札克孤獨無援的掙扎心疼，卻也理解他媽媽被巨大的悲傷吞噬，堅持要為死去的孩子討公道的偏執。故事進展得很快，札克面對的情況越來越糟，糟到我開始覺得不管怎麼收尾都不可能合理圓滿，沒想到作者居然從容不迫的將散布全書的伏筆一一收緊，寫出一個合理、不圓滿卻更貼近現實的好結局。

我哭了好幾回，微笑十數次，終於在熹微的晨光中關了燈。

這是十五年來，我所翻譯過最簡單的一本書。以在校園槍擊案中失去哥哥的六歲小男孩的視角，細述從九月到十二月間經歷的天翻地覆。遣詞用字淺顯易懂，全書沒有一個難字。

然而，這也是十五年來，我所翻譯過最困難的一本書。小札克心思細膩，聰明早慧，他觀察到的細節豐富詳細，勾勒出的場景栩栩如生，情節以譬喻和回憶串連，故事雖長卻進展迅速，環環相扣，精奇巧妙，如何以最淺白的文字呈現原汁原味，著實是一大考驗。翻譯時每句成語、每個字都得再三斟酌，不斷自問：這是小一孩子會懂的嗎？在受限的範圍內小心尋找對應的中文，深怕一不留神，讀者就無法接收到曾讓我潸然淚下的感動。

生活從來都不容易。哪個成人不背負錯綜複雜的關係和責任？在面臨生命中最黑暗的時刻，我們往往被痛苦啃噬到忘了什麼才是最重要的珍寶。札克的童言童語完美描繪出天崩地裂的椎心之痛、豁出一切的絕望，但也引導我們學習和巨大傷痛共生、接受無常人世的遺憾和帶著思念活下去的勇氣。

沒有華麗的詞藻，沒有繁瑣的枝節，《被遺忘的孩子》以最淺白的文字講述了一個最深刻的故事。一個觸動靈魂、令人感動萬分的好故事。

推薦序
# 童話的療癒力量

文／臺北教育大學語文與創作學系教授郝譽翔

《被遺忘的孩子》講述的好像是一個距離我們很遙遠的、典型的美國校園故事：在某個平常日子的早晨，一位槍手闖進校園，隨機掃射，奪走了十九條性命，包括故事中主角札克的哥哥在內。小說以這場恐怖的槍擊案開場，接下來，就是失去了摯愛親人之後，一個家庭內部瓦解也是重建的過程。

雖然臺灣有嚴格槍枝管制，校園不會面臨類似的威脅，但這本小說之所以能引起全世界讀者普遍共鳴，就在於它透過了一個六歲孩子札克的純真眼睛，目睹這場殘酷悲劇，而更殘酷的，是接下來父親和母親，甚至親人或社區中的左鄰右舍，他們要如何來共同面對這突如其來的死亡？是消極的默默接受？或是積極報復？當大家都因亟於尋求公平正義，為了死去的人爭討公道，為了弭平自己的傷痛，而憤怒爭吵不休時，卻遺忘了自己身旁還有一個幼小的孩子，他一顆受創的心靈，正等待著大人去傾聽和安撫。

於是小說開頭的槍擊案，竟只是這一場悲劇的開始，而非高峰。真正的悲劇，在於死亡就有如一條引信，點燃了一個家庭乃至大人之間的內部矛盾。所以哥哥的死，不僅沒有讓家人更團結在一起，反而是加速了他們彼此分離的腳步。而六歲的札克眼睜睜的旁觀目睹了這一切，從父母沒完沒了的爭執，到外界蜚短流長的議論紛紛，這其中沒有誰對，也沒有誰錯，甚至連槍手究竟為何開槍？他又為何對這個世界充滿了憤怒？這一切都找不到答案，真相已然碎裂在吵吵嚷嚷的言語之中。

於是被大人遺忘在一旁的札克，只能靠自己摸索。作者巧妙的穿插了許多童書，如《神奇樹屋》，或是卡通如《愛探險的朵拉》和《汪汪隊立大功》，甚或漫畫《復仇者聯盟》。札克在這些故事映證了自己的生命處境，找尋克服和掙脫難關的力量。這使得《被遺忘的孩子》不只是一本札克的個人故事罷了，而是與許許多多孩子們正在閱讀的故事相互呼應，他彷彿化身成了《神奇樹屋》的安妮和傑克，或是《愛探險的朵拉》中的朵拉，拿著一張虛構的地圖，展開在真實的人生之中探險和尋寶。

而孩子一顆純真的心，無非就是人世最大的寶藏，足以撫平所有的創痛，縫合一切的裂痕。《被遺忘的孩子》賦予這些童話故事神奇的力量，遠遠勝過大人在媒體或法庭上的雄辯滔滔。

推薦序

# 在文學中，與悲傷和解

文／作家李金蓮

拜讀《被遺忘的孩子》接近尾聲的時候，媒體報導傳來美國德州聖塔菲高中發生了槍擊事故——這是二〇一八年美國校園第二十二起，還不包括臺灣藝人之子離譜的玩笑。新聞報導讓閱聽大眾獲知世界發生了什麼事情，以及背後值得省思的問題（槍枝氾濫、校園犯罪等），卻未必能夠提供局外人理解與感同身受。但，文學可以。拜讀中聽聞來自遠方的不幸，我的心情不一樣了，我感受到自己情感上真實的衝擊。

《被遺忘的孩子》講述六歲兒童札克親身經歷校園槍擊，他的哥哥安迪在其中喪生，他的家庭因此分崩離析。這是作者瑞安儂．納文的首部創作，第一次出手，就大膽探觸當代社會的「惡」，想必她關注到善的匱乏導致的社會災難，需要好好的跟當代的孩子談一談，更必須透過文學給予「關係的修復」。

悲劇發生後，札克疑惑哥哥死後去了哪裡？被子彈穿射時會痛嗎？自責事發後沒有關心哥哥去向、躲在哥哥衣櫃裡冥想……，作者層次分明的描述札克的心理變化，甚至毫不迴避描寫札克有過片刻的高興——因為哥哥再也不會欺侮他了。作者像是以文字擁抱這個受傷的男孩，讓他的情緒毫無道德壓力的宣洩出來，讓悲傷得以慢慢轉化。

我們常說，家庭是避風港，但遭逢重大傷害時，家庭也最容易瓦解，《被遺忘的孩子》和我讀過的《蘇西的世界》，都如是呈現。家庭的成員各自以自己的方式面向悲傷，就像札克的媽媽不聽勸阻決意懲罰凶手的父母。家庭很脆弱，家庭會傷人，家庭也絕對是悲傷療癒的重要入口。我們可以想像，現實世界裡很多家庭因為外在打擊而墮落深淵，難以回頭，家不再是家。我們閱讀文學，像是儲存一種力量——追尋黑暗盡頭所透露的一絲微光。《被遺忘的孩子》裡，札克顯然便是垂垂欲墜的家庭的一抹微光，他的離家出走，讓幾乎遺忘掉他的爸媽，看到了他的存在（和努力），以及家的存在。

臺灣因為槍枝管制，校園槍擊跟我們距離較遠。但緊密又疏離的現代社會，隨時可能遭受外來的衝擊，摧毀親密的關係，我們的確需要學習修復的智慧。這是《被遺忘的孩子》提醒我們的。

附帶一提：喜愛閱讀小說的少年朋友，大有可能也喜愛寫作，《被遺忘的孩子》一開始：「我對槍手來的那天印象最深的是羅素小姐的呼吸。很熱，聞起來帶著咖啡味……」，真是絕妙的起手式。文章的起始，是吸引讀者讀下去的第一道關卡，如何避免流水帳式的開場白，少年朋友不妨多咀嚼。

推薦序

# 因為懂得，所以慈悲

文／牙醫、環保志工李偉文

美國近年因為校園槍擊案頻傳，再加上恐怖攻擊的陰影，整個社會都風聲鶴唳、人心惶惶，校園似乎不再是安全的處所。但是《被遺忘的孩子》不只是探討這個大家關心的議題，而是透過一個孩子的眼光來看見大人因為巨大的創傷而痛苦與憤怒的故事。

我們都知道報復無濟於事，就像莎士比亞說：「我寬恕所有人，儘管人們做了對不起我的事，我仍然和他們和好，我絕不用黑色的怨恨來建造我的墳墓。」我們也了解，只有寬恕能讓自己內心平靜。但是說起來容易要做到很難，假如別人深深傷害了我們，或者毀掉了我們最寶貴的心愛事物時，要原諒就真的很不容易。

要說道理很簡單，但是要讓人從知道到體會，也就是真正的感同身受往往需要引領，這本扣人心弦的小說，以孩子的角度來描述，讓大人們有機會跳脫原本的視野與意識，來回看自己的反應。是的，痛苦是這麼的令人無法承受，情緒淹沒了我們的理性，任何人在這個時代都有可能面臨被有意無意的傷害，被陷害、背叛，沒做錯任何事情卻陷入悲慘的處境。我們無法理解上蒼的旨意，我們更無法感恩這個讓我們遭遇這一切的世界。是的，人生很多時候要快樂是這麼的困難。

達賴喇嘛了解大家的困惑：「當世界充斥著那麼多的憂傷和磨難，如何可以活在喜悅當中？」他回答：「的確，很多事令人沮喪，我們也無能為力，但是我們一定不能忘了用更全面的觀點來看，世界上存在很黑暗的事情，但同時也有很多更光明的事情。」誠如泰戈爾說的：「當你為錯過太陽而流淚，你也將錯過群星。」

我們看到這位被遺忘的孩子札克帶著他的父母親去尋找快樂的祕密。每個人都會像札克所看的故事書裡的梅林，因為太過悲傷，所以病了。哥哥被校園槍手殺死的札克當然很悲傷，但他從故事書裡體會到快樂的四個祕密，其中一個是同情，這種「因為懂得，所以慈悲」的同理心，也釋放了禁錮他媽媽心靈的情緒，找回平靜與再度快樂的可能。

那麼快樂的其他三個祕密是什麼？請你繼續閱讀這本感人的小說就知道了。

推薦序

# 為每個在恐懼中的孩子發聲

文／知名版權經紀人譚光磊

本書作者瑞安儂．納文生長於德國，後來到紐約從事廣告工作，定居、結婚、生子，成了全職媽媽和作家。《被遺忘的孩子》是她的第一本長篇小說，亦是二〇一六年美國各大出版社爭相簽約的熱門大書，至今已賣出十七國版權。

一部新人作品為何受到如此關注？文筆好自不在話下，更重要的是，這本書觸及了美國社會的一大痛點：層出不窮的校園槍擊案。

《被遺忘的孩子》今年二月六日在美國上市，八天後佛州的帕克蘭市就爆發校園槍擊事件，造成十七人死亡，是美國史上死傷最嚴重的高中槍擊案，甚至超過一九九九年的科倫拜事件。根據CNN統計，到今年五月底為止，美國已經發生二十三起校園槍擊案，平均一週一起。這是多麼駭人的數據！

納文有一對雙胞胎孩子，他們五歲那年上了幼稚園，才開學幾週，就經歷了校園「封鎖演習」（lockdown drill）的震撼教育：關燈、鎖門、躲進櫥櫃或廁所裡。當天晚上，小兒子窩在餐桌底下不肯出來，因為：「媽咪，我在躲壞人。」

想到孩子在學校必須承受這一切，納文感到「極度無助而憤怒」，因為孩子去學校上課，應該擔心中午要跟誰坐在一起吃飯，而不是「今天會不會有人來學校殺我」。這個親身經驗，加上二〇一二年桑迪胡克小學的槍擊案（造成二十個孩子和六名成人喪生），促成她提筆創作《被遺忘的孩子》。

本書原名Only Child，指的是「獨生子女」，但六歲的主角札克並非得天獨厚的獨生子，而是「被迫成為」獨生子，因為他十歲的哥哥安迪死於校園槍擊事件。

札克剛上小學一年級，美好的校園生活卻隨著槍手衝進校園大開殺戒而劃下句點。在老師指揮下，他和班上同學及時躲入衣櫃逃過一劫，可是哥哥沒這麼幸運。悲劇過後，札克一家陷入愁雲慘霧之中，媽媽因悲傷而崩潰，一心想為兒子討回公道，把槍手的家庭逼上絕路，偏偏槍手的父親是備受愛戴的校工查理，他在學校任職三十年，把所有孩子都視為己出，是幾代人心中的守護天使。札克的爸爸扮演起家中「照護者」的角色，默默承受巨大的壓力，一段不為人知的祕密戀情卻成了壓垮駱駝的最後一根稻草。

札克雖成了獨生子，卻被所有大人忽視，有如家中的隱形人。他只能躲進哥哥的衣櫃，在幽暗的祕密空間尋找一絲安全感。眼看小鎮因為悲劇分崩離析，家人深陷悲傷無法自拔，札克只能靠自己，不僅要找到重新出發的勇氣，還要學習原諒和同理心，學著長大、甚至反過來照顧他的爸媽。

納文用札克的第一人稱角度來述說故事，惟妙惟肖的捕捉到六歲男孩的口吻和心理狀態：質樸的用字、孩子式的絮叨，凡事從表面解釋，有時卻反而直指事物核心。身為成人讀者，我們能夠「看懂」現實種種，再看著札克用有限的邏輯和字彙試圖理解一切，格外令人心酸與感動。

在小說家筆下，即便遭逢悲劇，也許結局並不圓滿，但主角總能得到一定程度的救贖。現實生活中，創傷的復原之路更漫長，倖存者也未必都能走出陰霾，不過我們或許都能從札克身上學到勇氣、學到與悲傷共處，得到再次站起來的力量。同時，也祈禱類似的悲劇永遠不要再重演。

「我必須繼續面對黑暗。如果我勇敢的和令我恐懼的事正面對決，還有機會戰勝它。如果我只是不斷閃躲，它一定會擊敗我。」

——節錄自瑪麗·波·奧斯本《我的祕密戰爭：第二次世界大戰瑪德琳·貝克日記，紐約長島，一九四一年》（My Secret War: The World War II Diary of Madeline Beck, Long Island, New York 1941）

# 1 槍手來的那天

我對槍手來的那天印象最深的是羅素小姐的呼吸。很熱，聞起來帶著咖啡味。衣櫃裡很暗，羅素小姐從裡頭拉著櫃門，窄窄的門縫透進一點點光。櫃子裡沒有把手，她用大拇指和食指死命扣住僅有的小金屬片。

「不要動，札克（Zach）。」她輕聲說：「絕對不要動。」

我沒有動。即使我坐在自己的左腳上，感覺像有千百根針在刺我，痛得不得了，可是我還是沒有動。

羅素小姐說話時，帶著咖啡味的呼吸噴在我的臉上，讓我有點不舒服。她拉住金屬片的手指抖得很厲害。她必須一直轉頭對坐在我後面的伊凡潔琳、大衛和艾瑪講話，因為他們在哭，沒有乖乖坐好不要動。

「我和你們在一起。」羅素小姐說：「我會保護你們。噓，請安靜。」我們一直聽到外頭有「砰！」的聲音，還有人尖叫。

砰！砰！砰！

聽起來很像我有時候在Xbox上玩的《星際大戰》的音效。

砰！砰！砰！

每次都是「砰！」三聲，然後安靜下來。嗯，安靜下來，或者有人尖叫。當「砰！」的聲音傳來時，羅素小姐總會好像嚇一跳那樣，講話的速度也變快了。「不要出聲！」伊凡潔琳哭到不停打嗝。

砰！喀！砰！喀！砰！喀！

我想有人尿褲子了，因為在衣櫃裡聞起來有那種味道。混合了羅素小姐的咖啡味、尿味，還有下課時大家穿出去淋雨的溼外套的味道。「外面沒什麼好玩的？」卡拉瑞斯太太說：「我們難道是糖做的，碰到水會融化嗎？」我們才不怕下雨呢！我們在外面踢足球、玩官兵抓強盜，弄得頭髮和外套都溼了。我試著轉身，舉起手去摸外套，想看看它們是不是還很溼？

「別動。」羅素小姐小聲對我說。她換另一隻手去拉門，手鍊撞擊發出叮噹聲。羅素小姐的右手總是戴著許多手鍊，其中有些掛著她稱為「吊飾」的小東西，她說它們代表特別的回憶，她每次度假都會買一個新的吊飾留念。我們剛上一年級時，她給我們看她所有的吊飾，還一一告訴我們哪一個是在哪裡買的。最新的一個是她這次暑假買的一艘船，那是她搭去看一個超級大瀑布的船的迷你版。尼加拉瀑布。在加拿大。

我的左腳越來越痛，但怕羅素小姐發現，只敢稍微移動一下下。

上課鐘才剛響，我們從操場跑回來，把外套收進衣櫃，然後拿出數學課本，就開始聽到「砰！」的聲音。聲音本來不大，聽起來像在走廊最遠的那頭、查理（Charlie）的桌子附近。家長在放學前或要從保健室接走我們時，都得在查理的桌子簽名，拿出駕照，換一張穿了紅繩的訪客證掛在脖子上。

查理是麥金利小學的警衛。他已經在這裡工作了三十年。去年我還在念幼稚園時，學校在大禮堂為他辦了一個盛大的派對，慶祝他服務滿三十年。許多家長也趕來參加，因為他們念小學時查理就已經是麥金利的警衛了，像我媽咪就是。查理說他不需要什麼派對。「我早就知道每個人都愛我。」他說，然後哈哈大笑。查理的笑聲很特別。不管他想不想要，學校還是辦了派對，而且我覺得他看起來其實滿開心的。他把我們為了那場派對畫的畫全收起來，一些放在他的桌上，其餘的拿回家掛。我的畫就擺在他桌子的正中央，因為我超會畫畫的。

砰！砰！砰！

一開始的「砰！」很小聲。羅素小姐正在告訴我們數學課本哪幾頁是回家功課，哪幾頁是課堂習作。那串「砰！」讓她突然安靜下來，皺起眉頭。她走到教室門口，從玻璃窗往外面看。「到底是……」她說。

砰！砰！砰！

然後，她猛然從門口後退一步，脫口而出：「幹！」真的。她說了那個字。大家都聽到了，我們開始大笑。「幹！」就在她說完後，牆上的校內廣播喇叭傳出：「上鎖緊閉，上鎖緊閉，上鎖緊閉！」不是卡拉瑞斯太太。以前我們舉行上鎖緊閉演習時，都是卡拉瑞斯太太廣播的，但是她只會說一次，這一次的聲音說了很多次，而且速度快很多。

羅素小姐的臉一下子刷白，我們都不笑了，因為她看起來和平常不一樣，臉上完全沒有笑容。她突然變了一個人似的表情嚇壞我了，讓我的呼吸卡在喉嚨，喘不過氣來。

羅素小姐在教室門前繞了兩圈，好像不知道自己該走去哪兒。然後她停下腳步，鎖上門，關掉電燈。外頭在下雨，沒有陽光照進窗戶，但羅素小姐卻把所有的百葉窗放下。她用很快的速度講話，聲音顫抖，甚至有點刺耳。「記得上鎖緊閉演習時該怎麼做嗎？」她說。我記得「上鎖緊閉」就是不要像火災一樣跑出去，而要待在教室裡，不要被人看見。

砰！砰！砰！

有人在走廊尖叫得非常大聲。我的雙腿開始發抖，膝蓋互撞。

「孩子們，大家立刻躲進衣櫃。」羅素小姐說。

上鎖緊閉演習時，躲進衣櫃超好玩的。我們假裝自己是壞人，只是暫時躲在衣櫃裡，一直等到查理拿著能打開學校每一扇門的萬用鑰匙從外頭打開我們的教室，然後大喊：「是我，查理！」就表示演習結束了。可是現在我不想躲進衣櫃，因為幾乎所有人都已經進去了，看起來好擠，但羅素小姐把手放在我頭上，將我推了進去。

「快點！小朋友，趕快！」羅素小姐說。大衛和幾個小孩開始哭，伊凡潔琳哭得最大聲，說他們想回家了。我也感覺眼淚快要流出來，但是我忍住把它硬吞下去，免得被我全部的朋友看到。我用了奶奶教我的那招：用兩根手指捏住鼻子外面從硬變軟的地方，這樣眼淚就不會流出來了。這是有一次我被人從秋千上推下來時，奶奶在兒童遊戲區教我的。我正要大哭，她告訴我：「別讓他們看到你的眼淚。」

羅素小姐把所有人趕進衣櫃後關上門。整段時間我們還是一直聽到「砰！」的聲音。我試著在腦子裡默數。

砰！一　砰！二　砰！三

我的喉嚨好乾好癢。我想喝水。

砰！四　砰！五　砰！六

「拜託，拜託，拜託。」羅素小姐輕聲說，然而她開始對上帝說話，她叫祂「親愛的主」，接下來她說了什麼我就不知道了，因為她說得好小聲又好快，我猜她大概只想說給上帝一個人聽吧？

砰！七　砰！八　砰！九

每次都是「砰！」三聲，然後停下來。

羅素小姐突然間抬起頭，說了一聲「幹！」這是第二次了。「我的手機！」她稍微推開門。當「砰！」的聲音停了好一陣子時，她用力推開門，低著頭彎腰衝過教室，跑向她的辦公桌，然後立刻跑回衣櫃。她再次把門關起來，告訴我伸手拉住那個小金屬片。我照做了，即使那讓我的手指痛得不得了，而且衣櫃門好重，要用力拉著才不會滑開。我只好用兩隻手去拉。

羅素小姐用手指將螢幕滑開，卻在輸入密碼時抖得太厲害，一直按錯。如果密碼不正確，螢幕上所有的數字會搖個不停，你就只好從頭再來一次。「快點，快點，快點。」羅素小姐說。最後，她終於輸入了對的密碼。我看到了：一九八九。

砰！十　砰！十一　砰！十二

我看到羅素小姐在手機上撥了九一一。當我聽到有人接聽時，她說：「是的，我從麥金利小學打來的。威克花園區。羅傑斯道。」她講得很快，從她手機發出的光線，我可以看到她的口水有點噴到我的大腿上，可是我兩隻手都拉著門，只能讓它留在那裡。我沒辦法擦，只是一直瞪著它。我的褲管上有一個口水形成的小泡泡，好噁。「學校有槍手闖入，他正在……好，那麼我先等。」她轉過來小聲的對我們說：「已經有人打過電話了。」槍手。她剛才是這麼說的，讓我腦袋想的全是槍手。

砰！十三，槍手　砰！十四，槍手　砰！十五，槍手現在衣櫃裡變得好熱，好難呼吸，好像我們用光了裡頭所有的空氣。我想把門推開一點點讓新鮮空氣進來，可是我太害怕了，我不敢。我可以感覺到胸口的心臟跳得超級快，就快跳出我的喉嚨。坐在我旁邊的尼可拉斯雙眼緊閉，發出急促的呼吸聲。他浪費太多空氣了。

羅素小姐的眼睛也是閉著的，但她的呼吸卻很慢。當她慢慢吐出長長的氣時，我可以聞到那個咖啡的味道。然後她睜開雙眼，又開始小聲對著我們講話。她叫著我們每個人的名字：「尼可拉斯。傑克。伊凡潔琳……」當她叫到「札克」時，我感覺好多了。「沒事的。我們會沒事的。」她對大家說：「警察已經趕來救我們了，而我就在這裡陪著你們。」我很高興她就在這裡，她剛才說的話讓我覺得沒那麼害怕了，呼吸裡的咖啡味也不再那麼困擾我。我假裝那是爸爸週末在家吃早餐時的呼吸。我喝過咖啡，可是並不喜歡。嚐起來太熱、太苦，有種說不出的味道。爸爸大笑著說：「很好，反正它會妨礙你的成長。」我不知道那是什麼意思，但我真希望爸爸現在也在這裡。可是他不在，這裡只有羅素小姐、我的同學和那些「砰！」的聲音——

砰！十六　　砰！十七　　砰！十八

聽起來真的好大聲，走廊上好多人在尖叫，衣櫃裡更多人哭了。羅素小姐不再對著我們說話了，她轉頭對手機說：「噢，天啊！他越來越近了。你們來了嗎？你們來了嗎？」最後一句話重複了兩次。尼可拉斯睜開眼睛，發出「噢！」一聲，然後吐了。他吐得自己的襯衫上全都是，還有些噴到艾瑪的頭髮上，以及我的球鞋後面。艾瑪發出響亮的尖叫聲，羅素小姐立刻用手遮住艾瑪的嘴巴。她的手機掉了，正好落在地板的嘔吐物中央。我可以聽見門外傳來好多警笛聲。我對分辨不同的警笛聲十分拿手，這是消防車的，那是警車的，還有救護車……但是現在我卻分不出來，因為太多了，全都混在一起了。

砰！十九　砰！二十　砰！二十一

衣櫃裡又熱又溼，聞起來糟糕透頂，我開始覺得頭昏，胃也不太舒服。突然間，一切變得好安靜，我再也聽不到任何「砰！」的聲音，只聽見衣櫃裡的哭聲和打嗝聲。

然後，超多聲「砰！」像是在我們面前炸開，好多都是一長串的，超級刺耳響亮，好像什麼東西被撞破輾碎似的。羅素小姐尖叫，摀住她的耳朵。我們也尖叫，摀住我們的耳朵。櫃門滑開了，因為我沒握住那個金屬片，光線射進衣櫃，刺得我眼睛好痛。我試著去數有幾聲「砰！」，可是太多了我辦不到。然後，所有的「砰！」一下子全停了。

一切完全靜止不動，包括我們，沒有人敢動一根手指頭，好像連呼吸都不需要了。我們維持那樣的姿勢好久好久，安安靜靜，一動也不動。

然後，有人走到我們教室門口，我們可以聽到把手被轉動的聲音。羅素小姐急促的呼吸發出像「啪！啪！啪！」的怪聲。接著敲門聲響起，一個男人大喊：「哈囉，有人在裡頭嗎？」

# 2 戰鬥的傷疤

「沒事了。我們是警察。結束了。」那個男人大喊。

羅素小姐站起來，雙手抓著衣櫃的門好一會兒，然後向教室的門走了兩步，非常非常慢，像是忘了怎麼走路似的。也許她和我一樣，坐在自己的腿上感覺像有千百根針在刺，痛得不得了。我跟著站起來，其他人也一個一個從衣櫃出來，所有人的動作都好慢，像在重新學習要怎樣使用自己的腳似的。

羅素小姐打開門鎖，立刻跑進來好幾個警察。我看到走廊上還有更多警察。羅素小姐發出像噎到了的聲音，很大聲，一個女警官上前抱住她。我想待在羅素小姐身邊，而且我開始覺得冷，因為現在大家都分開了，不再擠在一起熱呼呼的。那麼多警察讓我覺得又害羞又懼怕，所以我伸手拉住羅素小姐的裙襬。

「沒事了，小朋友，請走到教室前面來。」一個警察說：「你們可以在這裡排成一列嗎？」

我聽見教室窗戶外傳來比剛才更多的警笛聲。我什麼都看不到，因為我們教室的窗戶非常高，除非爬到椅子或桌子上，否則根本不可能看得見，但是老師告訴過我們不可以那麼做。而且在「砰！」的聲音開始時，羅素小姐已經把百葉窗拉下來了。

一個警察把手搭在我的肩膀上，輕輕將我推入隊伍中。他和其他警察都穿著制服和防彈背心，有些還戴著電影上才看得到的頭盔，人人拿著好大的槍，不是他們平常插在腰帶的那種手槍。他們戴著頭盔和拿著槍有點可怕，可是對我們講話的語氣卻很友善，說一些：「嘿，小帥哥，別怕，一切都結束了。你們現在安全了。」之類的話。

我不知道他的「結束了」指的是什麼，但我不想離開我們的教室，而且羅素小姐也沒有在前面和隊伍的第一個人站在一起。她仍和那個女警官站在教室牆邊，不停發出噎到似的聲音。

通常我們排隊要離開教室時，大家都會又推又擠，然後我們就會因為沒有乖乖排隊而挨罵，但這一次我們站得直直的。伊凡潔琳、艾瑪和其他幾個孩子還在哭，全身抖個不停，而剩下的人全部瞪著羅素小姐，等著看她什麼時候才會不再噎到。

我們的教室外頭傳來好多噪音，走廊尾端一直有人在大叫。我聽到一個人一次又一次的哭喊著：「不！不！不！」聽起來很像是查理。我在想不知道為什麼查理要這樣大喊大叫。也許槍手射他，他受傷了？當有槍手闖入學校時，警衛真的是份很危險的工作。

還有其他號叫和哭喊的聲音，全都不一樣。「噢，啊啊啊！」「頭部受傷，當場死亡！」「大腿出血。給我加壓敷料和止血帶！」警察腰帶上的對講機「嗶！嗶！嗶！」響個不停，傳出來的句子講得好快，好難聽懂。

站在我們隊伍前端的警察腰帶上的對講機嗶了一聲，傳出：「準備出發！」然後那個警察轉頭對我們說：「出發！」另一個站在隊伍末端的警察開始推著我們往前走。我們往前走，但走得非常非常慢，因為沒人想走到還有一大堆人在哭喊號叫的走廊上。站在隊伍前面的警察和每個經過他的孩子擊掌，好像正在慶祝什麼事似的。我不肯和他擊掌，他只好放下手，在我頭上隨便拍了兩下。

我們必須經過走廊，走到餐廳外的學校後門。我們看到一年級其他班，還有二年級、三年級全都像我們一樣排隊，由警察領著從教室走出來，每個人都是一副又冷又怕的樣子。「別轉頭。」警察說：「別回頭看後面。」可是我想看看自己是不是猜對了，哭喊：「不！不！不！」的人是不是查理，也想看看他是不是沒事了，還想看看到底是誰一直在尖叫。

因為站在我後頭的剛好是高個子萊德，所以我看不到太多東西，更何況他後面還跟著許多小孩。但是在走動的孩子和警察的空隙間，我還是看到了一些——人們躺在走廊的地板上，救護人員和警察包圍或半跪在他們身邊。還有血。至少我想那是血。一灘灘暗紅或黑色的液體，像潑濺出來的油漆灑得整個走廊地板上到處都是，甚至還有些濺到牆上。我看到走在萊德後頭的四年級和五年級的大孩子個個臉白得像鬼一樣，好幾個在哭，還有人身上有血，沾在他們的臉上和衣服上。

「不要轉頭！」我後面的警察說，這次的語氣一點都不友善。我立刻把頭轉回來，我的心臟因為看到那麼多血跳得好快。我以前也看過血，但是只有一點點，像跌倒膝蓋破皮那樣，從來沒看過那麼、那麼多。

更多的孩子轉頭去看，警察開始大喊：「往前看！不准回頭！」但越這樣說，越多孩子轉頭去看，因為周圍其他人都在看了啊！隊伍中開始有人尖叫，有人加快腳步，有人撞上別人，有人互相推擠。當我們走到後門時，有人從旁邊撞到我，讓我的肩膀撞上金屬門，真是超痛的。

外頭還在下雨，而且現在下得很大。我們沒穿外套，所有的東西都留在學校——外套、書包、背包、其他文具——但我們還是什麼都沒帶的走向遊戲區，從我們下課時總是關著、免得有小孩跑出去或有陌生人跑進來的後門走出去。

一走出校園，我就覺得好多了。我的心跳沒那麼快了，雨水打在臉上感覺很舒服，有點冷，但是我喜歡。大家放慢腳步，也沒有那麼多尖叫、哭泣和推擠。滴落的雨水似乎讓大家鎮靜下來，就像我一樣。

我們走過停滿救護車、消防車和警車的十字路口，所有車頂上的警示燈閃個不停。我試著踩踏水坑表面反射的閃光，在水面弄出藍色、紅色、白色的圈圈，有水從我球鞋前面的小洞滲進去，把我的襪子弄溼了。媽咪看到我的溼襪子一定會生氣的，但是我還是繼續踩水，弄出更多圈圈。水坑裡反射的藍色、紅色、白色的光看起來和美國國旗的顏色一模一樣。

馬路上停滿了卡車和轎車，在它們後面還有更多的車駛來，我看到很多家長從車裡跳下來。我左右張望尋找媽咪，可是沒看到她。警察在十字路口的兩側圍了封鎖線，叫我們繼續走，家長必須待在線外。他們像在發問似的喊著孩子的名字：「伊娃？喬納斯？吉姆？」有些孩子也喊回去：「媽媽！媽咪？爸爸！」

我假裝正在拍電影，所有戴著頭盔、拿著大槍的警察和閃爍的警示燈都是假的。這種想法讓我感覺很興奮。我假裝自己是剛從戰場回來的士兵，現在成了英雄，所有人都擠到這裡歡迎我。撞到門的肩膀還在痛，不過在戰場上打仗本來就很容易受傷。戰鬥的傷疤。每次我打長曲棍球、踢足球或在外頭受傷時爸爸總是這麼說：「戰鬥的傷疤。每個男人都有。這樣才能顯示出你不是個膽小鬼。」

# 3 耶穌和真的死人

警察路隊長領著大家走進學校旁的小教堂，當我們走進教堂，我不再覺得自己像個勇敢的英雄，所有的興奮情緒全和消防車、警車一起留在室外。教堂裡又黑又靜又冷，尤其是我們全都淋雨淋成了落湯雞。

我們家不常上教堂。我只去過兩次，一次是去參加婚禮，另一次是去年參加奇普伯伯的喪禮。不是這間教堂，而是在奇普伯伯住的紐澤西州的大教堂。奇普伯伯死掉讓大家非常傷心，因為他並沒有很老。他是爸爸的哥哥，只比爸爸大一點點，卻得了癌症，所以還是死了。癌症是一種很多人得的病，而且可能發生在身體的任何部位，有時候它會在你身體裡到處跑，奇普伯伯就是這樣，醫師沒辦法讓他好起來，所以他去了一間專門給不會好的病人住的特殊醫院，然後就死掉了。

我們去那裡看他。我以為他知道自己快死了，再也不能和家人在一起一定怕得要死。但是當我們看到他時，他看起來並不害怕，只是一直睡。在我們見過奇普伯伯之後，他再也沒有醒來，有天還在睡覺的時候就死了，所以我認為他根本不會注意到自己已經死了。有時候我上床睡覺時會想到這件事，然後怕得不敢睡，因為如果我在睡覺時死了，我會不會根本不曉得自己死了？

我在奇普伯伯的喪禮上大哭，因為我再也見不到奇普伯伯了。還有就是因為其他人也在哭，尤其是媽咪、奶奶和奇普伯伯的太太瑪麗伯母。嗯，其實她不是他真正的太太，因為他們沒有正式結婚，但我們還是叫她瑪麗伯母。他們從好久好久之前就是男女朋友了，甚至從我出生前就在一起。我哭的另一個原因是我看到奇普伯伯躺在教堂前方一個叫「棺材」的盒子裡。它看起來好擠，我一點都不想躺在那樣的盒子裡，絕對不要。只有爸爸沒哭。

當警察叫我們坐在教堂的長椅上時，我想到奇普伯伯，還有他令人難過的喪禮。為了讓所有人擠在長椅上，那個警察大叫：「再進去一點！讓所有人都能坐下！再進去一點！」我們只好一直擠，直到像躲在衣櫃時那樣疊在一起。左邊的長椅和右邊的長椅中間有條走道，幾個警察在長椅旁站成一排。

我的腳冷得像冰棒，而且我想尿尿。我試著問站在我的長椅旁的警察我能不能去上廁所，但是他說：「現在每個人都要乖乖坐好，小傢伙。」所以我只能拚命忍住，不去想我快尿出來了。但是當你越試著不去想某件事時，它反而會變成你腦袋裡唯一想得到的事。

尼可拉斯緊緊貼坐在我的右邊，滿身都是嘔吐物的味道。我看到羅素小姐和其他老師坐在後方的長椅上，心中希望自己可以和她坐在一起。身上有血的大孩子也坐在後面，他們之中還有許多人仍然在哭。我很好奇為什麼，因為連年紀更小的孩子們都不哭了。好幾個老師、警察和教堂的人（我是從他穿的白領黑長裙看出他是教堂的人的）都在安慰他們、擁抱他們、用衛生紙擦掉他們臉上的血。

教堂前方有張大桌子，它是張特別的桌子，叫做「祭壇」。祭壇上面是個掛著耶穌的大十字架，和舉行奇普伯伯喪禮的那個教堂一樣。我試著不去看眼睛閉上的耶穌。從他手上和腳上的釘子，我知道他已經死了，那是很久很久以前人們為了殺死他留下的，而且他們真的那麼做了，即使他是個好人，還是上帝的兒子。媽咪告訴過我那個故事，可是我忘了他們為什麼要這樣對待耶穌，我真希望他現在不要掛在教堂前面。它讓我想到走廊上躺著的那些人，還有那麼多的血。我開始想，他們會不會也都死了，也就是說我親眼看過真的死人嘍！

大多數時候，所有的人都很安靜。也因為太安靜了，那個「砰！」的聲音又在我的耳朵裡響了起來，就像從教堂牆壁反射的迴音一樣。我搖搖頭想叫它走開，但是它卻不停的回來。

砰！砰！砰！

我等著看接下來會發生什麼事。尼可拉斯的鼻子紅紅的，鼻孔上還黏著鼻涕，看起來超噁心。他一直發出討厭的吸氣聲，把鼻涕吸進去，但是很快的它又會流出來。尼可拉斯用雙手摩擦大腿，上上下下，好像想把手擦乾似的，可是他的褲子卻溼答答的。他沒有說一句話，這很奇怪，因為我們在學校分坐同一張藍桌子時總是講個不停，從《寶貝龍》、世界盃足球賽，到下課或坐校車時我們想交換什麼足球明星貼紙卡，什麼都能講。

我們在夏天世界盃大賽之前開始蒐集貼紙卡。貼紙簿裡收藏了世界盃參賽隊伍的每一個球員，所以比賽時我們已經認識全部的人，這樣看比賽就變得有趣多了。尼可拉斯還差二十四張貼紙卡，我則還需要三十二張。不過我們兩個都有很多重複的。

我小聲對尼可拉斯說：「你看到走廊上的血了嗎？看起來好像真的，你不覺得看起來好多嗎？」尼可拉斯點點頭，卻還是什麼話都沒說，感覺像是他把他的聲音、外套和背包一起忘在學校了。他有時候真的很奇怪。他又把鼻涕吸回去，在溼溼的大腿褲管摩擦他的雙手，所以我就不再和他說話，也試著不去看他的鼻涕。但是我一轉頭，卻直接看到死在十字架上的耶穌。於是我的眼睛一直盯著這兩樣東西看：鼻涕和耶穌。鼻涕、耶穌、鼻涕、耶穌。我想起我的世界盃足球賽貼紙簿還放在學校的背包裡，我開始擔心會不會被人偷走。

教堂後方巨大的木門一直被開開關關，發出響亮的「咻嘰」，人們走進來、走出去，大多數是警察和老師。我到處找，卻沒看到卡拉瑞斯太太或查理，我猜他們還在學校裡。然後家長進入教堂，一下子變得好忙好吵。家長不像我們這麼安靜，他們像發問似的喊著名字，當找到自己的孩子時又哭又吼，試圖擠到坐在長椅上的孩子身邊，可是太難了，因為我們全部緊緊的貼坐在一起。有的孩子看到自己的爸媽，嘗試著爬出去，而且又開始哭了起來。

每次我聽到「咻嘰」的聲音時，我都會轉頭看是不是媽咪或爸爸。我真的好希望他們趕快來帶我回家，讓我換上新的衣服和襪子，就不會再覺得這麼冷了。

尼可拉斯的爸爸來了。尼可拉斯爬過我身上，他爸爸伸手越過長椅其他孩子上方將他抱起來，然後給了他一個好長好長的擁抱，一點都不在乎嘔吐物沾到自己的襯衫上。

門伴隨著另一個「咻嘰」的聲音打開，這一次進來的終於是我的媽咪了。我站起來好讓她看見我，可是當媽咪一邊跑向我，一邊在所有的孩子面前大叫我是「親愛的小寶貝」時，我覺得好尷尬。我爬過其他孩子身上，她一把抓住我，緊緊擁抱我。她身上好冷，她淋了雨，全身溼答答的。

然後，媽咪轉頭環顧四周，問我：「札克，你哥哥呢？」

# 4 你哥哥在哪裡？

「札克，安迪（Andy）在哪兒？他坐在哪裡？」媽咪站起來，四處張望。我想讓她繼續擁抱我，我想告訴她關於「砰！」的聲音、那些血、躺在走廊上的人，還有他們看起來也許是真的死人。我想問她為什麼槍手會來學校，留在學校的人發生了什麼事。我想要她帶著我離開這個耶穌手腳上插了釘子的冰冷教堂。

我今天沒有看到安迪。事實上，每天早上下了校車之後，一直到放學搭上校車之前，我幾乎都不會在學校看到安迪。因為我們吃午餐和下課的時間不一樣，高年級的大孩子總是在我們之前就被先放出來。如果我們意外在學校碰見了，像我們班要去這裡、他們班要去那裡，不小心在走廊遇見了，他永遠不會理我，而是假裝不認識我，好像我根本不是他弟弟。

我在麥金利念幼稚園大班時有一點擔心，因為我在托兒所的朋友大多去了傑弗遜小學，而我在麥金利沒認識幾個人。我很高興至少安迪已經在那裡念四年級。他可以告訴我什麼東西在哪裡，和他在一起我就不會害怕。媽咪對安迪說：「你要時時看顧你弟弟。幫忙他。」可是他才沒有。

「不要靠近我，你這個小怪物！」安迪在我試著對他講話時大吼，他的朋友全都笑了，所以我照做，不要靠近他。

「札克，你哥哥呢？」媽咪又問了一次，然後她開始在中間的通道走來走去。我跟著她，試圖牽住她的手，可是通道上到處都是在大聲叫喊名字的人，我們一直被擠散。我只好放開媽咪的手，因為繼續牽著她讓我的肩膀痛得不得了。

下了校車之後，我整天都沒想到安迪，直到媽咪問起才想起來。當「砰！」的聲音響起時，我沒有想到安迪；當我們躲在衣櫃、後來穿過走廊從後門出來時，我沒有想到安迪。我試著回想在我轉頭偷看，走在我們後頭的大孩子之中是否閃過安迪的臉，可是我想不起來。

現在媽咪到處亂走，而且走得好快，她的頭往左轉、往右轉、往左轉、往右轉。我在教堂前的祭壇旁追上她，試著想再牽她的手，但是她卻在這時舉起手，抓住一個警察的上臂。我只好把雙手插進口袋保暖，貼著媽咪站著。「我找不到我兒子。所有的孩子都在這裡嗎？」她問警察。她的聲音聽起來和平常不同，又沙啞又刺耳。我抬頭看著她的臉，想知道她為什麼聽起來這麼奇怪。她的眼睛周圍出現了紅色的點點，嘴脣和下巴都在顫抖，大概是因為她也淋了雨，和我一樣覺得又溼又冷吧？

「警方很快就會宣布，女士。」警察對媽咪說：「如果你的孩子失蹤了，請先坐下，等我們宣布。」

「失蹤？」媽咪說，她用手掌用力拍在自己的頭上，好像在毆打自己。「噢，我的天哪！

耶穌上帝啊！」

聽到媽咪這麼說，我忍不住抬頭看著十字架上的耶穌，就在這時候，媽咪包包裡的手機響了。她嚇得跳起來，包包掉在地上，東西全灑出來。媽咪雙膝跪地，翻找包包裡的手機。我幫忙她撿東西，有幾張紙、車鑰匙，還有好多銅板在大家的腳邊滾來滾去。我很努力的在它們被別人撿走前趕快把錢都撿回來。

媽咪找到手機，拿起來接聽，她的手抖得像之前衣櫃裡的羅素小姐一樣。「在林克羅夫特街的教堂裡。他們把孩子都集中在這裡了。我找不到安迪！噢，我的天哪！吉姆，他不在教堂裡！是，我找到札克了。」媽咪開始哭。她跪在祭壇前方，看起來好像在祈禱，因為人們祈禱時的姿勢就是這樣。我站在媽咪前面，把手放在她肩上，輕輕撫摸她，希望她不要哭。我的喉嚨開始覺得非常非常緊。

媽咪對著手機說：「我知道，好，好的。我知道，好。待會兒見。」然後她把手機放進外套口袋，將我拉過去緊緊擁抱我。太緊了。她在我脖子旁哭泣，我感覺到她呼出來的氣息，有點熱熱癢癢的，但是同時我也感到很舒服，因為它很溫暖，而且我越來越冷了。

我想要在媽咪擁抱我時乖乖站好，可是我無法控制的左右搖晃身體，因為我還是非常想尿尿。「我要上廁所，媽咪。」我說。媽咪放開我，站起來。「小寶貝，忍耐一下。我們先找地方坐下等爸爸來，等警察宣布。」可是所有的長椅都坐滿了孩子，我們找不到任何地方坐，所以我們走到教堂側邊，媽咪把背靠在牆上，用力牽著我的手。我繼續搖晃身體，踮起腳尖維持左右平衡，我的小雞雞因為想上廁所而不能上漲得好痛。我害怕會在這裡尿褲子，這樣所有人都會看到，那實在太丟臉了。

媽咪口袋裡的手機又響了。她拿出來看了一眼，對我說：「是咪咪打來的。」然後她接聽。「喂，媽。」她才開口，立刻就又哭了。「我到了，和札克一起……他沒事，他很好。可是安迪不在這裡，媽。不，他不在這裡，我找不到他……他們什麼都還沒告訴我們……他們說他們很快就會宣布。」媽咪用力把手機壓在耳朵上。我看到她的手指關節因為握得太用力都變白了。她聽著咪咪講話，然後搖搖頭，眼淚從她的臉頰上流下來。「好的，媽，我嚇壞了。我不知道該怎麼辦……他會來，他在路上了。不，你先不要來。我相信他們現在只放學生家長進來。好的，我會的。到時我再打給你。好，我也愛你。」

我望向長椅區，開始讓眼睛左右掃視，就像在玩尋字遊戲找尋第一個字母那樣。比方說你要找「PINEAPPLE」，那麼你要先找哪裡有「P」，找到後再看看它旁邊是不是「I」，之後你才能找到這個字。於是我用同樣的方法從左看到右，好確定安迪是不是根本就坐在某一張長椅上，也許我們只是沒看到他，那麼我們就能走過去帶他離開，一起回家。我的眼睛一直找一直找，來來回回，可是安迪真的不在教堂裡。

我開始覺得累了，再也不想站著，感覺過了很久之後，教堂的大門又伴隨「咻嘰」的聲音打開，是爸爸進來了！他的頭髮全溼，黏在額頭上，雨水不停的從他的衣服滴下來。他花了一點時間才擠過所有的人，來到我們面前。他一到就立刻張開雙臂，溼答答的擁抱我們兩個，然後媽咪又開始哭了。

「沒事的，親愛的。」爸爸說：「我相信一定是這裡擠不下所有的孩子。我們等一下，看警察說什麼。剛才我走進來時，他們說他們正在準備，就要正式宣布了。」他才說完，之前和媽咪交談過的警察就走到祭壇前，大聲說：「大家注意聽。請安靜！」可是教堂裡到處都是哭聲、呼喚聲和喊叫聲，根本沒人注意到他在講話，於是他不得不提高聲音大喊：「安靜！請安靜！」

大家終於安靜下來，他開始講話。「各位家長，所有沒受傷的孩子都在這個教堂裡。如果你已經找到你的孩子，請儘速離開教堂，讓我們稍微控管這裡的秩序，也讓待會兒趕來的家長比較容易找到他們的孩子。如果你在教堂內找不到你的孩子，請記得所有受傷的孩子都被送往西城醫院接受治療。另外，我很遺憾必須告訴大家，在這次的事件中確實有人不幸罹難，目前人數還不清楚，但是在調查結束之前，我們必須保留現場的完整，所以還不能移動遺體。」

當他說到「罹難」——我不知道那是什麼意思，教堂裡的人發出了很大的聲音，好像大家在同一個時間一起說了聲「啊！」。警察繼續說：「我們還沒有受傷和罹難的名單，如果你找不到你的孩子，請先到西城醫院詢問工作人員。他們正在製作被送到那裡的病人名單。槍手在和警方對戰時已經遭到擊斃，我們相信他是一人犯案，威克花園區沒有任何進一步的危險。目前我們能說的就是這些。我們正在架設支援熱線電話，所有的訊息很快就會公布在麥金利小學和威克花園區的網站上。」

他說完後有兩秒鐘還是沒人說話，然後就像噪音炸彈突然爆開似的，所有人開始大叫、問問題。我不太確定那個警察到底說了什麼，只知道他說槍手已經被殺死了，我想那應該是好事吧？因為這樣他就不能再對任何人開槍了。可是當我抬頭望向媽咪和爸爸時，卻又不確定那是好事了，因為他們臉上全是皺紋，而且媽咪哭得更凶了。爸爸說：「沒事的，他一定就是在西城醫院。」

我四歲時因為花生過敏去過西城醫院。我不記得了，但是媽咪說那是一次很可怕的經驗。她說我的臉、嘴和喉嚨全部腫起來，差一點就停止呼吸。醫院的人給了我一種藥，讓我再次呼吸，但現在我不能吃任何含有花生的東西，午餐時得坐在「對花生過敏」的特殊桌。

去年夏天，媽咪也載安迪去過西城醫院。因為他騎腳踏車沒戴安全帽——那可是非常不乖的事，然後跌下來撞到頭。他的額頭流了好多血，醫師在上面縫了好幾針。

「梅莉莎，親愛的，我們要振作起來。」爸爸對媽咪說：「帶著札克去醫院找安迪。你們到的時候打個電話給我，我會聯絡我媽媽和你媽媽，通知她們。我留在這裡……以防……」

我等著爸爸把話說完，可是媽咪一把抓住我的手，拉著我很快走出教堂。當我們推開大門，發現外頭的馬路和人行道上到處都是人。我看到好多車頂上架著大大金屬碗的廂型車，到處都是閃光燈，刺得我眼睛好痛。

「我們趕快離開這裡。」媽咪說，於是我們就離開了。

# 5 無規則日

「我們會沒事的，札克，你聽到了嗎？一切都會沒事的。我們去醫院，然後我們會找到安迪，然後這個惡夢就結束了。懂嗎，小寶貝？」

同樣的話媽咪在車子裡說了一遍又一遍，可是我不認為她是在說給我聽，因為當我說：「等我們到醫院，我真的得去上廁所，媽咪。」她並沒有回答我。她的身體前傾，用力瞪著擋風玻璃外，因為雨仍然下得非常大。雨刷已經調到最快，就是那種如果你盯著它會頭昏、暈車的速度了，所以你要學會直直看著車子前方但不去看雨刷。即使它已經刷得那麼快了，可是雨大得幾乎看不到路面。當我們轉進醫院前的大馬路時，到處都是車子。

「他媽的！他媽的！他媽的！」媽咪說。

今天是髒話日嗎？幹、蠢、他媽的、耶穌基督。嗯，耶穌基督不能算真的髒話，而是個名字，但是有時候人們用它代替髒話。很多車在按喇叭。雖然在下雨，人們卻把車窗搖下來，他們的車子裡大概都溼了吧？大家吼來吼去，叫對方不要擋路。

上次安迪從腳踏車摔下來我們趕來醫院時，門口有個代客停車的櫃臺，就是你可以下車，把車鑰匙留在裡頭，櫃臺的人會幫你把車停好。當你回來，只要給他一張票，他就會去把你的車開過來。這一次沒有人在代客停車，而擠在我們前面的車大概有好幾百輛。媽咪又開始哭了起來，手指在方向盤上輪流敲打，一直念著：「我們現在該怎麼辦？我們現在該怎麼辦？」

這時媽咪的手機響起，在車子裡顯得特別大聲。我知道是爸爸打來的，因為在媽咪的新GMC阿卡迪亞休旅車的收音機上你可以看到電話是誰打來的，上面還有一個「接聽」的按鈕，只要壓下它整輛車都可以聽到對方說的話，實在超酷的。我們的舊車就沒有這種功能。

「你們到了嗎？」爸爸的聲音出現在車子裡。

「我甚至沒辦法靠近醫院。」媽咪說：「我不知道該怎麼辦。到處都是車。我不知道要開多久才能開到停車場，而且到了之後也不知道有沒有停車位。爛透了，吉姆，我受不了了，我需要立刻趕到醫院！」

「好的，親愛的，不要去想在停車場找車位的事了。我相信那裡也是亂成一團。該死，我應該陪你們一起去的。我只是想……」然後車子裡變得好安靜，突然間媽咪和爸爸都不說話了。「直接把車子丟下，梅莉莎。」爸爸的聲音又出現在車子裡，「沒關係。把車子停下來，直接用走的。」

我想很多人正在做這件事，把車丟下，因為我望向窗外，到處都是隨便亂停的汽車，連自行車道和人行道上都有。那是違法的，你的車會被吊車拖走。

媽咪把車開上人行道，將引擎熄火。「下車吧！」她說，拉開我這邊的車門。我看到我們的車尾有點凸出來，占據一部分的馬路，後頭的車子狂按喇叭，雖然我覺得他們其實還是可以通過。「噢，閉嘴！」媽咪對後面的駕駛大吼。髒話名單越來越長了。

「媽咪，我們的車不會被吊車拖走嗎？」我問。

「沒關係的。請你盡量走快一點。」

我走得非常快，因為媽咪很用力的拉著我的手。走動讓我尿了出來。我再也忍不住，它就這麼出來了。一開始只有一點點，然後一下子全出來了。感覺舒服極了，溫暖了我的雙腿。我猜如果連我們的車被吊車拖走都沒關係了，那麼尿褲子應該也無所謂吧？今天的規則和其他正常的日子不同，也許根本就是無規則日。而且雨不停打在我們身上，所以大多數的尿尿也會被沖掉吧？

我們走在真正的馬路上，在停下的車陣中穿梭，周圍的喇叭聲好刺耳，讓我的耳朵好痛。然後我們穿過上頭寫著「急診」的自動玻璃門，現在我們可以找到安迪，看看他到底出了什麼事，是不是像上次一樣需要醫師幫他縫幾針之類的。

裡頭就和外頭一樣，只不過裡頭擠滿的是人，而外頭擠滿的是車。等待室裡到處都是人，前面有張桌子放了一個「掛號」的牌子。所有人同時對著桌子後的兩個女人講話。房間另一頭有個警察正對著一群人說話，媽咪趕快靠過去，聽到他說：「我們還不能放任何人進去。我們正在製作傷患名單，受傷的人數眾多，現在最重要的是讓醫護人員照顧他們。」有人試著想對警察說什麼，可是他像要把他們說的話擋下來似的高舉雙手。

「一旦情況受到控制後，我們會開始通知辨認出身分的傷者家屬，其他的事等之後再說。請大家有耐心一點。我知道很困難，但請稍微忍耐一下，讓醫師和護士做他們的工作。」

人們開始在等待室找位子坐下。所有的座位都有人坐，其他人只好靠著牆坐在地板上。我們走向一面掛著大電視的牆，我看到瑞奇的媽媽坐在電視下方的地板上。瑞奇和安迪都念五年級，他們家就在我們家附近，所以瑞奇和我們搭同一輛校車上學。安迪和瑞奇以前是好朋友，時常在外面一起玩，但是他們去年夏天吵架了，不但動口，而且動手，之後爸爸帶著安迪去瑞奇家道歉。

瑞奇的媽媽抬頭看到我們，立刻低頭看著自己的大腿，也許她還在為打架的事不高興。媽咪在她隔壁坐下，然後說：「嗨，南茜。」

瑞奇的媽媽看著媽咪，說：「噢，嗨，梅莉莎。」好像在媽咪坐下前她沒看到我們一樣。可是我知道她明明看到了。然後她又低頭看著自己的大腿，接著就再也沒有人說話了。

我在媽咪身邊坐下，想抬頭看電視，可是它就掛在我們頭上，所以我必須把頭伸得長長的再往上轉，即使如此我還是只能看到一點點畫面。電視的聲音被關掉了，但是我看得出來現在播的是新聞，畫面中是我們學校和校門前停著的消防車、警車和救護車。底下有一列文字很快的跑過去，可是我的頭仰得太高，字跑過電視的速度太快，所以我沒辦法讀懂它們的意思。我的脖子開始痛了起來，所以我就不再看電視了。

我們在地板上坐了好久好久，久到我被雨淋溼的衣服慢慢變乾，已經不再溼答答的。我的肚子開始咕咕叫，吃午餐是好久以前的事了，而且我甚至沒把三明治吃完，只吃了蘋果。媽咪給了我兩塊錢[1]，叫我去廁所旁的自動販賣機買東西。她說我可以自己選，所以我把錢投進去，壓下「奇多」的按鈕。那是垃圾食物，大多數時候大人不准我吃垃圾食物，可是今天沒關係。還記得吧？今天是無規則日。

等待室後頭一扇寫著「禁止進入」的門打開了，兩個穿著綠上衣、綠褲子的護士走出來，等待室裡所有人立刻站了起來。護士手上拿著紙，開始念名字：「艾拉．歐尼爾的家人。茱莉亞．史密斯的家人。丹尼．羅密歐的家人……」等待室裡有些人走到護士面前，和他們一起走進「禁止進入」的門。

護士並沒有叫：「安迪．泰勒的家人。」媽咪跌坐回地板，雙臂抱住自己的膝蓋，像試著要把臉藏起來似的把頭埋在手臂裡。我在她身旁坐下，撫摸她的手臂，上上下下，上上下下。媽咪的手臂抖得很厲害，她把雙手緊緊握成拳頭，然後張開，再握住，再張開。

「他們到現在都還沒叫我們，這可不是件好事。」瑞奇的媽媽說：「否則我們應該多少聽到點消息了。」

媽咪沒有回答，只是不停的張開、握住她的拳頭。

1 兩塊美金相當於臺幣六十塊。

我們繼續等。更多的護士出來叫名字，更多人站起來走進「禁止進入」的門。每次有護士出來，媽咪總是抬起頭，眼睛睜得大大的看著他們，大到擠出額頭的皺紋。當他們叫出的不是安迪的名字時，她會很快呼出一口氣，將頭埋回手臂裡，我只能更加努力的撫摸她的手臂。

人們進進出出，等待室前方的自動門跟著打開，我看到外頭天都黑了，所以我們已經在醫院裡很久很久了，說不定已經到了吃晚飯的時候了。看起來在無規則日我也許可以熬夜不睡覺了。

等待室裡剩下的人不多，只剩下我、媽咪、瑞奇的媽媽、座位上的兩、三個人和自動販賣機旁的幾個人。兩個警察留下來，低頭在討論事情。現在有很多空椅子了，可是我們沒有站起來去坐在椅子上，雖然我的屁股因為坐在硬地板上痛得不得了。

然後自動門又開了，爸爸走進來。看到他我很興奮，正要起身走向他，卻又立刻坐回去，因為我看到他的臉，而那張臉一點都不像是我爸爸。我的胃像感到興奮時那樣翻了一圈，可是我並不興奮，我害怕極了。

# 6 狼號

爸爸的臉是灰的，而且他的嘴巴看起來好奇怪，下嘴唇開得好低，我甚至可以看到他的牙齒。他看到我要起身，搖頭對我示意不要。他就站在自動門旁瞪著我們，坐在媽咪身邊的我，還有坐在瑞奇媽媽身邊的媽咪。我沒有動。我只是瞪著他，因為我不知道為什麼他會露出那個表情，也不知道為什麼他不走過來。

過了好久好久，他才開始移動腳步。他走得非常慢，像是不想走過來似的。他在途中還轉頭兩次，也許是想看看他已經離自動門多遠了。突然間，我有種感覺，我不想要他走到我們面前，因為在他走到之後，一切將會變得更糟。

下一個看到爸爸的是瑞奇的媽媽，她發出一個像很多空氣從她嘴巴瀉出來的聲音。這讓媽咪把頭從手臂裡抬了起來。她抬頭，一直瞪著爸爸奇怪的臉，爸爸停下腳步。然後，我猜對了，一切變得更糟了。

媽咪先是把眼睛睜得好大，整個身體開始發抖，然後她就瘋了。她大喊：「吉姆？噢，我的天啊！不不不不不不不不不不！」

每一個「不」都比之前的更大聲，我不知道為什麼她突然這樣大吼大叫。也許她是在氣爸爸離開了教堂？因為他應該要在那裡等待，以防什麼事發生？現在等待室裡所有人都在看我們。

媽咪想站起來，可是她立刻又跌回地板，雙膝跪地。她開始發出很大聲的「啊啊啊啊啊啊」，聽起來完全不像人類的聲音，反而像是動物的叫聲，就像看到滿月的狼人那樣。

爸爸走完最後一小段路，也在地上跪下，試著伸手擁抱媽咪。可是她卻開始用拳頭打他，再一次大喊：「不不不不不不不不不！」，所以她真的是在生他的氣。

我可以看得出來爸爸覺得自己錯了，因為他一直說：「我很抱歉，親愛的，我真的真的很抱歉。」可是媽咪只是一直打他，爸爸也乖乖的讓她打，即使房間裡的每個人都在看他們兩個。我想要媽咪不要再生爸爸的氣，也想要媽咪別再打爸爸了。可是媽咪沒有住手，她越來越像瘋子，居然開始尖叫。她一次又一次的喊著安迪的名字，而且叫得好大聲，我只好趕快用手摀住耳朵。我的耳朵很可憐，今天實在有太多太大聲的聲音了。

媽咪大哭、尖叫、又發出更多「啊啊啊啊啊」的號叫。過了好久好久，她才讓爸爸擁抱她，不再打他。突然間，她轉身面對牆壁嘔吐，就在大家盯著她看的時候。她吐了又吐，發出好噁心的聲音。爸爸跪在她身邊，幫她揉背。他看起來也很害怕，好像也快吐了的樣子，大概是因為看到媽咪吐的關係吧？

可是爸爸沒吐。他對我伸出手，我握住它，然後我們牽著手坐在一起。我試著不要去看媽咪。她已經沒在吐了，而且也沒在尖叫了。她只是躺在地板上，雙眼緊閉，將身體縮成一個球，用雙臂抱住小腿，一直哭、一直哭。

一個護士趕過來，我只好移到旁邊讓她照顧媽咪。我坐回電視底下的牆邊，爸爸擠過來和我坐在一起，將他的背靠在牆上。他伸出一隻手抱住我，我們一起看著護士照顧媽咪。

另一個護士拿著一袋東西從「禁止進入」的門走出來，將一根針插進媽咪的手臂。那感覺很痛，可是媽咪卻連動也沒動一下。那根針連在一條塑膠管上，塑膠管連著護士高舉在頭上的水袋。然後一個男人推了有輪子的床來，將床降到緊貼地板的高度。兩個護士將媽咪放在床上，讓床升回去，然後他們將它推向「禁止進入」的門。我站起來想和媽咪的床一起進去，但是其中一個護士舉起手說：「你待在這裡等一會兒，小寶貝。」

門關上了，媽咪不見了。爸爸伸手搭住我的肩膀，說：「他們必須把媽咪帶到裡頭才能幫助她，讓她覺得好一點。她現在很難過，需要人家幫忙。懂嗎？」

「為什麼媽咪這麼生你的氣？爸爸？」我問。

「噢，寶貝，她不是在生我的氣。我……我有事要告訴你，札克。我們出去一會兒，呼吸點新鮮空氣吧？我有消息要告訴你。很不好的消息。懂嗎？我們一起出去吧！」

# 7 天空的眼淚

安迪死了。那就是我們站在醫院前面時，爸爸告訴我的消息。雨還沒停。一整天下了這麼多雨，好像天空也陪著醫院裡的媽咪一起哭，陪著我今天看到在哭的其他人一起掉眼淚。

「你哥哥被槍手殺死了，札克。」爸爸說。他的聲音好乾、好沙啞。我們一起站在哭泣的天空下，同樣的幾個字在我腦袋裡不停的轉圈圈：安迪死了。被槍手殺死了。安迪死了。被槍手殺死了。

現在我知道為什麼媽咪在爸爸到醫院時瘋了，因為她知道安迪死了，只是我當時還不知道。現在我也知道了，可是我沒瘋，我沒有像媽咪那樣大哭尖叫。我只是站在那裡等著，同樣的幾個字在我腦袋裡不停的轉圈圈，我整個人都不太對勁，感覺身體變得非常非常重。

然後爸爸說我們應該回去看看媽咪怎麼了。我們慢慢走回醫院，我的腿現在感覺變得好重。等候室裡的人全瞪著我們，臉上出現似乎很為我們難過的表情，所以他們也都知道安迪死了。我們走到「掛號」的桌子前。「我想知道梅莉莎．泰勒的狀況。」爸爸詢問桌子後面其中一個女人。

「請稍後，我去看一下。」那女人說，然後走進那扇「禁止進入」的門。突然間，瑞奇的媽媽出現在我們身邊。

「吉姆？」她叫爸爸。她輕輕將手放在爸爸的手臂上，爸爸卻像被燙到似的快速跳開，好像她的手是一團火。瑞奇的媽媽把手放下，瞪著爸爸。「吉姆，拜託。瑞奇呢？你有順便問警察瑞奇在哪兒嗎？」

我記得瑞奇沒有爸爸，或者他有爸爸，可是在他一、兩歲時就搬走了，所以他的爸爸不能留在教堂等待，以防什麼事發生，而現在瑞奇的媽媽不知道瑞奇是死是活，還是出了什麼事。

「我很抱歉……我……我不知道。」爸爸說著又退了兩步，眼睛一直看著那扇「禁止進入」的門。然後那扇門開了，掛號桌後面的女人拉著門，揮手叫我們進去。爸爸對瑞奇的媽媽說：「進去之後，我會試著幫你問問，好嗎？」然後我們就走進去了。

我們跟著那女人穿過一條長長的走廊，來到一個我們之前和安迪來過的大房間。它的四邊分隔成一間一間只用布簾相隔、沒有真正牆壁的小房間，其中一個房間的布簾是拉開的，我看到一個在學校裡見過的女孩子在裡面。我知道她念四年級，可是不知道她叫什麼名字。她坐在一張有輪子的床上，手臂纏著大大的白色繃帶。

那女人領著我們走到媽咪的小房間。她躺在床上，蓋著一條白色的毯子，而她的臉就和毯子一樣蒼白。那個裝水的袋子現在掛在一個金屬架上，伸出的塑膠管插在媽咪手臂上，用一個很大的OK繃固定住。媽咪閉著眼睛，她的臉沒有對著我們，而是朝向另一邊。她看起來好像一個假娃娃，不像真人，我看了好害怕。爸爸走到媽咪床邊，輕輕撫摸她的臉，但媽咪一動也不動，她沒有移動她的頭，也沒有睜開她的眼睛。

我們在床邊的兩張椅子上坐下，那女人說醫師很快就會過來，她轉身離開前為我們拉上前面的布簾。等待的時候，我看著袋子裡的水滴進塑膠管，然後滑入媽咪的手臂。它們掉落的形狀很像雨滴，也像淚滴，感覺就像那個袋子正在把媽咪之前哭掉的眼淚再一顆一顆還給她。現在還在哭的，就只剩那個袋子了。

爸爸放在口袋裡的手機開始響，但是他沒把它拿出來聽。爸爸通常都會馬上接聽電話的，因為可能是工作上的事，這次他就放著讓它響到停為止，可是過了不久，它又開始響了。爸爸瞪著自己全身上下唯一還在動的雙手，他先用左手拉右手的手指，一根拉完拉下一根，再換右手拉左手的手指，不斷重複。我開始模仿爸爸，和他在同一個時間拉我的手指頭。我必須集中注意力才能配合他的時間，這讓我不再去想媽咪像個假娃娃躺在床上的事。爸爸每次拉的順序都一樣，所以我知道他接下來要拉哪根手指頭，這樣很好。我想坐在這裡和爸爸一起拉手指頭很久很久。

可是沒多久，布簾被拉開，一個醫師走進來和爸爸說話，我們就不再拉手指頭了。「請節哀。」醫師對爸爸說。爸爸只是眨了眨眼，什麼都沒回答，所以醫師繼續說：「你太太受到嚴重的打擊，我們必須幫她施打鎮定劑，將她留院觀察一晚。等到這裡的混亂告一段落後，我們會把她移到一般病房。她現在已經被深度麻醉，所以我不認為她今晚會醒來。我想我們最好明天早上再碰面，重新評估她的狀況。不如你們先回家，試著……休息一下？」

爸爸還是沒說話，他只是一直瞪著醫師。也許他聽不懂醫師在說什麼？然後他低頭看著自己的雙手，好像很驚訝它們現在沒在動了。

「先生？有誰可以載你們回家嗎？」醫師說。這次爸爸聽到了，他回答：「不。我們……我們可以自己回去。我不需要別人來載我們回家。」

突然間，布簾又被拉開，咪咪像個木頭人一樣站在那兒，拉著布簾。她眼睛睜得大大的，瞪著爸爸好久好久，然後她的視線移向我，再移到躺在床上像個假娃娃的媽咪身上。咪咪的臉像一張被揉搓的紙皺了起來，她張開嘴，像是要說些什麼，可是卻只擠出一聲很小的「噢」。她往爸爸的方向跨出一步，爸爸用像在電影裡慢動作的速度站了起來，也許他的身體也和我一樣覺得很重吧？

咪咪和爸爸緊緊擁抱，咪咪的臉埋在爸爸的外套裡哭得好大聲。站在他們旁邊的醫師和護士全低下頭望著自己的鞋子，他們穿著醫院特有的那種鞋，就是一種特別的綠色軟膠鞋。

過了一會兒，咪咪和爸爸才分開。咪咪還在哭，但她走過來伸手擁抱我。她把我拉近她的胖肚子，感覺又軟又暖又舒服，我的喉嚨一下子變得好緊。咪咪親了親我的頭頂，在我耳邊說：「可愛的小札克。我可憐的小寶貝。」然後她放開我。我不想要她放開我，我想要待在那兒抱著她，感覺她身上的溫度，聞著她身上毛衣剛洗過的香味。

可是咪咪放開我，走到媽咪床邊。她用手溫柔的撥開媽咪臉上的髮絲。「今晚我會留在這裡陪她，吉姆。」咪咪輕聲說，然後眼淚不停的從她的臉頰上流下來。

爸爸從喉嚨發出一個聲音，然後說：「好。謝謝你，蘿貝塔。」他牽著我的手說：「爸爸帶你回家，札克。」可是我不想走。我不想回去沒有媽咪的家。於是我抓住媽咪床上的欄杆。

「不要！」我說。我喊出來的聲音很大，嚇了我自己一跳。「不要，我要媽咪。我要留在這裡和媽咪在一起！」我聽起來就像耍賴的嬰兒，可是我不在乎。

「請不要這樣，札克，拜託你。」爸爸說，聲音感覺很累很累。「拜託，我們回家吧！媽咪沒事的，她只是需要睡一覺。咪咪會待在這裡照顧她。」

「我會好好照顧她的，小寶貝，我保證。我留在這裡陪著媽咪。」咪咪說。

「我也想留在這裡。」我又用那個聲音大聲說。

「我們明天再回來看她。我保證。請你不要再大叫了。」爸爸說。

「可是她還沒向我道晚安！我們也還沒一起唱我們的歌！」

每天晚上媽咪會在送我上床睡覺時和我一起唱一首歌。每天唱的都一樣。那是我們的習慣。媽咪還是小嬰兒時咪咪編了那首歌，然後我和安迪出生後，媽咪也開始唱給我們聽。歌的旋律和《兩隻老虎》一樣，但歌詞是我們自己編的，看要唱給誰聽就改掉裡頭的名字。媽咪唱給我聽時是這樣的：

札克．泰勒，
札克．泰勒，
我愛你。
我愛你。
你是我英俊的寶貝，
我會永遠愛你，
永遠會。
永遠會。

有時，媽咪會改掉其他的字，這樣唱：「你是我臭臭的寶貝，但我還是愛你……」，超好笑的。但是到最後，她一定會唱一次正常版的，好讓我安心上床睡覺。

「你……好，你想要現在唱嗎？」爸爸問。他的語氣讓我覺得如果我真的這麼做就太蠢了。我說好，可是爸爸、咪咪、醫師和護士全盯著我，所以我只是繼續抓住媽咪的病床欄杆，不肯開口唱。最後爸爸走過來，強迫我鬆手。

爸爸把我抱起來，穿過大房間和走廊，推開門回到等候室，然後走過自動門，走進下雨的戶外。他一路抱著我走到他停車的地方。爸爸把車子停在離醫院很遠的地方，但是它停在真正的停車位裡，所以沒被吊車拖走。我不禁在想媽咪的車是不是已經被拖走了，擔心她沒有車要怎麼回家。

爸爸拉開車門，我們兩個同時看到安迪扔在後座的厚棉衫。昨晚他穿著它練習長曲棍球，結束後我們坐進車子時他把它脫了。爸爸伸手拿起它，坐進駕駛座，然後把臉埋進安迪的厚棉衫裡，就這樣坐在那裡好久好久。他全身都在發抖，他在哭，身體一直不停的微微前後搖晃，卻沒有發出任何聲音。

我在後座自己的位子上坐得直挺挺的，看著雨滴打在天窗上，上方的天空也在哭。過了一會兒，爸爸將衣服放在腿上，用手抹了抹臉，然後他轉過頭看著我。「我們必須堅強，札克。你和我。為了媽咪，我們必須堅強。好嗎？」

「好。」我說。然後我們在天空的眼淚中開車回家，只有我和爸爸。

# 8 最後的正常星期二

我跟著爸爸後面在屋子裡走來走去，我的襪子在地板上留下溼溼的腳印。爸爸反常的打開所有房間的燈，這很奇怪，他以前總是隨手關掉任何亮著的燈，因為燈會耗電，而電很貴。

「我餓了。」我說。爸爸說：「好。」我們走進廚房，然後爸爸只是站在那裡，轉頭看來看去，好像他走進了別人家的廚房，不知道東西放在哪兒似的。我聽到他口袋裡的手機又響了，可是他還是沒把它拿出來。他拉開冰箱的門，往裡頭看了一會兒，然後拿出牛奶，問我：「吃麥片好嗎？」

「當然。」我回答，因為媽咪是絕對不可能讓我吃麥片當晚餐的。

我們坐在中島的早餐吧臺，吃我最喜歡的蜂蜜燕麥。我看著掛在旁邊牆上的家庭行事曆，那是媽咪的大月曆，家裡的每個人都有一行，大家的名字寫在最左邊，那週的哪一天要做什麼事全寫在自己名字的那一行。如此一來，媽咪就能在早上看著它，記得我們那天應該要做的每一件事了。

月曆上我的那行沒有太多事要做，只有今天和星期三要上鋼琴課，以及週六要練長曲棍球。我在想，不知道今天下午四點半巴納德先生有沒有來我們家，但是沒有人可以幫他開門，因為我們整天都待在醫院。

安迪那行幾乎天天都有事情要做。因為他年紀比我大，所以他可以做的事比我多很多，而且安排許多活動對他也會比較好。像昨天星期二，安迪那行上寫著長曲棍球。雖然才過了一天，感覺卻像是好久好久了，至少像一個月那麼久了。

昨天我們做了所有星期二要做的事，因為我們不知道今天槍手會來。爸爸有時會在星期二提早回來，那麼他就可以載安迪去練習長曲棍球。他在紐約市上班。我還小的時候，我們全家都住在那裡，後來才搬進這棟房子，因為這裡比較大，而且紐約市對小孩不安全。媽咪告訴我，我們在這裡可以擁有整棟房子，在紐約市卻只能住在公寓裡。

爸爸的辦公室在大都會保險公司大樓裡，超酷的，因為它就蓋在火車站上方。他去年被事務所升為合夥人，我們還為這件事辦了一個慶祝派對。可是我不認為那是什麼值得慶祝的好事，因為現在爸爸總是工作到很晚才回來，所以在要上學的日子我幾乎看不到他，只能在週末看到他。他早上在我醒來前就出門，晚上在我睡覺後才回家。安迪的上床時間比我晚，因為他比我大三歲半，所以他有時在上床前還看得到爸爸，真是不公平。

夏天時有一次媽咪帶安迪去看病，所以讓爸爸把我帶去他的辦公室。我知道後好興奮，更別說可以和爸爸待在一起一整天，這可是從來沒有發生過的。爸爸向我形容過他超厲害的新辦公室，那間辦公室對外的兩面牆全是大玻璃，可以從那裡看到帝國大廈。我真是等不及親眼看看，甚至還帶了我的賞鳥望遠鏡好用來觀察下城區。

不過那天我並沒有在爸爸的新辦公室待很久，因為他必須去開很多不能帶我一起去的會。大多數時間我和安琪拉在一起，她是爸爸的助理。安琪拉對我很好，帶我去辦公室下面的中央火車站吃午餐，而火車站地下室有好多好多餐廳可以選。她讓我吃Shake Shack的漢堡，甚至還讓我喝巧克力奶昔。嗯，不算是太健康的午餐。奶昔是我最喜歡的飲料，我總是喜歡拿薯條沾奶昔吃，這是奇普伯伯教我的，不知道為什麼其他人都說這樣很噁心，可是我和奇普伯伯卻覺得好吃得不得了。我到現在還是會這麼做，每次這麼做我都會想起奇普伯伯。

每星期二和星期五，安迪都要練習長曲棍球，然後週末比賽時，全家都得出席以表示我們的支持。他的長曲棍球打得非常好，每場比賽都拿下好多分數，事實上他每種運動都超厲害的。爸爸說安迪將來或許可以打大學校隊，就像他以前念大學時一樣。

爸爸很常談到這件事，而且即使他畢業那麼久，當初創下一場比賽中最高得分的紀錄至今仍沒人破得了。可是爸爸說安迪沒有想變得更好的決心，也不夠努力，他應該多練習他的揮棍技術。安迪聽了很生氣，回嘴說反正那只是個愚蠢的運動，也許他明年只要踢足球就好，不要再打長曲棍球了。

我今年也開始練長曲棍球，一年級的學生才有資格加入球隊。到目前為止，我只有三場練習賽，但是因為和安迪的比賽撞期，所以沒辦法全家出席表示支持，而是爸爸帶安迪去，媽咪帶我去。我不認為我能在長曲棍球上表現得很好，握住棍子、網住球實在太難了。老實說，我不怎麼喜歡長曲棍球，其他小男孩會大力撞我，而且我也討厭那頂總是卡得太緊的頭盔。

在最後一個正常的星期二，爸爸回到家走進來，當時我坐在前門等他，可是他還在講電話，所以我被告誡不能和他打招呼。他伸出食指在嘴邊比了個「噓」的手勢，然後上二樓脫下西裝換上運動服。我不知道為什麼他老是這樣，打球的是安迪，又不是他。

我站在走廊等他下樓，因為媽咪和安迪正在廚房裡為了功課吵架。安迪又沒寫功課了。所有的功課都應該在練球前寫完，等我們練完球回到家時已經非常晚，幾乎快九點了，那已經超過我平常上床時間一小時。我下了校車就趕快把功課寫完了。

當我坐在爸爸旁邊的高腳凳上吃著蜂蜜燕麥時，我想到昨天媽咪怎麼對著安迪大吼，而爸爸換好衣服下樓之後怎麼讓情況更糟。我想著我們那時都不知道那將會是最後一個正常的日子，不然的話也許我們就會避免去吵我們一直在吵的架。

我看著爸爸，心想他是不是也在回憶昨天晚上的吵架。他用湯匙將燕麥塞進嘴裡，一匙又一匙，沒有咀嚼，只是直接吞下，看起來好像機器人。一個因為快沒電而行動緩慢的機器人。

「爸爸？」

「嗯？」爸爸慢慢轉動他的機器頭，看著我。

「爸爸，安迪在哪裡？」

爸爸用奇怪的表情看著我說：「札克，安迪死了。記得嗎？」

「不是，我知道他死了，可是他現在在哪裡？」

「噢，我不太確定。警察還不允許我去……看他。」爸爸說到最後那兩個字時，聲音都變了。他很快低下頭，瞪著浮在牛奶上的蜂蜜燕麥，好長一段時間都沒有眨眼。

「他在學校嗎？」我問。我想起躺在走廊全身是血的那些人，其中一個就是安迪。在我穿過走廊走去後門的時候，他已經死了嗎？在我和羅素小姐、我們班上的人躲在衣櫃時，他就已經死了嗎？

我想到被從槍裡射出的子彈殺死一定非常非常痛，而且安迪看到槍手要對自己開槍時心裡一定害怕得不得了。

「槍手射哪裡？」我指的是他身體的部位，但是爸爸回答：「大禮堂，我想。他們班正好在大禮堂裡，當它……發生的時候。」

「噢，對。」我說：「今天輪到四年級和五年級去看蛇！」

「啊，什麼蛇？」

我想起昨天我沒有機會告訴爸爸關於我看到的翡翠樹蟒。昨天晚上我在走廊等爸爸換好衣服下樓，因為我想告訴他我在學校摸了一條活生生的大蛇。我真的摸了。牠很長，亮綠色的身體上有白色的大斑點，叫做翡翠樹蟒，除了我之外，所有的孩子都很怕牠。

我們在禮堂集合，有個人帶來了各式各樣的蛇、鳥和一隻雪貂，然後告訴我們許多關於蛇的知識。真是太酷了！我好喜歡蛇，真希望能像我的朋友史賓賽一樣養一條。可是媽咪不喜歡牠們，認為牠們太危險。我告訴她並不是所有的蛇都危險，她說：「嗯，要等到牠們咬你一口，你才會知道牠們到底危不危險，不是嗎？到時可能就太遲了。」

所以當帶蛇來的人問有沒有小朋友想上去摸樹蟒時，我立刻舉手，他選了我上臺。他告訴我，樹蟒捲在他的手臂上，就像牠纏在樹枝等待獵物時一樣。蟒蛇的皮膚很乾，有許多硬硬的鱗片，和我以為滑溜溜的很不一樣。那人告訴我們很多關於翡翠樹蟒的知識，像是翡翠是一種綠色，也是這種蛇的顏色，還有翡翠樹蟒沒有毒液，但是牠會用身體緊緊纏住獵物，讓獵物窒息死亡。

但是在爸爸下樓、我試著告訴他時，他聽到媽咪和安迪在吵架，於是他對我說：「等一下，我先處理完他們，等會兒再聽你說。」然後他走進廚房，不用說情況立刻變得更糟。每次都是這樣。因為安迪做了什麼壞事，讓安迪和媽咪開始吵架，爸爸回家之後介入，然後他和媽咪也開始吵架。「吉姆，我正在教孩子。」媽咪對爸爸說。最後所有人開始對彼此生氣，除了我之外，因為我不是吵架中的一份子。

我跟在爸爸後面走進廚房，開始拿出餐巾、刀子和叉子，那是我分配到的晚餐任務。安迪應該拿出盤子，幫大家倒牛奶，但是他又沒有做，因為他的功課還沒有寫完，所以我就幫他做了。爸爸在餐桌旁坐下，說他工作了一整天累得像狗一樣，回到家連晚餐都還沒準備好，而且後門是開的，鄰居們大概聽到你們母子剛才的大吼大叫了。媽咪這時坐下，她轉頭對我擠出一個笑容，說：「謝謝你幫忙準備餐具，札克。你真是一個好幫手。」

「對啊！札克，你真是個馬屁精。」安迪說。

爸爸用力一拳打在餐桌上，所有的刀叉、盤子全跳了起來，牛奶也從杯子裡濺了出來。我也嚇得跳起來，因為真的好大聲，然後爸爸對安迪大吼，這一次鄰居百分之百會聽見。

那就是最後一個正常日的最後一次正常的晚餐。現在，不過隔了一天，卻只剩我和爸爸坐在這裡吃燕麥，沒有媽咪，也沒有安迪。而那也會是最後一次的吵架，因為現在安迪死了，沒有他在家裡，就不會再有任何吵架了。

我在想，不知道那個帶蛇來學校的人是不是也被槍手殺死了，還有那些蛇不知道怎麼樣了。牠們現在會不會還在學校裡自由的爬來爬去？

# 9 黃眼球

爸爸的手機又響了，這一次他把它從口袋拿出來看了一眼。「天啊！」他說：「我得打幾通電話。我必須回撥給奶奶、瑪麗伯母，還有……其他的人。現在很晚了，我們上樓梳洗，準備睡覺，好嗎？」

微波爐的電子鐘顯示現在十點半，真的是很晚了。我只有過一次這麼晚還沒上床睡覺，是在今年的國慶日，我們去海灘俱樂部看盛大的煙火秀。我們是今年才加入俱樂部的，那也是我們第一次去俱樂部參加大型派對。我很喜歡去那裡，因為我們可以想去哪裡就去哪裡，不管是海邊、網球場或遮陽棚都行，俱樂部對我們很安全。夏天時我們很常去，媽咪和爸爸會在露臺上和朋友一起聊天喝酒，媽咪一點都不在乎天已經黑了，而我還沒上床睡覺。爸爸工作上的朋友很多也是俱樂部會員，所以花時間和他們相處是一件很重要的事，而且他也想要我跟安迪和他們的孩子一起玩，所以爸媽不會提早帶我們離開回家睡覺。

國慶煙火要到天黑才會施放，但是夏天要到很晚天才會黑。我們留下來觀賞整場煙火秀，超酷的。他們在海灣的另一邊施放各式各樣的煙火，但我們坐在海灘俱樂部這邊就可以全部看見。

煙火結束後，所有人都要回家了。大人告訴小孩在煙火結束後回到露臺集合，但是安迪卻沒回來，所以大家只好開始找他。最後，爸爸在釣魚碼頭找到他，可是安迪不應該在沒有大人的陪伴下去那裡，因為那是整個俱樂部裡唯一沒那麼安全的地方。回家的路上，爸爸在車子裡對安迪大吼，問他為什麼要讓爸爸在工作上的朋友面前那麼丟臉。那一天我也是十點半才上床睡覺，和今天一樣。

我們走上二樓，必須先經過安迪的房門口才能到我的房間。爸爸走得很快，好像不願意看到裡頭的樣子。「你可以自己換好睡衣，準備上床睡覺嗎？」爸爸一邊說，一邊往他和媽咪的臥室走去。然後我聽到他在講電話的聲音，但是我聽不出來他在和誰講電話，因為他講得很小聲，而且關上了門。

我走進自己的房間，一切看起來和早上一模一樣，可是我卻覺得不一樣了。沒有媽咪和安迪在家，什麼都不一樣了，而且我覺得上次在我房間好像是很久很久以前的事。

我看著我的床。棉被鋪好了，收拾得乾乾淨淨。我想著媽咪在我們今天早上去上學之後怎麼整理我們的房間。她每天都會這麼做。我不知道為什麼，反正到了晚上上床睡覺時還不是一樣會弄亂。但是媽咪說因為她的血型是A型，所以會想把所有東西收拾乾淨。今天開始時和平常的日子沒什麼兩樣，所以我們搭上校車離開之後，媽咪也和平常一樣進來整理房間。也許就在槍手走進學校的那一刻，媽咪正在家裡鋪床，完全不知道接下來會發生的事。

我想到今天早上我和安迪站在格雷太太家的車道等校車。那時還沒下雨，雨是在我們到學校之後才開始下的。天氣很冷，不過安迪仍然穿著短褲，安迪總是想穿短褲。媽咪說外面至少要十六度才可以穿短褲，但是即使沒有十六度，安迪還是會穿上短褲，就像今天一樣。我們離開家時，外面才十五度，我在iPad上看過了。我知道安迪穿著短褲，可是我現在想不起來他短褲的顏色，只記得他穿了一件藍色的巨人隊球衣。我一直在想他的短褲到底是什麼顏色，想不起來讓我很心煩。

格雷太太家的車道很窄，兩側都是石頭，所以有時候我們會玩一種從一側的石頭跳到另外一側的石頭的遊戲，我們稱之為「不要被吃掉」。我們假裝中間的車道其實是河流，裡頭有鯊魚游來游去，所以我們不能碰到它，否則就會被鯊魚吃掉。我問安迪今天想一起玩「不要被吃掉」嗎？可是他拒絕了，他說他再也不要玩那種幼稚的遊戲。只要是我想玩的遊戲，安迪都會故意說是幼稚的遊戲。他只是站在那裡，一言不發，用他的鞋尖一次又一次的踢著車道上的石頭。「不要被吃掉」將成為我和安迪最後一次談話的內容，只是那個時候我並不知道。

今天開始時和平常的日子沒什麼兩樣，但是現在一切都變了。安迪再也不會回家睡覺，所以他的床將會永遠鋪得好好的，整整齊齊的。

我的床單上印著很多賽車，剛好配合附有輪子的紅色賽車床。我的床和安迪的不一樣，因為他的床有上下鋪，卻只睡在上鋪，他說這樣他才可以離我們這些人遠遠的。但是除此之外，我們兩人的房間幾乎一模一樣，只是裡面的玩具不同。房間裡都有一扇望向馬路和我們家車道的窗戶；書桌都擺在窗子下；房間的另一面牆都有兩個白色的書櫃和一張閱讀沙發。還有，兩個房間由共用的浴室相連。我不喜歡這個設計，因為安迪進浴室之後，總是把兩邊的門都鎖起來，但是他出來時卻不會把我這邊的門打開，我必須穿過他的房間才能進浴室，那時他就會從上鋪朝我丟枕頭，大吼大叫要我滾出他的房間。

我和安迪對於房間最大的不同是我很愛我的房間，可是安迪不喜歡他的房間。他不太常待在房間裡，只有睡覺和被隔離時才會進去。安迪時常因為亂發脾氣而需要隔離，媽咪總是叫他回去自己的房間冷靜。那不是處罰，而是讓他學習如何面對自己激烈的情緒。這些都是巴尼醫師說的。雖然安迪並不想去，但是他每個星期都得去和巴尼醫師談話。他沒有選擇，因為他患有ＯＤＤ[1]，就是因為這種病，安迪的脾氣才會這麼壞。

安迪發起脾氣很嚇人。我學得很快，看得出來什麼時候他快發脾氣了，然後我會試著閃開。他發脾氣時我甚至不想看他，因為他的臉會變得很奇怪。他的臉漲得通紅，眼睛睜得好大，然後開始用超大的音量大吼大叫。但是他發脾氣時在說什麼我根本聽不懂，因為他總是說一長串，中間連停都不停一下，而且不停的從嘴脣和下巴噴出一大堆口水。

有時候，當安迪需要進自己的房間隔離時，媽咪必須站在他的房門口，因為安迪會試著

---

1 Oppositional Defiant Disorder，對立性反抗症。

逃出來。他會從房間裡拉著門，並且大吼大叫，媽咪得從外面拉著門以免門被打開，而安迪總是要花上很長的時間才會平靜下來。安迪曾經騙過媽咪，從浴室穿過我的房間跑出去。他有一次那麼做時，我看到媽咪走進安迪的房間，在對她來說顯然太小的閱讀沙發坐下，用自己的膝蓋夾著頭，看起來像是在哭。我很氣安迪，因為他讓媽咪那麼傷心。

我時常待在自己的房間，因為它很安靜，有時我想要屬於我自己的和平，就會在吵架結束之後才出來，那麼感覺上就好像什麼都沒發生過。我喜歡和我的小汽車、消防局模型和小卡車一起玩。我有好多卡車，各式各樣的，建築卡車、消防卡車、拖吊車……什麼都有。每天晚上睡覺前我都會把卡車們在書櫃前排成一列，然後向它們道晚安。今天早上在搭校車之前我先和卡車們玩了一會兒，所以它們現在沒有排成一直線，讓我心裡不太舒服。我瞪著卡車們，看到它們全混在一起，心想它們需要被好好整理，可是我沒那麼做。

相反的，我走到窗戶旁望著街上。外頭很黑，我們家前面的街燈在黑暗中照出一個亮亮的圓圈，我可以看到在那個圓圈裡雨滴不停落下。我們這條街上的每棟房子前面都有一盞自己的街燈，就立在馬路和人行道之間的草地上，它們現在全排成一排，形成一個又一個雨滴不斷落下的圓圈，看起來有點像一顆又一顆帶著許多眼淚的黃眼球。我覺得它們好像都在瞪著我。好恐怖。

我在床上坐下，整個人感到非常疲倦，而且我的腳還是非常冰。我想把襪子脫掉，但它還有點溼，所以我拉不下來。我開始想念媽咪，真希望她在家，那麼她就能幫我把襪子脫掉，讓我準備好上床睡覺。我覺得自己快哭出來了，可是我忍住了，因為爸爸說過，為了媽咪，我們必須堅強。

我用力捏住鼻子，然後抱起我最喜歡的長頸鹿娃娃克萊西。它是我兩歲時去布朗克動物園得到的禮物，我每天都抱著它睡覺，如果沒抱著它我甚至沒辦法睡。

過了一會兒，爸爸走進我的房間。

「我們趕快送你上床睡覺吧！我們得試著休息一下，那是我們現在所能做的最好的選擇了。接下來幾天將會很不容易，我們需要補充體力。好嗎？」爸爸把我的賽車棉被拉開。我沒有換上睡衣，而是直接穿著原來的衣服爬上床。那其實很噁心，因為之前我還尿了褲子，但是至少它現在已經乾了，而且我也沒有刷牙。

「爸爸？」我問：「你能說故事給我聽嗎？」

爸爸伸出雙手揉了揉臉，手在滑過下巴時發出摩擦的聲音。他看起來好累。「今晚大概不行。我……我不認為我有辦法……想出任何故事，今晚不行。」

「那麼換我講給你聽吧？我要說的故事是關於我昨天看到的翡翠樹蟒。」我告訴爸爸。

「已經很晚了，所以今天別講了。」爸爸說著彎腰擁抱我。我心裡想著只有這部分今天和昨天是一樣的，我還是沒有機會告訴爸爸關於蟒蛇的事。

「我就在走廊另一頭，好嗎？」爸爸說，但是他沒有站起來離開，而是繼續擁抱我好久好久。我突然想為爸爸唱那首我和媽咪的晚安歌。

我開始小小聲的唱，很困難，因為爸爸的一隻手臂壓在我的胸膛上，很重。我可以感覺到他的呼吸很快的在我耳朵邊進出，讓我有些癢癢的，可是我沒有動。我唱完了整首歌，一直到最後：「我會永遠愛你。永遠會。永遠會。」

# 10 握手

隔天早晨，我在爸爸和媽咪的床上醒來，我不知道為什麼我會在那裡。四周很安靜，我可以聽到雨滴打在窗戶上，啪啦啪啦啪啦。慢慢的，啪啦啪啦聽起來越來越像砰喀砰喀砰喀，讓我想起槍手，然後昨天和昨晚發生的所有事一下子全跳回我的腦海。嗯，原來是這樣，爸媽從來不准我在他們的床上睡覺，昨晚是個例外，因為我害怕極了。

昨天晚上在我唱完歌後，爸爸離開我的房間。他關掉走廊的燈，可是媽咪通常會讓走廊的燈亮著，這樣我的房間裡才不會太暗。睡覺前，我的房間裡很暗，我試著緊閉雙眼，但那樣就更暗了。人們身上都是血的畫面立刻在我腦海裡浮現，我的心臟跳得超級快，呼吸也變得很急促。

我聽到房間裡有聲音，好像是在浴室，像是有人試圖闖進來的樣子，我一邊高聲尖叫，一邊爬下床，跑進走廊，可是我什麼都看不到。我不知道爸爸在哪裡，但我可以感覺有人正從後方接近我，他就要抓到我了，我跌了一跤，摔在地上爬不起來，只能一直拚命尖叫。

然後爸爸和媽咪的臥室門被推開，爸爸跑出來。他打開走廊上的燈，刺得我眼睛好痛。

「札克，札克，札克！」爸爸從腋下把我整個人抱起來，對著我的臉一次又一次的大喊我的名字。他搖晃我的身體，我終於不再尖叫，而他也不再大喊了。四周變得很安靜，除了我的腦袋裡有個很大的咻咻聲。我轉頭往後看，一個人都沒有，我的房間就像一個又黑又大的山洞，我再也不要一個人睡在那裡，所以爸爸破例讓我留在他的床上和他一起睡。

現在爸爸沒有和我一起躺在床上，所以我爬下床去找他。我往樓梯走，經過安迪的房門，我的雙手在冒汗，雙腳走得非常非常慢。我推開安迪房間的門，用很小很小的步伐走進去。我本來是不想抬頭看他的上鋪的。我在想，也許我只是做了個惡夢，安迪其實還在床上睡覺，可是如果上鋪是空的，那麼一切就是真的，安迪一定死了，因為他從來不會先起床，絕對不會比我早起床。每天早上他都爬不起來。媽咪說是因為他吃了控制脾氣的藥才會這樣。

為了讓他在學校守規矩，安迪每天早上都會吃控制脾氣的藥，但是藥效不長，所以他放學回家時，壞脾氣也就跟著回來了。我有一次聽過爸爸和媽咪為了控制脾氣的藥在吵架，爸爸說安迪應該也要在下午吃藥，那麼他在家就會比較守規矩。可是媽咪說不行，她不願意讓他吃更多的藥，那對他的身體不好，只有在我們要開派對或者出席什麼特別的場合他必須乖一點時，媽咪才會破例多給他吃一次。

過了好一會兒，我抬頭望向上鋪。沒有安迪。

我知道安迪不在那裡，但我還是對著他空空的房間叫他的名字：「安迪。」房間裡沒有別人聽到，感覺好像安迪的房間吞下了他的名字，讓它消失了，就像安迪一樣。

我快步走出他的房間，跑下樓梯，這時我聽到廚房傳來了有人走動和說話的聲音，也許媽咪從醫院回來了。可是當我走進廚房時，只有爸爸、奶奶和瑪麗伯母在那裡，沒有媽咪。

爸爸坐在昨晚他吃燕麥的同一張高腳凳上，穿著和昨天上班同一套衣服，只不過把西裝外套脫下，所有的東西都皺巴巴的，而且滿臉鬍渣。爸爸的鬍子長得很快，他必須每天刮，不然看起來就會像還活著時的奇普伯伯。奇普伯伯總是讓他的鬍子隨便亂長，每次他擁抱或親吻我時鬍子都刺得我好癢，有時候食物還會沾在他的鬍子上，看起來很噁心。我很高興爸爸每天都會刮鬍子，但是今天他沒刮。

他的臉沒有被鬍子遮住的地方看起來很蒼白，就像昨天媽咪在醫院時的臉，他的眼睛周圍掛著大大的黑眼圈。也許他昨晚根本沒睡，即使他告訴我休息是我們所能做的最佳選擇。微波爐上的時鐘顯示著八點十分，換句話說我錯過校車了，因為它都是七點五十五分準時來的，所以爸爸大概得載我去上學了。當我想到麥金利小學，我又想到「砰！」的聲音和躺在走廊的人，昨天晚上那種超恐怖的感覺又回來了。我不想去學校，要是安迪還在那裡怎麼辦？那麼我就會看到他滿身是血的屍體了。

奶奶坐在爸爸旁邊的高腳凳上，正在講電話。奶奶抬頭挺胸的坐著，她總是坐得筆直，有時她會用手指戳我和安迪的背，要我們也坐得像她那麼直，有時她甚至連爸爸都戳。奶奶看起來和平常不同，因為她今天沒有塗紅色的口紅。我不喜歡她的口紅，因為每次她親我都會在我臉上留下紅紅的脣印。我之前從沒看過她沒塗口紅的樣子，這讓她看起來不太一樣，嗯，好像……比較老。她現在看起來有點像咪咪。咪咪真的很老，連頭髮都白了，而奶奶的頭髮還是金色的。還有，咪咪從來不擦口紅。咪咪微笑或大笑時，整張臉都是皺紋，尤其是眼睛和嘴巴周圍，但奶奶沒有皺紋，她的臉在微笑時還是一樣平滑。

奶奶的嘴唇在對著電話講話的空隙間微微顫抖。瑪麗伯母站在她身邊，握著奶奶放在早餐吧臺上的手，眼淚順著她的臉頰不停流下。

「爸爸？」我出聲。爸爸、奶奶和瑪麗伯母同時抬起頭看著站在門邊的我。

「噢，我的天啊！待會兒我再打給你。」奶奶對著電話說，順手將電話放在中島上。然後她走向我，我可以看到她的嘴唇比剛才抖得更厲害了。「噢，札克。」她說，她彎腰看著我，她的呼吸不太好聞，有種老人的味道。然後她伸手擁抱我，有點抱得太緊了。我偷偷把頭移到旁邊，避免再聞到她呼吸的味道。

我看到爸爸和瑪麗伯母都在看我。瑪麗伯母用一隻手遮住嘴巴，她的額頭都是皺紋，更多的眼淚流了下來。當奶奶終於不再緊緊擁抱我時，瑪麗伯母張開雙臂，我快步走向她。瑪麗伯母的擁抱既溫暖又柔軟，我可以感覺到她哭得整個身體都在抖，也可以感覺到她在我頭頂上的溫暖呼吸。「嘿，小猴子。」她對著我的頭髮說。我們就維持這個樣子好久好久，直到我感覺到爸爸在撫摸我的背。

「嘿，札克。」爸爸說，然後瑪麗伯母放開我。「我很高興你睡著了。」

「爸爸，我是不是已經遲到了？」我說：「我今天不想上學。我……我今天不想去那裡。」

「噢，不，你今天不用上學。」爸爸回答，將我拉近他，然後一把抱起我，讓我跨坐在他的腰上。「至少有一陣子不去了。」

我跨坐在爸爸腰上，眼睛可以看到客廳的電視開著，新聞正在播報槍手來麥金利的事，但是我聽不到他們在說什麼，因為它和醫院的電視一樣聲音都被關掉了。我不知道為什麼人們要把電視打開，卻又要把聲音關掉。

奶奶弄早餐給我吃之後，開始有好多人出現在我們家，而且一整天一直有人來，來的人越來越多。他們在玄關留下一大堆溼鞋子和雨傘，而廚房裡的警報器不停用機器人女聲說著：「前門！」，所以你用不著看到門也知道有人來了或走了。每個人都帶了食物，奶奶和瑪麗伯母將所有的容器和大碗塞進廚房和地下室的兩個冰箱，還拿了一些出來給大家吃，但是卻沒有任何人吃一口。

奶奶命令爸爸上樓梳洗。當他回來時，他的頭髮是溼的，但還是沒刮鬍子。爸爸四處走動，和所有人交談，看起來真像在家裡辦派對。

我們時常在家裡辦派對，有時候爸爸工作上的朋友也會來，像是他的同事或客戶。爸爸總是要求我和安迪站在門口向所有的客人打招呼，並和他們握手。當你長大之後，握手變成一件非常重要的事。你不能夠握得太鬆，因為那樣沒有精神，可是也不能握得太緊。和人握手必須鬆緊適中，爸爸說那叫有力，而且你得直直看著對方的眼睛，說：「很高興認識你。」

有時候我會在派對之前先在自己的房間裡練習，這樣才不會做錯。

我覺得今天在家裡辦派對很奇怪，因為安迪死了，而媽咪因為打擊太大住在醫院裡，現在應該不是一個辦派對的好時間吧？可是來的客人越來越多，廚房、客廳和起居室裡全站或坐滿了人，但除了我之外沒有任何小孩，只有大人，好像我甚至不應該出現在這個派對上。

我一直跟在爸爸身邊。我想和他說話，問他媽咪什麼時候才會回家，以及我們可以去醫院看她嗎？可是爸爸沒空理我，因為他必須和其他大人說話，還有握手。

「我很遺憾發生了這種事。」「請節哀順變。」「我真不敢相信這樣的事會發生在威克花園區。」人們說。爸爸臉上掛著一點點微笑，不是很開心的那種微笑，看起來像他故意讓它留在那裡、一直掛著的那種。來的客人有些我認識，有些我從沒見過，他們過來擁抱我或拍拍我的頭，我不喜歡被所有人擁抱。

到了下午，其中一個來派對的客人居然是羅素小姐。我跟著爸爸走出起居室，剛好看到她走進前門。感覺上她似乎縮小了一點點，而且她好像很冷，用雙手抱住自己。她轉頭看著玄關，很快的眨了好幾下眼睛，她的臉看起來很蒼白，眼睛周圍有很深的黑眼圈。當她看到我站在爸爸身後時，她不再眨眼，反而朝我微微一笑。

她走向我們，用輕柔的聲音說：「嗨，札克。」

爸爸看著她，伸出手。「你好，你是……」

羅素小姐伸手和爸爸相握，慢慢的上下搖動。「奈蒂亞・羅素。」她說：「我是札克的老師。」

「噢，對，很抱歉，當然。」爸爸說。

「我非常遺憾……關於安迪……」羅素小姐說，她的聲音聽起來像在喉嚨裡卡了好幾回。

「謝謝你。」爸爸說：「噢，而且……非常謝謝你昨天保護了札克的安全。我……我很感激。」羅素小姐沒有回答，只是搖了搖頭。然後她的視線越過爸爸，看著我。

「嗨，札克。」她又微微一笑，「我不會待太久，可是我想把這個給你……你可以留著，好嗎？也許你會喜歡把它留在身邊。」羅素小姐握住我的手，將一樣東西放在我的掌心，是她手鍊上她最喜歡的那個吊飾。她給我們看過很多遍，那是一對鑲了一顆心的銀色天使翅膀。她告訴過我們這是她奶奶給她的，代表了愛和保護，她說這對她很特別，因為她的奶奶已經不在人世了。

「謝謝你。」我說，我的聲音好小，小到像在耳語。

羅素小姐離開後，我又跟著爸爸走了好一會兒，然後我覺得我想休息一下不要再走了，所以我在起居室角落的黃色椅子上坐下。那張黃色椅子放在沙發後面，起居室裡所有人都看著電視，小聲交談，沒有人注意到我坐在那裡。電視機仍被設定為靜音，一開始在播廣告，後來換成了新聞，麥金利小學又出現在畫面上。

一個拿著麥克風的女人站在學校前，就在「麥金利小學」的招牌旁。我看到它上面的日期還是十月六日星期三，就是昨天，所以查理忘了換上今天的日期，更新日期向來是他每天到學校的第一個工作。女記者身後停著幾輛警車，可是已經沒有消防車和救護車，但是還有很多車頂上立著大大金屬碗的廂型車，就像我在教堂前看到的一樣。

我可以看到那女人開始對著麥克風講話，因為她的嘴脣在動，但是即使起居室裡很安靜，我還是只能看到她的嘴脣在動，卻一點聲音都聽不到。我真的很想聽到她在說什麼，不知道她是不是在講槍手的事，但是我不想讓大家知道我躲在他們後面的黃色椅子上，所以我繼續保持安靜，看著她的嘴脣動個不停。

很多人的照片出現在電視上，畫面的標題寫著：「確定十九人死亡」，然後照片在螢幕上逐張變大，靜止幾秒鐘，再縮成原來大小，接著再換下一張照片變大，再下一張。我突然明白這些照片都是被槍手殺死的人。我認識照片裡所有的人，有四年級，也有五年級的，那些照片看起來應該是在校外教學日拍的，因為大家都穿著校外教學日的T恤。另外還有幾個學校裡的大人：我們的校長卡洛斯太太、安迪的老師凡妮莎太太、體育老師威爾森先生和工友赫南迪茲先生。

我認識照片上的每一個人，昨天我在學校還見過其中幾個，現在他們全都死了。他們在照片上看起來和我在學校看到的樣子相同，但是我想現在他們再也不是那個樣子了，現在他們全都滿身是血的躺在走廊上。

下一張變大的照片是瑞奇，換句話說，他也死了。我在想不知道瑞奇的媽媽知不知道瑞奇死了，還是她仍然在醫院的等待室裡等著。然後我想起在我們走進「禁止進入」的門之前，爸爸告訴她我們進去之後會幫她看瑞奇是否在裡頭，可是我們並沒有那樣做，我們答應她，卻沒有遵守信用。

瑞奇之後變大的照片是安迪。他在照片上滿身大汗，半蹲著好像下一秒就要往前跳似的，他前額的金髮被汗浸溼全豎了起來，而且還故意伸舌頭做鬼臉。安迪照相總會做鬼臉惹媽咪生氣，她說我們甚至沒有一張全家人都在微笑的好照片可以放大掛在牆上。

我瞪著安迪的鬼臉，感覺像是他要從電視跳出來，跳進起居室裡。我屏住呼吸，想要他趕快跳，可是他的照片很快變小、消失。

另一張照片變大，安迪的鬼臉從此消失不見。

# 11 祕密的藏身之處

我在黃色椅子上轉身，看到爸爸坐在廚房裡。我走向他，試著想吞下我喉嚨裡那團東西。我吞了又吞，弄得我的嘴巴好乾，可是那團東西卻一動也不動。我試著爬上爸爸懷裡，可是他在看手機，不看我。他只讓我坐在他一邊的大腿上，坐起來並不舒服。

我試著想爬進他懷裡，可是他說：「札克，讓我休息一下喘口氣，好嗎？」然後將我放到地上。

奶奶走過來，口紅又回到她的嘴脣上了。「札克，爸爸很累了。我們讓他休息一下。」她對我說。然後我們的鄰居格雷太太走進廚房說：「噢，我的天，吉姆。居然發生這種事情，我真是太遺憾了。」爸爸站起來和她談話，所以他的「休息一下」想必結束了。

我必須退後幾步，因為爸爸把高腳凳往我的方向推。我不喜歡爸爸又掛著那個要笑又笑不出來的臉，所以我離開廚房，回到二樓。

派對的聲音好像趴在我的背上似的跟著我上了二樓，而且越來越大聲。即使我已經離開派對，卻還能聽到它的聲音。我加快腳步跑過走廊，搖搖頭想把聲音搖出腦袋。我想回去自己的房間，將那些聲音留在外頭，但是當我經過安迪的房間時，我非得停下來看看裡面不可，就好像有一股無形的力量強迫我這麼做。我的眼睛立刻望向安迪空空的上鋪。

我一直想進去安迪的房間，看他的東西，和他一起玩，但是安迪從來不讓我進來。如果他還在，看到我進他房間一定氣得不得了。我假裝自己是個間諜，出來偵查敵人的狀況，觀察周圍環境，檢測敵人的物品，打開抽屜和門尋找線索。我摸摸安迪桌上的機器手臂，假裝那是敵人的武器，而我必須弄清楚如何使用它。

機器手臂是咪咪送給安迪的耶誕禮物。真是不公平！因為她送我的是桌遊《貪吃河馬》，那是給小小孩玩的。我好想得到一個像安迪那樣可以組裝的超酷玩具，它看起來就像真正的機器手臂，上面還有電池和馬達。你可以叫它往上或往下，機器爪子還能真的抓住東西，真是太酷了！我問過安迪是不是可以借我試戴一下，他當然一口拒絕。安迪親手組裝了機器手臂，沒有大人幫他，即使盒子上印著「適合十二歲以上」，而他當時只有九歲。

我有次聽到咪咪在廚房對媽咪說：「安迪實在是太聰明了，這麼聰明對他其實不是件好事。」人們老是這麼評論安迪——「他真是聰明」，和「我從沒見過這麼聰明的孩子」。這是真的，安迪真的非常聰明，比其他人都聰明，事實上他做過一種測驗證明了這一點。他只是不想做功課，而且不喜歡坐在同樣的地方太久。我們還住在紐約市時，他上的是一種專門給聰明小孩上的特殊班，在那裡一年級的孩子做的都是三年級的功課，可是我們學校沒有那種特殊班，所以安迪很討厭上學，因為對他來說一切都太無聊了。

安迪在一年級時就把全套《哈利波特》讀完了。爸爸把這件事告訴每個人，我看得出來他引以為傲。我試過閱讀第一集《哈利波特：神祕的魔法石》，因為我現在也上了一年級，而且我想要爸爸對別人說為我感到驕傲的故事，但是那本書的封面畫得好可怕，而且有好多好難的字。安迪取笑我，因為我半小時才能讀兩頁，所以我後來就不讀了。

我找到機器手臂上的開關打開，試著操控它去撿安迪書桌上的鉛筆，但是很難，鉛筆不停的從機器爪子掉下來。然後，我聽到樓梯傳來聲音，好像有人正走上樓，於是我快速把它關掉。如果上來的是爸爸，他大概會為了我跑進安迪的房間玩他的東西而生氣。我看到安迪衣帽間的門開著，於是鑽了進去，拉上門，留下一點點縫隙。

在衣帽間裡，我幾乎聽不到樓下派對的聲音。安迪的衣帽間非常大，媽咪老是說給男孩子用實在太浪費了。安迪沒有把衣服收好，在洗衣籃後面的地板上堆著一大堆衣服。我把衣服撿起來放進籃子裡，然後往裡頭走，在掛著帥氣襯衫和外套的衣架後面有個很大的空間，那裡非常暗，但我可以看到安迪的睡袋捲起來收在角落，於是我在上面坐下。我坐得很挺，感覺心臟跳得超快，想知道爸爸是不是能找到我，可是什麼事都沒發生。

我坐在睡袋捲成的墊子上，然後想到我昨天躲在教室衣櫃的事，所以我已經連續兩天都坐在衣櫃裡了。在昨天和今天之前，我從來沒有坐在衣櫃裡過，因為衣櫃不是大家一起玩的地方，而是收東西的地方。

而且衣櫃通常沒有太多空間，我很討厭這一點。我害怕狹窄擁擠的地方，有時安迪會故意用毯子罩住我的頭，因為他知道我有多麼討厭那樣。他會用力把毯子抓得緊緊的，在我開始害怕、試著想掙脫時大笑，可是他太強壯了，我一點辦法也沒有。我們在搭電梯時，安迪總喜歡開玩笑，說些像：「嘿，膽小鬼，我知道這個電梯會卡住喔！我們會被關在裡頭好幾天，沒有東西吃，而且我們也只能直接在這裡大小便了。」之類的話。媽咪會叫他住嘴，然後他就會躲在她背後做出一副垂死掙扎的樣子。

爸爸有次真的被關在他辦公室大樓的電梯裡，可是他一點都不害怕，但是其他和他一起被關的人很怕。爸爸說他覺得那些人很好笑，因為他們只被困住了兩分鐘，真不知道他們在怕什麼。可是我不認為那有什麼好笑，如果是我也會怕。安迪一天到晚叫我膽小鬼，事實上他說對了一部分，很多東西都會讓我害怕，尤其是上床睡覺和半夜時。老是害怕其實很蠢，有時我希望自己可以像安迪和爸爸那麼勇敢。他們從來都不會害怕。

當我開始回想昨天槍手來學校後發生的事，我就想站起來衝出衣帽間，因為我的身體開始產生和昨天一模一樣的感覺，心臟跳得超快，呼吸變得很急，讓我頭昏腦脹。但是我不知道為什麼卻站不起來，好像我的身體因為太害怕變成了石塊或冰塊。我希望爸爸會打開衣帽間的門找到我，就像昨天一樣，我昨天也希望爸爸會來救我。

可是不僅爸爸沒來，也沒有任何其他人來找我，我只能一直像冰塊似的坐在那裡，聽著周圍的聲音，但是一點聲音也沒有。我將手伸進褲子口袋，拿出羅素小姐給我的天使翅膀，用手指輕輕的摩擦它。「愛和保護。」我在腦子裡想，開始覺得好過一點。我的心跳漸漸慢了下來，呼吸也變得平穩許多。

「沒人會來。」我小聲說，對著自己說話感覺很奇怪，因為這裡根本沒人聽見我說什麼，連克萊西都不在這裡，但是自言自語卻讓我感覺好多了，就像一部分的我在和另一部分的我交談，幫助我的心鎮靜下來，所以我繼續小聲說話：「這裡面沒有可怕的東西。這裡只是安迪的衣帽間，而且裡頭並不是很窄或很擠。」

我展開安迪的睡袋，將它拉好，盤腿坐在上面。我看看周圍，但是太暗了，看不太清楚。角落裡放了許多膨鬆的物品，上頭積了些灰塵，還有安迪的襪子，其他就沒了。這裡就像屋子裡除了我之外沒人知道的祕密基地。「祕密的藏身之處。」我小聲對著空氣說：「我要把這裡當成我最隱密的祕密基地。」我開始喜歡像這樣靜靜坐著，聽著自己的呼吸：吸入，空氣從鼻子進去；呼出，空氣從嘴巴吐出來，進、出、進、出，現在已經變得很慢了，因為我不再感到害怕。

當我容許自己再想起昨天，害怕的感覺又回來了，所以我試著不要讓這些思緒浮現在我的腦海裡。「滾出我的腦袋，壞回憶。」我假裝在我的頭腦後面有個保險箱，就像爸爸在辦公室存放重要文件、以防被壞人偷走的那個一樣，我用力把壞回憶塞進腦子裡的保險箱。「關起來，鎖上，將它留在你的口袋裡。」

我喜歡待在這裡，但是派對上的其他人都不知道我在哪兒的感覺。現在我任何時候都可以來這裡，因為安迪已經不在了，他再也不能對我大吼大叫，叫我滾出去。

我想像沒有了安迪生活會變什麼樣子，家裡應該會變得比較好吧？再也不會有任何爭吵，而且家裡將會只有我一個孩子，所以媽咪和爸爸可以陪我做更多的事。像是他們可以一起來我的鋼琴發表會，而且可以聽完整場表演。因為安迪，這種事從沒發生過。春季發表會，安迪有長曲棍球練習，所以爸爸沒有來看我表演；開學前舉辦的夏季發表會倒是全家都來了，媽咪、爸爸和安迪，但是在輪到我演奏《給愛麗絲》之前，媽咪就起身帶安迪離開，因為他又開始亂發脾氣。

一會兒後我想尿尿，於是我從衣帽間出來，走進浴室。然後我回到自己的房間，因為我想找些東西放到我的新祕密基地。

「我到處在找你，札克。」

我嚇得跳起來，因為我沒有看到奶奶站在我的房門口。我不想讓奶奶知道我的祕密基地，所以我決定說謊：「我在安迪的房間裡找我的垃圾車。」

「我幫你準備了晚餐，好嗎？親愛的，你能下樓來嗎？」

「派對結束了嗎？」我問。

「派對？那不是……嗯，大家都走了。」奶奶說，她看我的表情很奇怪。

「媽咪會回家吃晚飯嗎？」如果已經到了吃晚飯的時間，那就表示媽咪在醫院裡待了一整晚加上今天一整個白天，她未免也睡得太久了吧？

「不會。」奶奶說：「她還不能回家。也許明天吧！可是我會陪你吃飯，好嗎？」

不好。爸爸答應過我今天我們會去醫院探望媽咪的，可是因為家裡開派對，所以我們沒有去。爸爸和我一樣都說了謊。

# 12 靈魂有臉嗎？

吃過晚餐之後，奶奶命令我去洗澡。

然後她送我上床睡覺，我再一次被容許睡在爸爸的床上。我問她關於學校的事：「我是不是唯一一個沒去上學的孩子？因為安迪的關係？」

奶奶直挺挺的在床邊坐下，將我前額的頭髮撥到一旁。「不是的，寶貝。」她說：「所有的孩子今天都待在家裡。你的學校昨天發生了非常非常不幸的事。我想要再過好一陣子，學校才會重新開學。大家需要一點時間療傷。」

「奶奶？」

「什麼事，寶貝？」

「安迪還在那裡嗎？在學校裡？」我一直想像著安迪孤孤單單的躺在學校裡，身邊只有其他死人。今天一整天我很刻意不去想這件事，但是現在我躺在床上，上了床就很難控制自己不要去想什麼，也許是因為你已經躺著，也不能做其他的事，所以腦袋就會一直想。

奶奶發出一個好像有東西卡在喉嚨，想要把它咳出來的聲音。「安迪已經不在學校裡了。」然後她又咳了兩次，「安迪在天堂和上帝在一起，現在上帝會幫我們照顧他。」

「但是他要怎麼從學校上到天堂？他是直接從那裡升上去的嗎？」

奶奶塗了口紅的嘴脣微微一笑。「不，身體並不會上天堂，只有靈魂會上去，記得嗎？」

我記得媽咪在奇普伯伯死掉時告訴過我，身體還會留在地球上，可是那已經不再是真正的他，所以把身體裝在棺材、埋進墳墓裡是沒有關係的，因為人最重要的部分，也就是靈魂，已經升到天堂去了。在你死後的那一刻，你的靈魂會直接上天堂。我在想不知道是不是所有被槍手殺死的人，他們的靈魂都在我還躲在學校衣櫃裡時全飛上了天？不知道有沒有人看到他們？槍手會看到嗎？

我不知道靈魂看起來應該是什麼樣子，媽咪說靈魂就是你的感情、思想和回憶。我在想也許它看起來像一隻鳥，或什麼有翅膀的東西，就像羅素小姐給我的吊飾一樣。我在想靈魂在飛到天堂時是不是仍會擁有原來的臉，否則那些愛你，而且已經先到天堂的人怎麼會知道那是你的靈魂？怎麼找到你、和你團聚、讓你不再孤單？

奶奶和我道晚安，離開媽咪和爸爸的房間，我試著想像安迪的靈魂已經在天堂和奇普伯伯的靈魂在一起，但我的腦袋一直切換到安迪的身體躺在學校的畫面，還有走廊和牆壁上的血，我沒辦法把那些壞回憶趕回腦子裡的保險箱。

也許腦子裡的保險箱只有我待在祕密基地時才有效果。我抱著克萊西，走進自己的房間，從床頭櫃抽屜拿出巴斯光年手電筒，穿過浴室來到安迪的房間。我躡手躡腳，因為家裡的地板是很老的木頭，所以走動時經常嘎吱作響，我不想讓在一樓的爸爸和奶奶知道我偷溜下床。我用巴斯光年照向安迪的上鋪。空的。

然後我走進安迪的衣帽間，坐在他的睡袋上，手電筒在黑暗中畫出一個小而亮的圓圈。我用光線在牆上、襯衫上和外套上畫出一次又一次的「之」字形。我在睡袋上躺下，把腿抬高頂住牆壁。嗯，很舒服。我把巴斯光年放在我身邊，克萊西擱在胸前，將兩隻手放在後腦勺當枕頭。

我立刻感覺到自己又想自言自語了。「好了！壞回憶，進保險箱去吧！」我想像著那些不好的記憶像一個個小人排隊踏步走進我腦子的保險箱裡，用力關上門。「就是這樣。再也不准出來！」

成功了！我就這樣在那裡躺了好一會兒，想著媽咪，想著不知道她明天是不是就會回家了。然後我覺得有點睏了，於是我爬回爸爸的大床。

然後，半夜時，槍手回來了。

砰！砰！砰！

我坐起來。四周黑漆漆的，我什麼都看不到，我只能聽到「砰！」的聲音不停在耳朵裡迴響。

砰！砰！砰！

砰！砰！砰！

一次又一次。不知道槍聲是哪裡來的，我舉起雙手用力摀住耳朵，但還是一直聽見槍聲。

砰！砰！砰！

我可以聽到聲音從我嘴巴出來，但是我應該要保持安靜的，不然槍手會找到我，射殺我。

不！不！不！

尖叫聲不斷從我嘴裡發出，我無法叫它停下。一隻手在搖我，我不知道它是哪兒來的，然後我聽到爸爸的聲音：「札克，沒事了。沒事了。」燈突然亮了，而我還在尖叫。我停不下來，因為槍手回來了。他是怎麼進到我們屋子裡的？現在他就要射殺我們，我們會像安迪一樣死掉，而且血會噴得到處都是。爸爸不停的說：「那不是真的。你只是在做惡夢而已。」

終於我停止了尖叫，但是我還是很害怕，我的呼吸變得好快，而且那個「砰！」的聲音仍然像迴音一樣在我耳朵裡響個不停。

「你很安全。沒事的。」爸爸說。

我下一次醒來時已經是早晨了，我不記得在聽到槍聲之後，我是什麼時候又睡著了。我也不記得爸爸什麼時候起床，因為我醒來時他已經不在床上了。

我在一樓找到他。他又坐在廚房裡，瞪著他的咖啡杯。他還是沒刮鬍子，現在鬍子變得更長了。我走向他，坐在他的懷裡，好奇的看奶奶和瑪麗伯母在做什麼。她們搬出我們的相簿，將一些相片從裡頭拿出來，大多數是安迪的，還有一些是全家合照。她們低聲交談，不停擦拭流下來的眼淚，可是有時她們看到安迪在拍照時扮的鬼臉，也會輕輕的發出笑聲。

「你們在做什麼？」我問。我覺得媽咪應該不會喜歡她們把照片從相簿裡拿出來，因為相簿是很寶貴的，在打開之前應該要先去洗手，而且翻頁時要很小心，才不會弄皺每頁之間的半透明薄紙。

「噢，我們必須選些相片在……」奶奶說，但瑪麗伯母打斷她。「我們只是想借用幾張照片，之後就會把它們放回去。嘿，你們看這一張。」瑪麗伯母將相簿轉過來，指著其中一張相片。「你記得這是在哪兒拍的嗎？」

「在郵輪上。」我回答。照片裡有我們全部的人——我、媽咪、爸爸、安迪、奇普伯伯、瑪麗伯母，還有奶奶。每個人都戴著從船上禮品店買來的墨西哥大草帽。那是我上幼稚園大班前的暑假，為了慶祝奶奶七十歲生日，我們全家人一起去搭一艘超級大的郵輪。船上非常好玩，在最高那層有個好大的游泳池，還有滑水道，另外還有好多餐廳，裡頭有各式各樣的食物，而且從早到晚都開著，所以你可以一直吃、一直吃。每一天，船都會在不同的墨西哥城鎮靠岸。

我看著瑪麗伯母指的照片旁邊那張，上面只有我、媽咪、爸爸和安迪，那也是在船上拍的。照片裡，我們四個人笑得非常開心，我回憶起為什麼，不禁也微笑起來。那天船上有個特別的墨西哥派對，他們辦了「吃辣家庭冠軍比賽」，看哪個家庭可以吃下最辣的東西。一開始時要吃的東西並不辣，但是後來卻一次比一次辣，我們即使嘴巴已經著火，辣得眼淚都流出來，還是試著要把東西吃下去。我們喝了不少水，但一點效果都沒有。在照片裡，媽咪笑得眼睛都閉上了。爸爸從旁邊看著她，也在笑。我和安迪坐在他們前面，各自拿著許多長長的紅辣椒。我們最後沒把它們吃下去，因為實在是太辣了。

「那次旅行很好玩，是不是？」瑪麗伯母說，她的聲音聽起來怪怪的。我抬頭看她的聲音為什麼變了，看到她雖然臉上還掛著笑容，眼淚卻流個不停。

「我們應該拿了這些趕快走了。」奶奶一邊說，一邊舉起手上的一疊照片。她從中島拿起包包，將照片放進去。瑪麗伯母闔上放郵輪照片的相簿，撕下一張廚房紙巾擦乾臉上的眼淚，然後她跟著奶奶走向廚房的門。

我靠著爸爸坐著的高腳凳。

「爸爸？」我說。

「什麼事？」爸爸在我後面問。

「昨天晚上槍手進來我們家了嗎？」

奶奶和瑪麗伯母聽到我的話，兩個人一起回頭。

「沒有，寶貝。你只是做惡夢了。」爸爸說：「槍手不會來我們家的，好嗎？」他回答的語氣像是我問了什麼蠢問題似的。

「可是，要是他真的來了，像射殺安迪那樣對我們開槍的話怎麼辦？」

奶奶走回來，拉起我的雙手，緊緊握住。「札克，那個槍手再也不能傷害你或任何人了，因為他已經死了。我認為這很重要，應該讓你知道。你再也用不著害怕了，警察殺死他了。」

然後我想起來警察在教堂裡也說過，只是我忘了。

「他是壞人，對不對？」我問。

「是，他是壞人。他做了很壞很壞的事。」奶奶回答。

「槍手的靈魂也會飛到天堂嗎？他會不會再去傷害安迪的靈魂？」

「噢，天啊！札克。不！好人的靈魂才可以去天堂，壞人的靈魂則會去別的地方。」

# 13 你不能來這裡

聽到玄關傳來聲音時，我已經吃完早餐，正在樓上浴室刷牙。那是爸爸的聲音，還有另一個人的聲音。一開始我以為是奶奶或瑪麗伯母，也許她們拿完照片回來了。可是我聽到爸爸說：「你不能來這裡。你……我很抱歉……」我聽到一個女人的聲音在哭，像是噎住了。我小聲走下樓梯，試著讓地板不要吱吱響，因為我想看爸爸叫她不可以來的人到底是誰。

那個女人原來是瑞奇的媽媽。她在前門的玄關，背靠著大門，爸爸站在她前面。瑞奇的媽媽高舉雙手，爸爸抓住她兩隻手的手腕。她一直哭，整張臉都是眼淚，連上衣前面都溼了。還是外面在下雨？她只穿了件T恤，兩隻手臂看起來非常白、非常瘦。

「吉姆，求求你。請不要這樣對待我。」瑞奇的媽媽說：「吉姆，求求你。」她一次又一次的說著，我不知道她是想拜託爸爸不要做什麼。也許她不想要他那樣抓著她的手腕？「我……現在真的只剩自己一個人了。」她說這句話時發出一個像噎到似的好大的聲音，一大坨鼻涕從她的鼻子流下來，直接流進她的嘴巴裡，真是噁心。

爸爸放開她的手腕。她像個孩子似的用手臂去抹鼻子，然後她靠著門，身體慢慢往下滑，好像站著太累了，最後就在我們家的大門前蹲坐著。她一直哭、一直哭，我只能聽卻看不見，因為爸爸的背影擋住了她的身體。

「南茜。」爸爸小聲的說：「我很抱歉，真的。我希望我可以……」爸爸沒把話說完，瑞奇的媽媽也沒接話，她只是坐在我們的大門前，一直哭個不停。

「南茜。」爸爸又說：「拜託。」他往前傾，伸手碰觸她的臉頰，然後我又可以看到她了。「我們倆都同意必須結束……這一切。我們倆都同意這樣比較好，不是嗎？」

瑞奇的媽媽用雙手抓住爸爸的手，她將自己的臉埋進他的手裡，她的眼淚、鼻涕大概全抹到他的手上了吧？可是爸爸並沒有把手縮回來。

「南西，札克在二樓。我媽和瑪麗隨時都會回來……我很抱歉。拜託，你得趕快離開。」爸爸說。

「不。」瑞奇的媽媽說，抬起頭來看著爸爸。「我一定要和你在一起。我需要你。我沒有辦法一個人……」然後她開始大哭，而且越哭越大聲，可是她還是一直瞪著爸爸。「他死了。」她把「死」那個字拉得好長，像「斯」一樣。「瑞奇。噢，天啊！我的瑞奇……我要怎麼活下去？我要怎麼活下去？」

瑞奇和安迪一樣被槍手殺死了，可是瑞奇的媽媽沒有像媽咪一樣因為打擊太大而被留在醫院。她來這裡，來我們家，而且說她一定要和爸爸在一起。她抓住爸爸的手，好像他屬於她似的。我不喜歡，我不知道為什麼爸爸要讓她這麼做。

我想要她放開爸爸的手，所以我開始走下樓梯。當爸爸聽到我的腳步聲，他立刻把手縮回去，轉身面對我。瑞奇的媽媽試著站起來，結果她的頭不小心撞上門把。「札克！」爸爸說，然後他瞪著我像是在等我說什麼似的，可是我什麼都沒說。「南茜……布魯克斯太太來了。」爸爸說得好像我是瞎子似的，因為她就站在我面前。

我瞪著爸爸和瑞奇的媽媽。瑞奇的媽媽臉色蒼白，就像她的手臂一樣，但是她的眼睛周圍有很多紅點，甚至連她的眼睛裡應該是白色的地方也是紅的。她有一雙我所見過最藍的眼睛，溼透的長髮纏在她的臉上和脖子上。在她溼掉的T恤底下，我可以看到她的胸部兩個尖尖的圓點，我無法移開眼睛，一直瞪著它們。

「我……我要走了。」她說，轉身抓住門把。但是她打不開門，因為她不知道必須用力將門把壓到最底才能打開。

「來……我來……」爸爸伸手開門時，他的手臂碰觸到她胸部尖尖的圓點。他試著打開門，但瑞奇的媽媽就站在門前，兩個人後退時不小心撞在一起。爸爸終於把門打開，瑞奇的媽媽走下我們前陽臺的階梯。我走向大門，站在爸爸身邊，和他一起看著瑞奇的媽媽小步小步的離開我們家，像是我們家的車道被雨淋得太溼太滑似的。然後她轉進人行道，往她家走去，整段路上她一次都沒有回頭。

# 14 你去哪裡？

媽咪在醫院變成另外一個人。她在睡了三晚之後回家，看起來不一樣，舉動也不一樣。媽咪向來非常美麗，她連在早晨剛睡醒時都還是很漂亮。她有一頭又直又亮的棕色長髮，和我的頭髮顏色一樣。我們兩個的眼睛都是棒果色的，像是好幾種顏色調在一起，帶點棕色的綠色。我喜歡家裡只有我和媽咪的頭髮和眼睛的顏色相同。媽咪說我和她有同樣的性格，那表示我們的行為相同，我覺得她說得很對。我們兩個都不喜歡爭吵。有時當媽咪和安迪或爸爸吵架時，她會哭，所以我知道那讓她感到傷心。媽咪說我們兩個都喜歡取悅人，那表示我們想要讓身邊的人感到開心。

雖然許多人說安迪綜合了媽咪和爸爸的優點，但我覺得他看起來就像爸爸。他們都是金髮，一樣瘦高，而且都很擅長運動。我認為他們的性格也相同，因為爸爸有時脾氣也很壞，那大概就是為什麼安迪會得那種病。

媽咪從醫院回家時，後腦的頭髮都打結了，不再又直又亮。她走進屋子，咪咪陪在她身邊，看起來像是咪咪得撐住媽咪，不然她就要倒在地上的樣子。媽咪走得非常慢，好像她很累，雖然爸爸說媽咪在醫院一直睡覺。那就是為什麼我們不能去看她，因為反正她也不會醒來和我們說話。

在咪咪把媽咪帶進屋子前，爸爸告訴我要給媽咪一點空間，我不可以立刻就去煩她，我覺得這實在太不公平了。我已經三個晚上沒見到她，我真的好想她。但是她回家後看起來不太一樣，我覺得她有點陌生，讓我感到害羞，所以我就照爸爸的話做。

媽咪穿著我們去醫院找安迪時的同一套衣服，看起來很醜。媽咪通常穿得很漂亮，連平常的日子也一樣。她已經很少穿她以前工作時穿的華麗衣裳，只有在她和爸爸有時要出去約會才穿。我喜歡幫她從衣帽間的華麗服裝區裡選衣服，媽咪說我的品味很好。她以前和爸爸一樣在紐約市工作，不過是在不同的辦公室，她以前是在做電視廣告的，自從有了我和安迪之後她就辭職了，現在她的工作就是當我們的媽咪，做些洗衣、煮飯之類的事。

咪咪扶著媽咪在沙發坐下，媽咪看起來像個不知道該怎麼辦的孩子。看到媽咪一頭亂髮，行動像個小孩，讓我很悲傷，所以我決定坐在她身邊，雖然我還是覺得很害羞。我沒有看爸爸，他可能會生氣，因為我沒有給媽咪一點空間。

當我坐下時，媽咪慢慢轉頭看著我，也許她之前沒看到我，因為她看起來很驚訝。她將我抱進懷裡，將臉靠在我脖子上。她的胸部上下起伏，好像在哭，我的脖子可以感覺到她又熱又快的呼吸，很癢，但我沒有動。我讓媽咪緊緊抱著我，雖然她聞起來不像平日的媽咪，反而比較像我們在學校用的洗手消毒液的味道。

我看到媽咪手肘上貼著ＯＫ繃，就是在醫院時透明塑膠管將液體滑進去的地方。我想問她疼不疼。我說：「媽咪？」媽咪抬起頭，將臉從我脖子上移開，我不禁生起自己的氣，因為現在我的脖子好冷。媽咪看著我，但眼睛卻沒看著我的眼睛，而像是看著我的額頭。「媽咪？」我又叫她，這一次我用兩隻手捧住她的臉，把自己的臉貼近她。她好像還沒醒，只是眼睛是睜開的，我想要輕輕的喚醒她。但是媽咪突然雙手抱住肚子，往後倒在沙發上，發出一聲像「噢！」的長叫。

我立刻放開手，從她的懷裡跳下來，因為她的叫聲嚇到我了，而且她會這樣說不定是我的錯，因為我沒有給媽咪她需要的空間。

「小寶貝，給媽咪一點時間，好不好？」咪咪將手放在我的手臂上，很小聲的對我說：「她需要休息。」

「來！札克。不要去吵媽咪，讓她休息一下。」爸爸說，他走到沙發旁牽我的手，將我拉開。我用力把手抽回來，跑上樓梯。我在自己的房間站了好一會兒，呼吸急促。我拉長耳朵聽爸爸是不是追上來了，可是他沒有，這讓我很生氣，因為我一個人在二樓，所有的大人都在一樓，卻沒有人關心我。我的眼睛癢癢的，就像眼淚快流出來時那樣。我不想哭，所以我立刻捏住鼻子，那種癢癢的感覺消失了，眼淚也縮了回去。

我喜歡待在房間那種有自己空間的感覺，但是現在我卻覺得不自在。我感到很孤單。孤單和只有自己一個人是兩種不同的感覺，那是有一次媽咪哄我入睡時我們一起發現的。我告訴媽咪我覺得只有自己一個人，但是媽咪說我不是一個人，因為她就在樓下，然後我們才弄懂我的感覺是孤單，而不是覺得只有自己一個人。孤單是當你想和別人在一起，是一種悲傷的感覺；覺得只有自己一個人則不一定是壞的，因為有時只有自己一個人也可以很自在。我的房間以前都讓我覺得自己一個人很自在，現在卻讓我覺得孤單。

我決定去祕密基地，因為不知道為什麼，在那裡雖然只有自己一個人卻不會覺得孤單。我把祕密基地弄得越來越舒服，除了巴斯光年手電筒，我還從走廊放備用毛毯和枕頭的貯物櫃拿了好幾個枕頭，反正從來沒人會拿去用，所以也不會有人注意到我把它們拿走了。還有羅素小姐的吊飾，我把它放在祕密基地的角落。每一次進去時，我會拿起它，用手指摩擦銀色的翅膀。羅素小姐真好，把它送給我，因為我摩擦它時，心裡就覺得好過多了。當然，克萊西也在那裡。我帶著它來回於祕密基地和床鋪之間。現在我坐在睡袋上，背後墊著一個枕頭，開始咬克萊西的耳朵。我咬它的右耳，而不是左耳，因為我之前太常咬它的左耳，媽咪說它已經破損到隨時可能掉下來。

安迪老是想搶走我的克萊西，把它丟進垃圾桶，因為他說它太臭了。我只好將克萊西藏在不同的地方，免得它被安迪丟掉。有時到了上床時間，我忘了我把它放在哪裡，我們就得到處找，不然我沒辦法睡覺。我想，現在我不用藏克萊西了，從此之後它就安全了，安迪再也不是個威脅了。

我懷疑奶奶怎麼知道安迪或他的靈魂上了天堂，因為她說只有好人才可以上天堂。安迪在很多時候其實不能算是好人。大多數時間他對我很壞，而且常常惹媽咪難過。他總是做同樣的壞事，一遍又一遍的惹她生氣，所以那一定是故意，不是不小心，不然他為什麼都不肯改？

現在，安迪再也不能對我很壞，也不能再惹媽咪難過了。槍手殺死安迪令媽咪很傷心，受到很大的打擊，但是在她開始覺得比較好過之後，她就用不著再像以前一樣一天到晚因為安迪而生氣。

奇普伯伯絕對會上天堂，我很確定，因為他向來對每個人都很好。至於安迪呢？奶奶說壞人的靈魂會去別的地方，我不知道別的地方到底是哪裡，可是如果安迪不能上天堂，而去了那裡，那麼他現在就得和所有的壞人在一起了，比如說那個殺他的槍手，那大概非常可怕吧？我閉上雙眼想像安迪的樣子，我可以很短暫的看見他的臉，但很難叫他不要亂動。「你上了天堂了嗎？還是你到哪兒去了？」我的腦袋對安迪的臉說，但安迪的臉消失了。「無論如何，我還是希望你真的上了天堂。」

# 15 盲人走路

「我可以看電視嗎？」我把裝燕麥片的碗放進水槽，「可以看卡通嗎？」

「嗯……」爸爸沒有抬頭，依舊看著他的手機，那聽起來像是「好」，至少不像「不好」，所以我走進起居室，打開電視，螢幕上立刻出現新聞頻道，還是沒有聲音，顯然沒人把靜音關掉。我正想把它轉到卡通頻道看看有沒有新的《菲哥與小佛》時，一張照片出現在新聞上，大大的字寫著「麥金利凶手」。我頓時像被冰凍住了，完全無法移動。我一直瞪著螢幕，因為照片上的人居然是查理的兒子。

我一看就知道那是查理的兒子，我在去年學校為查理舉辦的三十週年慶祝派對上見過他。查理的太太也出席了那場派對，她叫瑪麗，和我的瑪麗伯母名字一樣，還有他們的兒子，我不知道他叫什麼。他的太太人很好，稱呼我們是「查理的小天使們」，還說我們很可愛，難怪查理一天到晚都把我們掛在嘴上。查理的兒子在派對上話很少，他只是站在查理身邊，用一種不友善的眼光看著我們，好像對我們很生氣的樣子。他的臉和查理一模一樣，只是沒那麼老。他們看起來好像，但他兒子都不笑，而查理臉上永遠帶著笑容；查理的嘴角兩邊都往上，而他兒子兩邊都往下。他們既相同，又完全不同。

媽咪和查理的兒子說話時他也沒有笑。她說她不敢相信他居然長這麼大了，問他是否還記得她大學畢業後曾經當過他的臨時保母，那時他大概才三、四歲？他沒有笑，甚至沒有回答媽咪的問題。查理的太太幫他答了，說他當然記得，因為在所有的臨時保母中，他最喜歡媽咪了，對不對？

我想聽聽新聞在說查理的兒子什麼事，但是我不想把音量調高，因為我不想讓爸爸知道我在看新聞，然後命令我關掉，所以我只能繼續看著沒有聲音的電視。那張照片在螢幕上播放了好久，但是上面的字從「麥金利凶手」變成了「小查理．羅納理茲」。所以那是他的名字，因為查理的姓是羅納理茲，他的名牌上就是這樣寫的：「查理．羅納理茲」。然後照片縮小，換了一張新的，是滿臉微笑的查理，看起來是我們為他開派對時投影在禮堂大螢幕上的同一張。

我真的很想聽聽他們在講查理什麼，所以我小心的把聲音調大一點。接著查理的照片不見了，換成一個拿麥克風的男人站在我們學校前，他正在和一個我在接送區看過的女人交談，我記得她好像是伊恩瑞奎的奶奶。

「當你知道槍手是麥金利的警衛查理．羅納理茲的兒子小查理．羅納理茲時，你有什麼反應？」記者對著麥克風說，然後將它遞到伊恩瑞奎的奶奶嘴邊。

「我簡直不敢置信。沒有人相信。」伊恩瑞奎的奶奶說。她看起來很悲傷，不停的搖頭。

「我的意思是，查理真的是個好人，你知道的，我們全都愛他愛得要死。不是真的死……我不應該這麼說的。他愛孩子，你知道的，就像他們是他自己的孩子一樣。他在學校服務了三十年，看著一代一代的孩子長大。我的兒子就是念這所學校，現在換成我的孫子……查理總是那麼友善，那麼樂於助人……我簡直無法相信他的兒子居然會做出這種事。」

記者透過電視盯著我，說：「學校警衛的兒子在被警察射殺之前，居然冷血的殺死十四個兒童和四個教職員，實在太諷刺了。在場的人告訴我們他的父親請求兒子住手，可是沒有……」

「噢！」一個像小老鼠般細微的聲音讓我全身起雞皮疙瘩，因為我一直盯著電視，但是突然間我的背後出現了那個小小的聲音。我轉頭看，發現聲音是從媽咪的嘴巴發出來的。之前她不在一樓，可是現在她站在我坐著的沙發後面，和我一樣瞪著電視。

爸爸從廚房衝出來，一把搶過我手裡的遙控器將電視關掉。「你到底在做什麼，札克？」爸爸看著我，好像非常生氣的樣子。

「你說我可以看電視的。」我的聲音聽起來像下一秒就要哭了。

媽咪什麼都沒說，只是繼續瞪著電視，即使上面已經沒有畫面了，可是看起來她好像根本沒注意到。

「爸爸，你知道槍手就是查理的兒子嗎？他們在新聞裡說——」

「現在不要說這個，札克。」

我可以感覺到爸爸噴在我臉上的呼吸，因為他將臉湊到離我非常近的地方。他的眼睛瞇成一條縫，然後對著我說出這些話。他是咬著牙齒說出來的，所以聲音不大，但是很恐怖，我突然覺得全身發燙，肚子也開始不舒服。

我曾經在紐約市看過一個盲人。一個男人。我本來不知道他是瞎子，只注意到他牽著一隻很可愛的狗。我問媽咪我能不能過去拍拍牠，可是媽咪說不行，因為牠是導盲犬。我們不可以隨便觸摸導盲犬，牠們必須幫助盲人，如果去摸牠們，牠們就不會好好工作了。我認為那隻狗居然會告訴盲人怎麼走真是太酷了！盲人跟著那隻狗到處走，連過馬路都不是問題。紐約市的馬路上車子很多、很危險，連我都被規定必須牽著大人的手才可以過馬路。

媽咪和爸爸一起走向廚房的樣子看起來就像導盲犬領著盲人在走路。爸爸就像那隻狗，媽咪則什麼都看不見，所以爸爸必須為她帶路。我一直等到百分之百確定眼淚停了之後才跟著走進廚房，但是只剩爸爸在那裡了。

「媽咪呢？」我問。

「在樓上。我得給她吃藥才能讓她平靜下來。她非常的沮喪，現在要睡一會兒。」我可以看得出來爸爸仍然在生我的氣，於是新的眼淚幾乎又要湧出眼眶。

「對不起，爸爸。我本來想看卡通，可是一打開電視就是新聞頻道，我——」我的話還沒說完，爸爸已經開始教訓我。

「你不應該看新聞的，那不是給你這年紀的孩子看的。讓媽咪看到那些東西對她的狀況絕對沒有幫助。她才剛從醫院回家，如果你再這樣，我們很快就得再把她送回醫院。你不想要這樣，是不是？」

我不想要這樣，可是我什麼話都說不出來，所以我搖搖頭。我不想要媽咪回醫院。我想要她受到的打擊趕快結束，讓她可以恢復平常的樣子，而不要像個瞎子似的走路，或整天都在睡覺。我一直搖頭，一直搖頭，直到爸爸說：「好了，放輕鬆，札克。這對我們每個人都很困難，懂嗎？能不能請你去找點事情做，讓我安靜一會兒？咪咪待會兒就會回來，之後她就會陪你玩了，好嗎？」

「好。可是，爸爸，查理有受傷嗎？他兒子有射他嗎？」

「什麼？沒有，查理一點傷都沒有。」爸爸的語氣好像對查理沒受傷感到很憤怒。

我爬上二樓，看到爸爸和媽咪的房門開著，所以我走到門口看媽咪好不好。她躺在床上，可是沒在睡覺，只是睜著眼睛側躺著。當她看到我時，她把手臂從棉被往我的方向伸出來，於是我走過去，在她身邊躺下。媽咪緊緊抱住我，我們躺在那兒好久好久，什麼話都沒說，只有我和媽咪，感覺好極了。周圍好安靜，我唯一聽到的只有媽咪的呼吸聲。

我微微轉身想看她的臉，想向她說對不起，因為我讓她不開心，可是她的眼睛已經閉上了。我看著她的臉好一會兒，感覺到她的胸部上上下下的起伏，我維持姿態，動也不動，然後小聲的說：「對不起，媽咪。」我掙脫她緊緊的擁抱，爬下床，躡手躡腳的倒退走出他們的房間，房門發出一點嘎吱聲，我轉頭看媽咪，但是她還在睡。

然後我只想跑進我的祕密基地。我將衣帽間的門全部關上，在黑暗中找到手電筒，將它打開。我抱起克萊西，咬它的耳朵，我一直咬、一直咬、一直咬，很久很久，直到克萊西全身都被我的口水弄得溼答答的。

# 16 濺出的紅果汁

因為媽咪回家了，我其實應該回去睡自己的床，但是我在睡覺時又覺得害怕，所以媽咪要爸爸把我的床墊放在他們大床旁的地板上。她躺在她的床上，我躺在我的床上，但媽咪會牽著我的手，這樣我就可以安心的入睡了。我後來想起來我們忘了唱每天都要唱的那首歌，但媽咪似乎睡著了，而我又不想吵醒她，所以我再一次小聲的自己唱著那首歌，唱給我和克萊西聽。

隔天早上我醒來時發現自己在發抖。我注意到整個床墊非常冷，而且都溼了，我的睡褲和一側的睡衣也是溼的，我不懂為什麼所有的東西都溼了。然後我明白了。我在睡覺時尿尿了，我像個小嬰兒似的尿床了！

我從來沒有尿床過，除了三歲剛開始試著不穿尿布睡覺那一陣子，但是媽咪說過，即使是那時，也只出過兩次意外。媽咪會在半夜叫醒我，抱我去廁所。她說我會一邊睡一邊在馬桶上尿尿，可是隔天我卻什麼都不記得了。但是現在我長大了，我會自己醒來，然後去上廁所。

我的表哥強納斯一天到晚尿床，他跟我一樣六歲。他其實不是我真正的表哥，他是瑪麗伯母妹妹的兒子，所以也算是我的表哥。有一次他在我們家過夜，睡在我床邊的一張空氣床墊上，結果把那張床墊尿溼了。安迪取笑他，說只有小嬰兒才會尿床。我也有稍微取笑他一下，可是媽咪說那不是他的錯，我們不該笑他，讓我覺得自己很不應該。他可能是因為害怕和想念媽媽才尿床的，而且他大概也會覺得自己很丟臉。

現在我和強納斯一樣尿床了。我想到這裡，立刻覺得臉燙燙的，我知道這表示我因為尷尬而臉紅了。這類事情發生過很多次，像是在學校，羅素小姐對我說話，我沒有預料到而嚇了一跳，然後全班的人看著我，等我回答問題，我就會覺得很尷尬。但是當我知道待會兒要起來說話，而且有時間先想一想要說什麼，又很確定自己知道正確答案時，就覺得還好。如果是預料之外的，我就會整張臉漲得通紅，我稱之為「濺出的紅果汁」，因為它就像一杯紅果汁翻倒在我的脖子和臉上。當它發生時，我會試著把臉藏起來，然後等臉不燙了再露出來，可是我知道濺出的紅果汁還是在我脖子上沒有散。

紅色的熱果汁。它會在我脖子上留下紅點好一陣子，通常它會很快散掉，但如果有人說了什麼關於它的事或取笑我的話就沒辦法。安迪知道我有多討厭別人提到我臉紅的事，所以他當然特別喜歡大聲嚷嚷，讓大家都聽到。他覺得那樣很有趣。這時候，濺出的紅果汁就幾乎永遠都不會散了。

我思考著自己該怎麼做，因為我不想讓任何人發現我尿床。我偷偷往上看媽咪和爸爸的大床，只看到媽咪的背，她一動也不動，所以她一定還在睡，爸爸則不在床上。我快速爬起來，跑進我的房間脫掉睡衣。這麼做很噁心，因為我摸到自己的尿。我不想把溼掉的睡衣掛在衣架上，那會把其他衣服也弄溼，所以我把它放到浴缸裡，拉上浴簾。但溼答答的床墊要怎麼辦？我告訴自己說不定它晚一點就會乾了。

我換好衣服，坐在自己的床上好一會兒等著熱果汁的感覺消退。我注意到我的卡車，它們還散在我的書架前，這幾天我都沒玩。玩具車全都混在一起，沒有排成一列，我居然就這樣把它們丟在那裡，真是奇怪。

我站起來，走到浴室鏡子前檢查我脖子上的紅點是不是都消了，然後走進安迪的房間看他的上鋪，再走下樓梯。廚房裡沒有人，爸爸在他的書房裡講電話。他的書房門是玻璃做的，當他看到我站在門外，露出一個看起來很疲倦的微笑，然後指了指電話。我走進廚房，坐在高腳凳上。我餓了，可是沒有人幫我準備早餐。

我注意到iPad放在中島上，決定要玩我的消防隊停車遊戲。那是我最喜歡的一款遊戲。玩家必須模擬停車的狀況，將一輛超大的消防車停好，非常難，因為你不能撞到別的車或消防站的牆，但是我很厲害。我用手指滑過螢幕，iPad亮了起來，爸爸的報紙出現在螢幕上。

爸爸現在都在iPad或手機上看報紙。他以前看真正的報紙，就是每天早上會有人將它裝進藍色塑膠袋扔在我們家車道上的報紙。幫爸爸把報紙拿進來是我的工作，但是只有週末，因為週一到週五他會在我起床前就帶著報紙去上班。然後有一天，報紙不再送來，爸爸改在

iPad上看報。他每天都看好久，我真希望他繼續訂真正的報紙，那樣我就可以玩iPad了。

爸爸的報紙出現在螢幕上，我立刻看到關於槍手，也就是查理的兒子的報導。我把它往下拉，看到出現在昨天電視上的同一張照片。我覺得自己似乎不應該再往下看，因為如果爸爸發現一定會生氣。可是爸爸現在在書房裡講電話，媽咪還在睡，我不知道咪咪在哪裡，所以沒有人會知道我偷看。我試著去讀關於查理兒子的報導，又大又粗的黑體字寫著：「殺手的動機」，然後下一行用比較小但還是又黑又粗的字寫著：「瘋子的行為？或是情緒障礙的孩子想得到父親的注意力？」然後下面是許多更小、沒有粗體的字。

文章很難，但我看得懂其中一些，像是查理的兒子帶了四把槍去麥金利殺人，警方在他家，也就是查理的家找到另外四把槍，上面說，目前為止他們還不知道他的槍是從哪兒買來的。

我把螢幕往下拉，看到許多槍的照片。有些看起來就像普通的槍，和警察插在腰帶上的很像；有些槍很大，前面非常長，看起來像軍人用的槍。每張照片下都有小字寫著槍的名字。哇！它們的名字都超酷的。普通的槍下面寫著：「史密斯威森軍警型點四五半自動手槍」和「格洛克十九袖珍型半自動手槍」。看起來像軍人用的槍下面寫著：「史密斯威森軍警型M&P十五半自動步槍」和「雷明頓八七〇十二口徑霰彈槍。」

我瞪著照片看了好久，心臟跳得好快，因為槍很危險，但是它們也會讓人覺得有一點點刺激。我在想查理的兒子怎麼用這些槍殺了安迪，我在想不知道是哪一把槍射出的子彈殺死了安迪。而且我也在想，查理的兒子是怎麼把四把槍拿到學校的？到底要怎麼弄才能一次用四把槍？當子彈射進安迪身體時，一定非常非常痛吧？我還是不知道他被射中了哪裡，但是不管是哪裡，都讓他死了。

在槍的照片下，報導還說查理的兒子在出發去麥金利時，在臉書上發表了一段話。我在媽咪的手機上看過臉書。她很常用它去看她的朋友上傳了什麼，有時也會給我看它上面的照片和好笑的影片。她也會上傳照片，大多是我和安迪在運動之類的。爸爸不喜歡臉書，也不用臉書。有一次媽咪和爸爸還為臉書吵過一架，因為爸爸說媽咪不應該將我們的照片放上網路讓全世界都可以看到，媽咪卻說：「哼，想想你有多愛炫耀，這種話從你的嘴巴說出來還真是諷刺。」

查理的兒子在臉書上寫的是：

「查理的小天使們，今天就是我來毀滅你們的日子。待會兒見，老爸！為我祈禱吧！」

查理的太太在派對時就是這麼叫我們的：「查理的小天使們。」

我身後的警報器突然以機器人的女聲說：「前門！」，我嚇得幾乎把 iPad 摔到地上。我趕緊壓下 iPad 上方的按鍵將它關掉，然後放好。我的心跳得超快，臉上感覺有許多濺出的紅果汁。咪咪拿著超級市場的袋子走進來，我還以為她一眼就會注意到，可是她沒有。

去。

「早安，親愛的。」她對我打招呼。我沒辦法擠出回應，只能發出含糊的「嗯嗯」聲混過

咪咪將袋子裡的東西拿出來。我看著她拿出牛奶、雞蛋、香蕉。也許她忘了我們全家除了安迪之外沒人喜歡香蕉。安迪超愛吃香蕉的，但現在他不會在這裡吃它們，那麼咪咪從超市買回來的香蕉又有誰會吃呢？我一直瞪著被放在中島上的香蕉，聽見自己的聲音大聲在腦袋裡說：「誰要吃那麼多笨香蕉？」還有在腦子裡尖叫：「愚蠢、噁心的香蕉，裡面黏乎乎的！」然後我一把抓起香蕉，將它們丟進垃圾桶，感覺好極了。我走出廚房，完全不去理會咪咪在後頭大喊：「札克，寶貝，你為什麼要這麼做？」

# 17 感覺的畫

我從不知道你可以同時感受到一種以上的情緒。

尤其還是兩種互相衝突的情緒。我知道你可以覺得興奮，但是在你做了讓你覺得興奮的事時，興奮感就會消失，然後感到快樂，因為很好玩；或者因為結束而感到傷心，就像每個人都離開你的生日派對之後。可是同時感受一種以上的情緒？它們是在你腦子裡併肩同行，還是一種壓在另一種上面？或者是全都混在一起了呢？我從不知道居然會有這種事。

可是現在它卻發生在我身上。很困難，因為當你開心時，你至少知道想大笑或微笑，當你生氣或傷心時想大吼或大哭，但是當你同時感受到這些情緒時，你就不知道你想做什麼了。我在屋子裡漫無目標的走來走去，上樓、下樓，到處亂走，感覺像是因為我的內心無法平靜，所以我的外在也無法平靜。

我經過廚房掛著的家庭行事曆，停下腳步瞪著它，上面寫的還是上個星期我們應該要做的事。爸爸那行在最上面，然後是媽咪和安迪的，我的那行在最下面，因為是照年齡排列的，而我最小。行事曆上的名字是用擦不掉的麥克筆寫上的，這樣媽咪在每週日擦掉舊的內容再寫上隔週新活動時，名字才不會被一起擦掉。從此以後安迪的那行裡不會再有字了，在我和媽咪之間將會有一行空白，但他的名字還在，所以他也還是我們家的一員，只不過那不是真的了。

我瞪著安迪的那一行，看著他上星期應該要做的事，長曲棍球練習他只去了星期二，因為他星期三就死了。他沒在星期四去踢足球。他那一行的星期五寫著「長曲棍球比賽，晚上七點」。我在想不知道安迪的球隊是不是在沒有他的情況下還是去比了星期五的球賽，也許他們讓平常站在球場邊的後備球員代替安迪上場，好像沒人注意到安迪不在，一切都沒有改變。我開始生起氣來，他們怎麼可以還是去比賽。但是因為安迪真的非常厲害，常為球隊得分，所以少了安迪，說不定他們根本就不會贏。

今天是星期二。我們班在星期二有美術課。我很喜歡畫畫，而且很有天分。我差一點點就可以畫完芙烈達・卡蘿的畫像了，而且它看起來越來越漂亮，就像真的是她的自畫像一樣。我們在學校學過，芙烈達・卡蘿是個有名的墨西哥畫家，她畫了很多色彩鮮豔的自畫像，每一張畫裡的她眉毛都好粗，還會在眉心交會，所以看起來就像一條很長很長的眉毛。她雖然是女的，卻有明顯的鬍鬚。我也喜歡在畫畫時使用很多不同的顏色。今天不能上美術課讓我感到傷心，可是同時我又為我不用去上學感到開心。既傷心又開心。你看！完全相反的兩種情緒。

芙烈達・卡蘿很久以前就死了。她死的時候沒有很老，可是病得很重。我不知道她生的是什麼病，也許是像奇普伯伯一樣得了癌症。因為她的病，也因為她一生都很寂寞，所以她一天到晚都在畫畫。畫畫幫助她面對自己的感覺。這是我們的美術老師R太太告訴我們的。她說藝術就是在表達你的感情，也是處理情緒的好方法。想到R太太說過的話讓我決定我接下來要做的事：我要用畫畫來處理我的情緒。

我跑上二樓，拿出裝繪畫用品的大袋子，從裡面拿出圖畫紙，在房間地板上攤開。我呆坐了好一會兒，我並不知道要怎樣才能用畫畫來處理情緒。也許像芙烈達．卡蘿一樣畫一幅自畫像？我從廚房拿著一杯水，咪咪要我答應不會畫得到處都是，弄得髒兮兮的，我不禁想芙烈達．卡蘿在畫畫時是不是也得試著不要弄得到處髒兮兮的。

我將水彩筆放進我最喜歡的紅色，然後在紙上來回上下揮動，所以這不會是我的自畫像，而是我的手決定要畫的其他東西，我也還不知道它要畫什麼。一行往上，然後另一行貼著往下，然後再往上、再往下，就像一條長長的蛇。我在水彩筆上沾滿了紅色顏料，所以一開始紅色非常的紅，但是到後來，顏料越來越淡，最後只剩淺淺的粉紅色。長蛇在圖畫紙上的樣子讓我聯想到我尿床之後臉上濺出的紅色果汁。

所以紅色就像是尷尬的感覺。也許我可以選擇不同的顏色來代表心裡所有互相衝突的感覺，然後將每一種顏色畫在一張紙上，那麼我的情緒就可以被分開，而不會再混在一起了。嗯，這麼做可能會有幫助。

紅色——尷尬。我將那張紙放到一旁。

我考慮下一個感覺該畫什麼。悲傷。在我們的屋子裡，到處都是悲傷，尤其是媽咪所在的地方。媽咪是這麼悲傷，只要一靠近她，一定會感覺到。你距離她越近，越能感覺到她悲傷的情緒。媽咪一天到晚都在哭，大多數時候都躺在床上，她因為哭得太多，眼睛四周又紅又腫。我看著顏料。悲傷可以用灰色，灰色就像外頭的天空，就像下雨的烏雲。我在玻璃杯裡洗水彩筆，沒有把水濺在地毯上，然後在一張新的紙塗上灰色。

悲傷的紙放到尷尬的紙旁邊。

害怕。我現在無時無刻都感到害怕。絕對是黑色的。那是躲在學校衣櫃裡所有東西的顏色，黑色，幾乎沒有光線可以看到其他的顏色。那也是我在夜裡醒過來，以為槍手又回來的顏色，只不過還好它永遠只是一場夢。我把一張紙塗成黑色，全黑的紙看起來確實很可怕。

我也得為生氣找個顏色。生氣和憤怒。媽咪說過有那種感覺時，你應該用嘴巴說，不可以動手打人。「我很氣那個槍手。」我說。我認為生氣和憤怒一定是綠色的，因為綠巨人浩克就是綠色的。浩克本來的皮膚是白的，和普通人一樣，但他生氣時全身都會變綠，連臉也是。當浩克生氣時，整個人會突然長滿肌肉，變得又高又大，超級強壯，而且不知道為什麼會變成綠色，所以綠色總會讓我想到生氣和憤怒。我畫了一整張的綠色，將它放在其他感覺的紙的旁邊。好了，目前為止我有：

紅色——尷尬

灰色——悲傷

黑色——害怕

綠色——生氣和憤怒

寂寞呢？寂寞又應該是什麼顏色？我想寂寞應該是一種透明的顏色，所以就是沒有顏色，因為當你感到寂寞時，就好像其他人都看不到你，並不是好的看不到，像超人隱形那樣，而是帶著悲傷的看不到。可是圖畫紙是白的，你要怎麼在一張白紙上畫出透明的顏色？然後我想到一個好辦法。我拿出剪刀，將紙中間的部分剪掉，那麼它就變成像一個長方形的畫框，裡頭一無所有。寂寞——透明。

我想我同時感到快樂。我很高興自己沒有被槍手殺死，對安迪再也不能凶我也感到有一點開心。我可以在安迪的衣帽間裡建立祕密基地，他再也不能叫我滾出去。我在我的祕密基地裡感到快樂。現在快樂的感覺只有一點點，而且才剛剛開始，但是在媽咪從打擊中恢復，不再那麼傷心時，所有壞的感覺——憤怒、害怕、寂寞，就會慢慢走開，然後快樂的感覺就會越來越大。我、媽咪和爸爸可以再也不吵架的生活在一起，快快樂樂的，高高興興的。

快樂的顏色是什麼？黃色。像天空中的太陽那樣的黃。溫暖的黃色太陽高掛在夏季藍天中，而不是現在那種灰色悲傷的天空。

紅色——尷尬
灰色——悲傷
黑色——害怕
綠色——生氣和憤怒
寂寞——透明
黃色——快樂

我等著所有感覺的畫變乾，然後下樓去廚房拿膠帶將它們全黏在祕密基地的牆上。那是個將它們貼起來的好地方。我可以躺在安迪的睡袋上看著那些畫，現在它們都被分開了，要去想它們也就變得容易多了。

# 18 活生生的惡夢

槍手來了，真正的生活走了，現在我們好像活在一個虛假的新世界。我在那裡，爸爸在那裡，媽咪也在。咪咪為了照顧媽咪住在我們家的客房。奶奶和瑪麗伯母每天都會來。就是這樣我才知道現在和以前不同了，因為之前她們不會一天到晚都在我們家裡出現。

屋子外的世界看起來似乎一切正常，和從前沒有兩樣。當我從房間窗戶看出去時，我注意到真正的生活在外頭的街上仍然存在，看起來和以前一模一樣。強森先生仍會牽著奧圖在社區裡散步；垃圾車還是會來；郵差還是每天幾乎在一樣的時間，也就是下午四點送信來。屋子外的人繼續做著他們一直在做的事，我在想不知道他們是否曉得在我們屋子裡的一切都變了。

屋子裡和屋子外唯一相同的就是雨。雨一直下、一直下，好像永遠也不會停，就像媽咪一直哭、一直哭，好像永遠也不會停。

電視上播放著和之前一樣的內容，所有的廣告也都和之前一樣，像小甜甜圈有多好吃之類的，一切都沒變，好像它有多好吃有多重要似的。我想也許看看我喜歡的節目會讓我不再感覺活在一個假的世界裡，可是現在我一點也不覺得《菲哥和小佛》有趣，就連出現很好笑的劇情我也不會笑。因為現在我的心裡充滿了和笑完全相反的感覺。

我開始假裝我不過是在做惡夢，假裝我看著自己在夢裡四處亂走，因為這不是我想要的，真正的生活不是這個樣子的。我不想要媽咪總是躺在床上哭；我不想要每天早上走進安迪的房間檢查上鋪有沒有人，因為說不定他其實還活著。但是我沒辦法控制自己，每天早上我非這麼做不可。每次我在看上鋪之前，都會想：「要是他正躺在床上，而一切都是假的呢？說不定他只是在跟我們開玩笑，說不定他會坐在他的床上指著我哈哈大笑，因為我以為他真的死了。」但是每次我看到他空空的上鋪時，就像有人在我肚子上狠狠打了一拳那麼痛。

我不想再尿床了。昨天晚上我又尿床，連續兩天。媽咪發現了，她把溼睡衣從浴缸裡拿出來，換下床墊上的溼床單，丟進洗衣機。她什麼都沒說，可是我覺得尷尬極了。

我們不出門，感覺像是屋子裡和屋子外是兩個不同的世界，我們必須讓它們維持在隔離狀態。連爸爸都沒出門上班，但是他一直待在書房，把玻璃門關起來。我不知道他為什麼一直待在裡面，因為他看起來並不像在工作。他只是坐在那裡瞪著電腦，或者將兩隻手肘擱在桌上，把整張臉埋在他的掌心裡。

今天吃過早飯後，我從臥室的窗戶看著外面的世界，我真希望自己待在真正生活仍然存在的那一邊。一開始時，我只是看著雨，看著雨滴落在人行道的水坑製造出的圈圈，但是後來我注意到有人站在我們家對面的人行道上。

是瑞奇的媽媽。她又只穿一件薄薄的T恤，手上連傘都沒拿。她站在雨中，似乎根本沒注意到在下雨，可是她全身溼透了，而且睜大眼睛瞪著我們家。很奇怪。她就這樣瞪著，動也不動，也不越過馬路敲門。然後，突然間，我看到爸爸穿過馬路，一樣沒有撐傘，全身被雨淋得溼溼的。他抓住瑞奇媽媽的手臂，將她轉身，然後兩人一起往馬路的另一頭走。

過了一會兒，爸爸回來了，可是瑞奇媽媽卻不見了。我跑下樓梯問他剛才去哪兒，他用奇怪的表情看著我，說他必須出去走走讓腦袋清空一下。

在槍手來了之後的這段日子——我確認過廚房月曆，剛剛好一星期，更多人來我們家，帶來了更多更多的食物，即使廚房冰箱和地下室冰箱已經被塞得滿滿的。今天下午，我們學校的史丹利先生來了。我念一年級時，他開始到麥金利服務，相較舊的副校長席卡里利先生我更喜歡他。因為席卡里利先生有時很不友善，就算我們很乖、很尊敬師長，他也不會給我們很多星星，我們在幼稚園時不能辦睡衣日都是他害的。史丹利先生時常開玩笑，他有時會假裝在走廊迷路，因為他也是新來的，而且他常常給我們很多很多星星。

一年級生大概已經存夠辦睡衣日的星星了，因為我們只需要兩千顆，而在槍手來之前的那星期已經有一千八百顆，所以現在說不定有兩千顆了。但是我一直沒去上學，也許他們會在我不在的時候直接辦睡衣日，如果是這樣就太不公平了，因為我一直很乖，也很尊重師長，曾經為一年級得過超多星星。

史丹利先生進來時沒有開任何玩笑，但是他對我微笑，彎腰擁抱我。史丹利先生非常高，這就是為什麼學校裡的孩子叫他高個子史丹利，而不叫他扁平史丹利。我喜歡他的擁抱，雖然通常我不喜歡別人擁抱我。我想問史丹利先生關於睡衣日的事，但是他馬上和媽咪、爸爸走進起居室，而且他們禁止我跟進去。咪咪說我應該和她一起待在廚房，可是我真的很想知道史丹利先生在和爸爸、媽咪說什麼，所以我問咪咪我可不可以去二樓，她說好。我離開廚房後並沒有真的上二樓，我坐在樓梯上，試著偷聽他們的談話。很難，因為他們講得很小聲，我真希望可以靠近一點，可是這樣一來我就有可能被逮個正著，所以我只能試著打開我的超音波聽力。

「……我想讓你們知道提供給所有受影響家庭的資源已經到位。」史丹利先生的聲音說：「不只是受影響的家庭，我的意思是，顯然所有人都受到影響了，所有當時在學校經歷過那個……可怕事件的孩子們。但是，札克，他不只是親身經歷過，而且他還失去了哥哥……我無法想像……他一定非常痛苦。」

然後媽咪說了一些話，我聽不到，史丹利先生接著說：「是的。嗯，每個孩子反應都不一樣，當然。我也相信創傷後症候群不一定會立刻顯現出來。」

媽咪又說了什麼，而且又小聲到我聽不到，於是我往下移一階，想聽聽看媽咪是不是在說我的事。「他天天做惡夢，但那大概是正常的……」我感到臉上又開始濺出紅果汁，因為我不想媽咪告訴史丹利先生我沒有睡在自己的房間裡。

「嗯，謝謝你來通知我們。我們也有個很棒的家庭心理醫師，本來是安迪的……所以那也可以是另一個選擇。」爸爸說。

「那很好，非常好。」史丹利先生說。聽起來他們就要結束談話，走出起居室了，所以我在他們看到我之前飛奔上樓。

史丹利先生離開後，媽咪覺得很疲倦，又回床上躺下。我陪她躺著，媽咪喜歡這樣，她緊緊抱著我，說：「札克，我親愛的小札克。」以及「我們該怎麼辦呢？」然後她哭了又哭，直到枕頭都溼透了。她的眼淚弄溼了她的頭髮、我的頭髮，可是還是不停不停的流出來。這麼靠近媽咪和她的悲傷讓我的喉嚨長出一個好大的硬塊，我試著想把它吞下去，可是很痛，那個硬塊讓我從脖子到耳朵都痛得很厲害。這麼靠近媽咪的悲傷感覺不太好，可是我還是留下，因為媽咪不想要我離開。

爸爸進來在他那邊的床躺下，我變成被他們兩個夾在中間。他靜靜的看著流淚的媽咪。他伸出手，環抱我們。我在想這麼靠近媽咪的悲傷，不知道會不會也讓他的喉嚨長出一個大硬塊？過了好一會兒，爸爸輕撫媽咪的頭，也拍拍我的頭，之後起身離開房間。

# 19 醒來

我不懂為什麼要叫「守靈」，因為畢竟死人再也不會醒來，而他的靈魂應該也升上天堂了。我參加奇普伯伯的守靈時才六歲，那是我第一次看到真正的死人，因為奇普伯伯的棺材就放在守靈室的前方，而棺材蓋是打開的。奇普伯伯躺在裡面，看起來和平常一樣。我不想靠近棺材，但是我們在守靈室待了好久好久，守靈持續了兩天，一共兩場，所以我只能一直看著奇普伯伯。

我在想也許他不是真的死了，也許他在開玩笑，因為奇普伯伯最愛開玩笑了，他或許是在等一個最棒的時機在棺材裡坐起來嚇我們。很多人走到他的棺材前，跪坐下來，觸摸他的手。他的雙手交疊在胸前，我在想不知道是不是他死的時候手就放那樣？我在想不知道他的手摸起來是什麼感覺，會很冰冷嗎？如果他要開玩笑，現在是坐起來的最佳時機了，一定會把跪坐在棺材前的人嚇得屁滾尿流。可是奇普伯伯一直沒有坐起來，還是動也不動，而在教堂舉辦喪禮時，棺材蓋也就被永遠闔上了。

吃過早餐後，爸爸幫我穿上我的黑西裝。嗯，事實上，那不是我的西裝，而是安迪在奇普伯伯的守靈和喪禮上穿的西裝。我要穿著安迪的西裝去參加安迪的守靈，想起來不免有些好笑。不是你會想哈哈大笑的那種好笑，而是帶點黑色幽默的好笑。奇普伯伯死時，媽咪帶我和安迪去購物中心買西裝，因為我們兩個都沒有黑西裝，但是有人死時，你一定要穿西裝，而且一定要是黑色的，因為穿黑色代表你很悲傷。所以黑色也是悲傷的顏色，可是我在創造感覺的畫時為「悲傷」選了灰色，「害怕」選了黑色，黑色的西裝和我害怕參加守靈的心情倒是很合。我們去購物中心買西裝時安迪大發脾氣，因為他不想穿，但是我很喜歡，穿上西裝讓我感覺自己就像是出門上班的爸爸，不過是袖珍版的。

一開始，我先試穿奇普伯伯死掉時我自己的西裝，但是它太小了，我連褲子都扣不上，所以爸爸從安迪的衣帽間拿出他的西裝，我有點擔心祕密基地被發現，可是看起來應該是沒有，因為當爸爸拿著安迪的西裝走回來時什麼都沒說。他拿著西裝外套為我穿上，袖子太長，我的兩隻手都不見了。

「爸爸，這袖子讓我覺得很不舒服。」我說，我的手一直卡在衣袖裡，必須不停揮動手臂才能把手伸出來。安迪大我三歲半，個頭比我高很多，就算在同齡的孩子裡他也算比較高的。我沒有特別高，我就是我這年紀的正常高度。

「抱歉，札克，沒有別的辦法，只能這樣了。」爸爸說。我有點驚訝，因為爸爸向來要求我們衣著合身得體。「我們不能穿得像遊民就出門了。」他總是這樣對我們說，然後叫我們上樓去換比較好看的衣服。

我不知道為什麼我們不能去購物中心再為我買一套新西裝，過長的袖子真的很討厭，而且我的肚子也開始有點痛。

「你可以幫我把袖子捲起來嗎？」我的聲音裡滿是抱怨，因為肚子痛，我一直扭來扭去。

「你不可以把西裝袖子捲起來。不要去管它，那不重要，懂嗎？你可不可以固定在一個地方幾秒鐘讓我把領帶弄上去？」爸爸口氣嚴厲的說，然後我可以看得出來他有點後悔那樣說話，因為他又說：「你看起來帥極了。」又特地用手耙過我的頭髮。

「聽著，今天對我們大家來說都很困難，懂嗎？」我點頭表示我懂了。

「我要你幫我一個忙。你今天要當個大孩子，幫我照顧媽咪，好不好？我今天真的很需要你幫忙。」

我又點頭，雖然我感覺不太對勁，因為我其實並不知道自己是不是真的能幫上忙。

我們開媽咪的車去守靈。我們把它丟在醫院前，但它沒被拖吊。奶奶和瑪麗伯母隔天去媽咪停車的人行道將它開了回來。但是今天開車的不是媽咪，她坐在副駕駛座，瞪著窗外，雖然外面的大雨打在玻璃上什麼都看不到，而且玻璃也因我們的呼吸變得霧濛濛的。咪咪和我一起坐在後座，同樣也瞪著窗外。爸爸開得非常慢，離我們家越遠，他就開得越慢，即使馬路上根本沒車。

我們沒開收音機，車子裡安安靜靜的，我只聽到雨滴落在天窗上的聲音，以及雨刷快速掃過的嘰嘰聲。守靈時會有很多人來，會有很多交談，我真希望我們能一直坐在車裡往下開，就我們四個。

「媽咪？」我對著安靜的車子說，聽起來好大聲。

媽咪的肩膀往上提了一點點，但是她沒有轉頭，也沒有回答我。

「媽咪？」

「什麼事，札克？」爸爸說。

「我們一定得去守靈嗎？」我問，雖然我知道這是個蠢問題。羅素小姐總是說沒有問題是蠢問題，但是那不是真的，因為當你已經知道答案卻還是問了，怎麼能夠說不蠢呢？咪咪抓住我的手，給我一個悲傷的微笑。

「是的，札克。我們必須去守靈。」爸爸說：「我們是安迪的家人，大家會來向他說再見，並對我們表達慰問之意。」

我又想起奇普伯伯的守靈，那讓我的肚子更不舒服了。我試著想把車窗打開，呼吸新鮮空氣，但是我的窗戶被鎖住了。爸爸喜歡用駕駛座的中控鎖鎖住後面的窗戶，雖然我時常暈車，呼吸新鮮空氣會對我有幫助，但是爸爸說打開窗戶讓他耳朵不舒服，所以禁止我們開窗。我幾乎只有在爸爸開車時才會暈車，如果開車的是媽咪的話就不會。

我不想看見死掉的安迪被裝在棺材裡。我們抵達守靈的地點，爸爸把車停好，我的心臟跳得超快，我覺得自己就要吐了，眼淚一下子湧了上來。我用力捏住鼻子，捏得我鼻子好痛。

「下車，札克，快一點。」爸爸說。

我想待在車子裡，但是爸爸繞過車子打開我的車門。我看到媽咪站在車子旁，被雨淋溼了，她看起來好瘦小，和我一樣害怕。她對我伸出手，臉上出現想要我和她一起進去的渴望表情，於是我下了車，牽著她的手，兩個人開始往前走。

裡面有幾個穿西裝的男人，他們小聲的和媽咪、爸爸、咪咪交談，除了我們之外還沒有任何人來。我轉頭看看四周，這裡看起來和我們替奇普伯伯守靈的地方很像，就像是個豪華旅館的大廳，和我們有時在紐約市過夜的飯店大廳一樣。舒服的大沙發椅之間擺著小桌子，天花板垂掛著亮晶晶的水晶燈，腳下的紅地毯又鬆又軟，優美的鋼琴聲在房間裡四處飄揚。

那個像是飯店大廳的房間很舒適，我想坐進其中一張大沙發椅裡，但是就在這時爸爸說我們該去守靈室了，然後我的肚子馬上感覺不舒服。媽咪牽著我的手，她握住我的手的力氣越來越大，但是我沒有試著把手抽回來，因為我覺得媽咪現在需要緊緊的握住我的手。

爸爸一隻手放在媽咪的背上，一隻手放在我頭頂上，開始將我們兩個推過大廳，走向一扇門前，我猜守靈室應該就在那扇門後。咪咪走在我們身後，我們全都走得很慢，步伐很小。

我們接近那扇門，我屏住呼吸，低頭看著自己的腳。我每走一步，鞋子就陷進柔軟的紅地毯裡，我轉頭看自己是否留下了腳印。真的有！但是在我抬起腳後，地毯馬上就彈回正常的樣子。我一直盯著自己的腳，感覺有什麼可怕的東西就等在那扇門後，什麼龐大而恐怖的東西。那扇門應該永遠被封起來，不准打開。

# 20 巨型雙份衛生紙架

門被打開了。紅色的地毯變成了藍，房間裡很安靜，聞起來好香，像在花園一樣。媽咪發出像是快速吸了好幾口氣的聲音，然後就放開我的手走掉了，但我不知道她走去哪兒，因為我還低頭盯著自己在藍色地毯上的鞋。

沒有媽咪緊緊牽住我的手，讓我感覺好像被丟在什麼地方走失了。我繼續站在門邊，因為我不想用我的眼睛，而是試著用其他的感官去發現我周圍的環境是什麼樣子。我使用觸覺，用手指觸摸牆壁，它貼著壁紙，非常光滑，還有鞋子碰到的藍色地毯和大廳的紅色地毯一樣柔軟。我無法使用味覺，因為我的嘴巴裡沒有東西，但從剛才坐在車裡有點暈車後，我的嘴巴裡感覺一直不太好。我利用嗅覺，這裡聞起來真的就像在花園，充滿花香，而且甜甜的。一開始我很喜歡，但後來越聞越甜，就覺得不太舒服。當我利用聽覺時，我以為我會聽到鳥鳴或蜜蜂叫，就像你會在花園裡聽到的那樣，可是卻什麼聲音都沒有。即使我已經將我的超音波聽力開到最大，也還是什麼聲音都沒有。

然後，我聽到哭聲，一開始很小聲，聽起來很遙遠，然後越來越大聲。那是媽咪的哭聲。媽咪不知道在房間裡的什麼地方，但她的哭聲越來越大聲，越來越大聲，而且哭了好久。我在想也許我應該去找她，可是我卻一直站在門邊，因為我現在已經熟悉這裡，而且我一點都不想再去認識房間裡的其他地方。突然間我聽到一聲巨響，像是什麼東西打碎了，我立刻抬起頭，然後馬上看到我不想看到的一切。

棺材。就放在房間前方，正中央的位置。它的顏色和奇普伯伯的不一樣，這個是淡棕色，而奇普伯伯的是黑色的，而且尺寸也小了許多。棺材蓋已經關上，許多花放在上面，不像奇普伯伯的是打開的。我穿著西裝的身體開始發燙。安迪就在那裡頭，他的身體就在那裡頭。

爸爸和咪咪站在棺材前面，正努力的要將媽咪拉起來。她癱坐在地板上，就在一個插滿紫色花朵、翻倒在地的大花瓶旁邊。從門邊我站著的地方到前方安迪的棺材之間放了許多排椅子，中間有走道隔開，看起來就像槍手來的那天我們去的教堂。牆壁上和棺材旁布置著許多花，它們很漂亮，色彩繽紛，難怪聞起來像個花園。我也看到四周都是照片，大部分是安迪的，也有一些是家庭合照，照片被固定在板子上，或是裝在相框裡，放在長桌上。

我聽到身後有聲音，人們開始走進守靈室，奶奶和瑪麗伯母、尿床的表哥強納斯和他的媽媽、爸爸，還有其他我們家族裡的人都來了。媽咪、爸爸和咪咪站在前面。媽咪抓住爸爸的手臂，她看起來好像隨時都會再跌坐在地板上。她直直瞪著前方，沒有再發出任何哭聲，但眼淚不斷的流下她的臉頰，滴落在她黑色的洋裝上，可是她沒去擦，只是讓淚水一直滴、一直滴。

房間裡的人越來越多，每個人都用耳語似的音量低聲交談，好像他們害怕太大聲會吵醒棺材裡的安迪。所有的輕聲交談加起來在我的耳朵裡卻響得不得了。

「我們到前面去和你爸爸、媽媽站在一起吧！」奶奶說著用手推我，她的指甲很尖，微微刺進我的背裡。我們在前面排成一排，站得非常靠近棺材，包括我、媽咪、爸爸、奶奶、咪咪和瑪麗伯母。我一點都不想站在那裡，離棺材太近了。

其他人走到前面和我們說話，我的袖子又開始讓我覺得不舒服，我的右手在我每次抬起來和別人握手時都會卡在袖子裡，還有爸爸幫我綁的領帶，打結的地方剛好卡住我的喉嚨，讓我覺得很壓迫。我吞了好幾次口水，每一次我都覺得口水卡在我繫領帶的地方。來的人對我們說：「請節哀順變。」越來越多的擁抱，越來越多的握手，但我的手卻每次都卡在袖子裡。

我的肚子像是餓了似的叫了好大一聲，但是我一點都不餓。我試著用手將領帶拉鬆，可是它動也不動。我開始覺得呼吸困難，全身發熱。我想要呼吸，但沒有空氣進入我的身體，我的肚子越來越不舒服。

我離開我們排在棺材前的隊伍，往像大廳的房間走。我想跑，因為我覺得似乎快大在褲子上，可是我沒跑，房間裡有好多人，他們全部看著我，濺出的紅果汁又出現了。當我走到像大廳的房間時，我立刻看到廁所的牌子一路指向房間的另一頭。我試著走快一點，全身都在冒汗，呼吸急促，但感覺像吸不到任何空氣。我終於走到廁所，我可以感覺到自己快要忍不住了，我試著脫下西裝褲，可是褲頭有個鐵鉤卡住了，我沒辦法拉開它。

我大出來了。它一直來、一直來，我可以感到內褲又熱又溼。我猜我拉肚子了，因為我同時感到我的左腿熱熱的，溫熱的感覺一路延伸到我的襪子。

我試著站得筆直，因為一切又溼又黏，我一點都不想去感覺它。它的味道讓我想吐，非常非常臭。我不知道該怎麼辦，我困在廁所裡，褲子裡沾滿了大便，而廁所外的所有人過沒多久就會知道了。

廁所的衛生紙塑膠蓋上有張貼紙。我一遍又一遍的讀著它：

巨型雙份衛生紙架。

巨型雙份衛生紙架。

巨型雙份衛生紙架。

我用手指滑過每一個字。

巨型雙份衛生紙架。

重複念那句話幫助我稍微鎮定了一點。我知道下一個字是什麼，念完一次之後，我又從頭開始再念。

我站在馬桶前很久很久，事情並沒有改善。它聞起來糟透了，我一定得做些什麼，可是我不知道該怎麼做，而且我們並沒有帶備用褲子。沒有人進來，我聽不見外頭的聲音，所以我又開始試著脫掉我的長褲，這一次鉤子一解就開了。這真是太不公平了，為什麼它現在那麼好開，剛才卻怎樣都打不開呢？

我慢慢的拉下長褲，臭味更濃了，我覺得我快要乾嘔了。所謂的乾嘔就是當你覺得自己快要吐了，嘴巴張開要吐，可是並沒有真的吐出東西來。每次我坐爸爸的車而暈車時，媽咪會幫我拿袋子讓我嘔吐，然後爸爸和安迪就會開始乾嘔，而且故意演得很誇張。之後爸爸會打開所有的窗戶，要是他肯早點打開的話，我也就不會暈車了。

我一邊乾嘔，一邊脫掉我的襪子和鞋子。真的有大便在我左腳的襪子裡，而且我整條左大腿、內褲也全都是。大便不停流出來沾在地板上，實在太噁心了，我開始哭了起來。

我一直沒有哭。當槍手來學校，我必須和班上的人躲在衣櫃時，我沒有哭。當爸爸告訴我安迪死了，媽咪在醫院像個瘋子，我們必須把她留在那裡時，我沒有哭。在那之後，每一次眼淚湧上我的眼睛時，我還是沒有哭。可是現在我卻哭了。現在就像是我之前所有沒哭出來的眼淚一次爆發出來，一發不可收拾。我沒有試著去捏住鼻子阻止眼淚，我甚至也不想去阻止眼淚。我只是讓眼淚一直流、一直流、一直流，感覺好極了。

我試著拿衛生紙去擦地板上的便便，可是反而弄得地上到處都是。我試著擦乾淨我的腿和屁股，從巨型雙份衛生紙架扯下好多好多衛生紙。我一邊哭，一邊擦，一邊拉下更多衛生紙，然後我試著沖馬桶，可是大概是紙太多了，沖不下去。

然後門開了，一個我不認識的男人走進來。他看到我光著屁股，因為我一直沒想到要關上廁所隔間的門，所以他一推開門就看到我了。他用手摀住嘴巴，立刻退出去。我鎖上小房間的門，過了一會兒又有人進來，我聽到爸爸的聲音。「札克？我的天啊！噢，我的天啊！你到底在做什麼？」我沒有回答他，因為我不想要他知道。

「開門，札克！」

於是我開了門，爸爸看到我的慘狀，拉起西裝外套遮住鼻子，我可以看得出來他很努力不要乾嘔。

我今天本來應該當個大孩子的，現在我卻在做完全相反的事。我變成了一個小嬰兒。媽咪隨後也走進廁所，雖然這是男生廁所，而女生不應該進來男生廁所的，她要是被別人發現有可能會惹上麻煩。當她看見我時，發出很大的一聲「噢！」，然後她推開爸爸，跑過來緊緊的抱住我。她甚至不在乎便便會沾上她的洋裝。她緊緊抱住我，輕輕的搖晃我，一直哭、一直哭，而我也是一直哭、一直哭。我哭得太多、太用力，最後頭都痛了。爸爸站在那裡，拉著西裝遮住他的鼻子，只是張大眼睛，什麼都沒說的瞪著我們。

# 21 戰號

「好，隨便，只要你不來煩我們，你就可以留下。」安迪從岩石上對我大叫，我開始往他的方向爬，免得他改變主意。岩石十分高大，表面卻很光滑，我一直不停的往下掉。

「把你的布希鞋脫掉會比較容易。」莉莎說。她爬在我後面。

我踢掉腳上的鞋，它們沿著岩石滾落，掉到莉莎家的後院裡。莉莎的家建在一個小山丘上，所以她家的院子都是下坡地。我光著腳接觸到熱熱的岩石表面，有一點燙，可是我很快就習慣了。空氣也很熱，我身上的T恤背後全被我的汗浸溼了，你幾乎可以看到熱空氣從岩石冉冉升起，模糊了視線，陽光照得岩石裡的小石英閃閃發光。

我也聽見了熱氣的聲音，像是「滋！」那樣的長聲。到處都是蟋蟀，我看不到牠們，但是可以聽到牠們唧唧的叫聲。牠們一起大聲合唱，只是開始和停止的時間每隻不一樣。

安迪本來說我不可以和他、莉莎和其他人一起玩，但是後來他答應了。也許是因為艾登也在那兒。艾登和我一樣六歲，他是詹姆斯和珍的表弟，而他們的媽媽說他們一定要和他一起玩。而且大概也是因為莉莎，她對我很好，當她在的時候，安迪會對我比較好。我猜安迪喜歡莉莎，希望莉莎也會喜歡他，當她要求他不要做什麼事，比如不要叫我笨蛋或要我滾開時，他就會照做，而且她在時安迪也不會生氣。

「你可以當印第安人。」我爬上岩石在他身邊坐下時，他對我說。我看著他拿瑞士刀削一根木棍做弓。那是爸爸的瑞士刀，媽咪認為它太危險了，不想讓安迪用它，可是爸爸說：「我得到這把刀時比札克還小，看在老天的份上，你太大驚小怪了。正常的男孩就該這樣，我們不該過度保護，對不對？」然後他拍拍艾登爸爸的背，媽咪就沒有再說什麼了。

我們要玩的是印第安人遊戲，安迪是酋長，他盤腿坐在岩石正中央，就像電影裡酋長的坐姿。他頭上戴著一個黏了各種顏色羽毛的髮帶，將他所有的頭髮往後推，所以看起來有點好笑。

「我們要把所有樹枝上的小枝節切掉，讓樹枝變得很光滑。這很重要。懂了嗎？」安迪對我說。我知道我們是在假裝，可是感覺很像真的，我很興奮。

「可以讓我試一下嗎？」我問。

「不行，你還不能用刀子，對你來說太危險了，只有我才能用。」安迪說。

我可以感覺到岩石的熱氣透過短褲在加熱我的屁股。

「這裡當瞭望哨很棒呢！」艾登說。

「對，我們身後的牆在打仗時可以保護我們的隊伍。」安迪說。

莉莎指著她家的左側和右側。「那麼敵人只能從那裡和那裡進攻，我們就可以事先看到。」她家的右邊是個大露臺。媽咪和爸爸正坐在那裡和莉莎的父母，還有其他的大人一起烤肉聊天。

「我們還沒為部落取名字呢！」詹姆斯說。他正在製作打獵用的長矛。

「也許可以用『失落男孩』？就像《小飛俠彼得潘》裡他們開始和印第安人交朋友時一樣？」我提議，「嗯，『失落男孩和女孩』。」我更正，因為莉莎和珍也在。

「不行，太蠢了。」安迪說：「我們用所有族人的名字，或者大家名字的前兩個字母。」於是我們試著將名字的前兩個字母放在一起，最後決定以「詹札珍莉安艾」為我們的部落名稱，聽起來很像印第安話。我們很快的說出來：「詹札珍莉安艾，詹札珍莉安艾，詹札珍莉安艾。」

「當我們和其他部落打仗時，它也可以充當我們的戰號。」安迪告訴我們，然後他大喊：「詹札珍莉安艾！」

「詹札珍莉安艾！」它像個小小的迴音從莉莎家折返回來。

我們將所有的預備用品攤放在岩石上：要拿來做弓、箭和長矛的木棍、不同顏色的線，還有各種羽毛和珠子。我們有兩小袋箭頭，那是我和安迪兩個星期前在一個公園參加營隊時得到的，那一次我們還去河裡尋寶。他們發給我們一大袋看起來像是沙子的東西，每個人拿到一個中間有網子的木框，然後叫我們去河邊。當你把網子木框放進水裡，把沙倒進去時，所有的沙會從網子的小洞流走，你就會看到藏在沙子裡的漂亮小礦石，如果運氣好還會得到一些箭頭。它們是印第安人用發亮的黑石頭做出的真正箭頭，兩側鋒利，頂點尖銳。我和安迪回家時都帶了滿滿一小袋的礦石和箭頭。

線和羽毛是莉莎和珍的，是她們放在家裡的美勞材料。她們一直想起還有什麼可用，不停的跑回家拿來讓我們裝飾箭頭和長矛。

「札克，我們需要更多好的木棍來做弓，也去我們家的院子找一下。」安迪說。於是我照做。要拿來做弓的木棍必須又長又細，這樣才能彎曲而不會斷裂，安迪會在木棍尾端割出切口，讓我們在兩端綁上線。你必須先把線綁在一端，然後再拉過去綁住另一端讓它變成一個大大的D。拿來做箭的木棍則比做弓的短，但要粗一點，安迪只在其中一端用刀子割出像X的二道切口，讓我們插上羽毛，然後再把箭頭用線綁在另一端。長矛需要的木棍更長更粗，但我們沒有足夠的箭頭裝在長矛上，而且我們的箭頭尺寸也不夠大，所以就用厚紙板割出長矛用的假箭頭。

我們花了很長的時間製造武器，討論和敵人對戰的情況，我們就像一個真正的部落一樣分工合作，沒有人吵架，過去我和安迪從來沒有像這樣一起玩過。每個人都笑說我們的腳變得又黑又髒，但安迪說就是這樣別人才會知道我們是真正的印第安人。我們身上到處都是被蚊子叮咬的包，尤其是我，因為蚊子最喜歡叮我了，可是我們一點都不在乎。

我們終於把武器準備好，是開戰的時候了。我們分成兩組，我以為我們會是同一個部落的人，但安迪說他改變主意了，因為和看不見的敵人打仗沒有那麼好玩，所以他要大家分成兩隊，互相對抗。我想和安迪同組，但他先選了艾登，然後又說他不想要一隊裡有兩個六歲小孩，所以現在我們又變成敵人了。

安迪的部落在莉莎家的左側消失，我看到酋長安迪跑在最前面，珍和艾登跟在後頭。我、詹姆斯和莉莎分開藏在灌木中等待他們出現，我們帶著弓、箭和長矛，在灌木和樹之間跑來跑去尋找掩護。我們從莉莎家的後院繞過她家，穿過馬路進到我們家後院，然後跑進另一個鄰居家的院子。

「你看到他們了嗎？」莉莎輕聲問我，她的聲音聽起來好像很害怕，所以我也開始有一點害怕。我的心跳得很快，我們像是在和真正的敵人作戰。但是我想到安迪，當他在黑暗中消失時看起來一點都不害怕，他看起來很勇敢。我決定我也要那樣，要勇敢。

「找掩護。」我用比較大的耳語音量說，然後藏在樹後面。詹姆斯和莉莎也躲到我旁邊的那棵樹後。「別出聲。」

我的呼吸急促，我試著讓它平緩下來，然後我聽到很大一聲「詹札珍莉安艾！」從前方傳來，我無法確認聲音從哪裡傳來，但我還是從樹後面跳出來大喊：「攻擊！」好像我真的是個即將出征的勇敢印第安人。

我聽到前方有個很像安迪的聲音大喊：「詹札珍莉安艾！」突然間，詹姆斯出現在我身旁，他將長矛往戰號傳來的方向擲出。我將箭架在弓上準備好。

「詹札珍莉安艾！」我又聽到有人在喊，這次聲音更靠近我們了。我射出一根箭，看著它消失在黑暗裡。一秒鐘後，我聽到很大聲的慘叫：「啊啊啊啊啊啊啊！」

「大家暫停！安迪受傷了。」我聽到珍的叫聲。

我跑向她聲音傳來的方向，然後我看到安迪。他躺在我們家和莉莎家之間的小路上，我的箭插在他的胸口，他一動也不動，雙眼緊閉，在街燈的照耀下我看到了紅色的鮮血。他的T恤上都是血，還有他的身體下方出現一個血池，越來越大，越來越大，彷彿他全身的血液都流到了小路上。

我蹲坐在安迪身邊，開始尖叫：「安迪！安迪！醒來，安迪！醒來，醒來，醒來！安迪！媽咪，媽咪，媽咪！」我放聲尖叫，叫了又叫，然後有隻手從我身後握住我的肩膀，拚命的搖晃我。我繼續尖叫，一直叫、一直叫，而那個人也繼續握著我的肩膀一直搖、一直搖。

「札克！札克！醒來，醒來，札克。趕快清醒過來。」黑暗中我看到爸爸，就是他在拚命搖我。

「爸爸，我用箭射中了安迪。爸爸，我想我殺了安迪。我想他死了！對不起，對不起，我不是故意的。我們只是在玩，我們只是假裝在打仗！」

「什麼？那只是個夢。你又做惡夢了。你看！」爸爸說。他舉起手，將什麼東西推到一邊，然後就不再那麼黑了，我可以看到我們並不是在後院的小路上，我們是在我的祕密基地裡。

我眨了好幾次眼睛，因為光線射進祕密基地，也因為眼淚，我不知道為什麼我會在這裡，而且爸爸還和我一起在這裡。「可是……可是……它發生了。它真的發生了。我看到他流了好多血。因為我的箭，我殺了他。」

「不，札克，它沒有發生。你沒有殺死安迪。我的天，你剛才差點把我嚇死了。」爸爸說，「過來。」他將我拉出衣帽間，然後讓我坐在他的大腿上，抱著我。我把頭靠在他的胸口，聽到他的心臟跳得好大聲。

「我聽到你在尖叫，可是我不知道你在哪裡。我到處找你，可是無法辨別尖叫聲到底是從哪裡傳出來的。我找了好久，才在裡面找到你。你跑到安迪的衣帽間裡做什麼，札克？」爸爸一邊說話，一邊輕輕拍著我的背。我開始鎮定下來，爸爸打雷般的心跳聲也逐漸變小。

「我猜我大概是睡著了。」我回答。

「可是為什麼睡在安迪的衣帽間裡？」

「那裡現在是我的祕密基地。」我說。

「原來如此。」爸爸回答。

「我夢到上次烤肉時我們在莉莎家的岩石上玩印第安人遊戲。」我告訴爸爸，感覺上那不過是一分鐘前的事。

「我記得你們玩得非常開心。」

「就像一場真的冒險。」我說。

「真的。」

「所以我沒殺死安迪。」

「不，你沒有。」

「可是他死了。」我說，聲調聽起來並不肯定，而像個問句。

「是的，札克，他死了。」

# 22 道別

你死了之後會舉辦喪禮，那就是大家來和你道別的時候。守靈時，某種形式上你還是和親戚朋友在一起，如果棺材還開著，他們就可以看到你，或者至少還可以看到守靈室裡到處放置的你的照片。可是在喪禮上每個人都會向你道別，而且這一次是永別。向他說最後的再見。媽咪在奇普伯伯的喪禮上是這麼說的。

你死了之後，人們會開始忘掉你，而且他們再也不能見到你。這已經發生在安迪身上了。守靈的隔天是他的喪禮，那時我就注意到了。每個人都在談安迪，可是他們談論他的方式好像他們只記得他的一部分，而不是全部。

「噢，安迪實在是個可愛的孩子，班上大家都喜歡他。」

「他超會搞笑的，是不是？個性好鮮明！」

「他好聰明，智商高到不可思議。」

好像他們在談的根本不是安迪，或者他們已經開始忘記他真正的樣子。

喪禮時，我坐在教堂第一排的長椅上，媽咪和爸爸中間。不是學校旁邊的教堂，也不是奇普伯伯喪禮的教堂，而是一個我們從來沒去過的教堂。那裡一點都不像教堂，只是一個有很多長椅的大房間。它非常非常冷，和別的教堂一樣也有祭壇，而安迪的棺材就擺在祭壇前，上面堆滿鮮花。牆上沒有耶穌被釘在十字架上，只有十字架，沒有耶穌。這樣很好。我不想像在學校旁的教堂一樣，坐在那裡看著手上、腳上都有釘子的耶穌。

整個大房間裡都是人，很多人甚至沒位子坐，只能站在後面。我轉頭，看到很多昨天來守靈的人今天也都來了。我昨天沒有一直待在那裡。因為那個意外，所以我必須和瑪麗伯母先回家。我們的親戚朋友、鄰居、學校的同學和家長、爸爸的同事，還有許多我不認識的人都來參加安迪的喪禮。當我把頭轉回來時，看到羅素小姐坐在教堂後方的長椅上。她看起來仍然臉色蒼白，臉上掛著兩個大大的黑眼圈。當她發覺我在看她時對我微微一笑，然後舉起她的手。一開始我以為她是在對我揮手，然後我才發現她是在搖她手上的吊飾手鍊。這讓我想起她給我的那個吊飾，它正躺在我祕密基地的角落，真希望我今天有記得把它帶來。我也對羅素小姐笑一笑，然後轉過頭去。

我不喜歡坐在這麼前面，我可以感覺到背後所有人投射過來的目光。媽咪一隻手環抱著我，緊緊抓著我，她抓住我手臂的手指因為用力過度更顯蒼白。從她身上傳來的悲傷讓我的胸部覺得好緊，而且其他來教堂的人似乎帶來了更多更多的悲傷。大房間裡充滿了人，還有他們的悲傷，將我的胸膛壓得越來越緊，到最後我只能急促的小口呼吸。

安迪的棺材就在我們座位的正前方。我好奇，不論在天堂還是在別的地方，安迪的靈魂知不知道現在是他的喪禮？人們正在對他做最後的告別，而且他在棺材裡的身體就要被送到墓園、埋進墳墓裡了。他能看到我們坐在這個冷得要死的房間長椅上嗎？他能感受到這些人的悲傷嗎？

喪禮開始。穿著黑袍子、戴著十字架項鍊的教堂男人用麥克風演講。他說了很久，我不是全部都聽得懂，但其中有些是在說關於上帝的事。然後他談到安迪。我不知道他怎麼曉得那些事，因為我們以前並不認識他。他在演講中還穿插了好幾條我沒聽過的歌，教堂裡許多人也陪他一起唱，但是媽咪和爸爸都沒有開口，他們只是坐得直直的，非常安靜。我們三個坐得很近，彼此大腿貼著大腿，手臂碰著手臂。

教堂男人的演講和歌唱結束後，爸爸站了起來。他慢慢的走向麥克風，我猜他也要演講。我事先並不知道他要這麼做，他站起來後我的左邊空空的，好冷。

除了媽咪，在場的每個人都瞪著爸爸。媽咪只是低著頭，瞪著她大腿上握著衛生紙的手。她一隻手捏著衛生紙，另一隻手緊握著我的手臂。教堂大房間裡很安靜，但爸爸站在前面什麼都沒說。我心想，如果他只是站在那裡，人們會覺得無聊吧？可是這時他對麥克風咳了一聲，好像在為他即將要講的話先清出空間。

爸爸從西裝口袋拿出一張紙，開始讀上面的字：「我想謝謝大家今天來幫助我們向我們的兒子安迪道別。」他握著紙的雙手抖得很厲害，我不知道他怎麼能夠看見上面的字。他的聲音和那張紙一樣也抖個不停。他停頓了很久，就在我認為也許他只是想向大家道謝時，他又開口了。他說得很慢，很小聲。「一個星期前，我兒子的生命以我所能想像到最可怕的方式被奪走了。」他又停住，「你從來不會想到這種事會發生在你……你的家庭身上，發生在自己的孩子身上！可是卻發生在我們身上了。很難相信這就是我們現在必須面對的生活，我們接下來必須想辦法在沒有他的情況下……繼續過日子……」爸爸把手上的紙放下，又清了好幾次喉嚨。

「我……我很抱歉，我會長話短說。我們現在的世界和一個星期前截然不同，因為我們失去了我們聰明、有趣、外向，又有主見的兒子。安迪總是逗我們笑，而且我們每天都非常……以他為榮。他是個很棒的兒子，也是個友愛的哥哥，是我們所能得到最完美的孩子。我甚至無法想像我們要怎麼像這樣活下去——一直想著他本來應該在這裡，帶著我們生命中最巨大的遺憾活下去。這場意外從我們身邊奪走了他……而我不知道沒有了他，還有什麼對我有意義。」

爸爸低頭看著那張紙，好像在試著找出他剛才念到哪兒，我可以看到他的下巴劇烈顫抖。他一直盯著那張紙，然後說：「我想拜託大家，請你們記得安迪，將關於他的記憶永遠留在你們的心裡。」

坐在我旁邊的媽咪開始發抖。她放開我的手臂，雙手環抱自己的肚子，彎腰往前傾，她的頭幾乎碰到她的腿，她的肩膀因為哭泣不停上下抖動。我們周圍的所有人都在哭，聚集的悲傷像一張又大又厚的毯子從上到下緊密的蓋住我們。

我想著爸爸的演講，看著媽咪和其他人痛哭，覺得一切都不像是真的。因為爸爸也那樣做了：他談到的安迪根本不是安迪真正的樣子，所以感覺上讓大家哭和傷心的並不是真正的安迪，而是另一個錯誤版本的安迪。這讓我覺得沒有人在好好的向他道別。我覺得我好想站起來，好想對著每個人大喊，不要再拿我哥哥來說謊了。

即使在我們離開教堂大房間，那張悲傷的毯子還是沒有走開，卻在我們前往墓園時變得更加沉重。我們圍站在安迪的墳墓旁，鞋子泡在泥濘裡，每個人都被雨淋得溼溼的。我試著不要去看那個要放進安迪棺材的大黑洞，而將視線固定在他墳墓旁的大樹上。整棵樹全是被雨水洗得閃閃發亮的黃色和橙色的葉子，看起來好像著了火，我認為它是我所見過最漂亮的一棟樹。我很開心它會一直站在這裡，就在安迪的墳墓旁。

安迪的棺材被放進黑洞之後，蓋在媽咪身上的悲傷毯子似乎變得太重、太重，所以她再也無法站立。爸爸和咪咪必須一人一邊扶著她，讓她坐進車子裡。那毯子也一直重重的壓在我的肩膀上，跟著我回家，讓我連爬上樓梯都覺得困難。奶奶說我只能上去二樓一會兒，因為待會兒就會有很多人到家裡來。真是太糟糕了，因為我現在唯一想做的，就是躲在我的祕密基地裡。

我盤坐在安迪的睡袋上，動也不動，一句話也不說。我只是等著，等著那張悲傷的毯子從我的肩膀退去，等著我的胸部不再覺得緊到喘不過氣。我想看看事情會不會有所改變，如果喪禮真的有效果，那麼安迪應該就會比之前離我們更遠了。

我不禁再度想著，不知道安迪能不能看到自己的喪禮？不知道他有沒有注意到人們談論的他和實際上的他根本不是同一個人？連爸爸都沒說實話。安迪大概會覺得很好笑，因為所有他做過的壞事現在都無關緊要了。可是如果是我，我會害怕人們是不是不記得我是什麼樣子、我的真正個性，就像是我真的永遠從地球消失了。

「安迪。」我輕聲說：「是我，札克。」我停頓了一下，好像在等他回答我，但是那當然沒有發生。我只是希望如果他聽得到的話我能知道。「我在你的衣帽間，現在它是我的祕密基地了，沒有人知道我在這裡，它是個祕密，嗯，不過爸爸知道。」我說著如果他看得到我就會知道的事，但是我不管，還是繼續說：「我猜你一定會為了我跑進你房間而生氣，但是你現在已經沒辦法對我做什麼了。如果你沒死，如果你在這裡，你一定會氣到想殺死我吧？」

我在想，對一個已經死掉的人說這種話很刻薄，但我說的都是真的。談論真正的安迪讓我覺得好極了。「我只想告訴你，你是個混蛋，你一直都對我很凶。」混蛋。這是不好的話，但是安迪一天到晚掛在嘴上，現在我也要說。我聽到樓下有人叫我的名字，所以很快站了起來。就在我離開祕密基地之前，我轉身，對著衣帽間說：「所以我還在生你的氣。」

# 23 殺人的目光

「我聽說他從很久以前就有問題了。他爸媽不知道該拿他怎麼辦。」我們的鄰居格雷太太和她女兒卡洛琳小姐站在水槽旁洗碗。格雷太太將一個溼盤子遞給卡洛琳小姐，她接過去擦乾，放進廚房的櫃子裡。她們的背影看起來一模一樣——同樣的體型、同樣的走動方式、同樣的長捲髮，唯一可以分辨的地方是髮色，格雷太太的捲髮是白的，而卡洛琳小姐則是棕色。

「是，他高中沒畢業，所以過去兩年來他只是待在父母家的地下室，沒人知道他在電腦上做什麼。他們怎麼可能不知道他的病有多重？」卡洛琳小姐從格雷太太手上接過另一個盤子，兩個人一起搖頭，棕色和白色的捲髮不停晃動。

「沒錯，但是，媽，根據他的心理狀況，怎麼可能拿到槍？他們不知道他在家裡藏了這麼多槍嗎？」

我看著格雷太太和卡洛琳小姐洗碗，一邊聽著她們談論查理和他的槍手兒子，她們不知道我坐在起居室的黃椅子上可以聽到她們的對話。這張黃椅子已經慢慢變成我的間諜椅了，人們從未發現我坐在那裡，而我卻可以同時掌握廚房和起居室裡所有的動靜。

喪禮結束後很多人來我們家，而且待了很長的時間。到處都在耳語，到處都在啜泣，我不想和任何人交談，可是爸爸禁止我回二樓，所以我只好坐在我的間諜椅上。

「他從網路上買槍。他到底是從哪兒拿到錢的？難道你不覺得很奇怪嗎？」格雷太太說；「我對他上傳到臉書的訊息無法釋懷。每一次我想到，都不禁起一身雞皮疙瘩。」

「我聽說瑪麗看到他上傳到臉書的訊息，試著聯絡查理，但是來不及了。顯然是這樣。」卡洛琳小姐說。

我想像那天查理放他兒子進學校的情形。他的桌子旁有個小電視，當前門有人按鈴時，他可以從連接攝影機的電視看到外頭的人是誰，所以當他兒子按鈴時，查理大概只是想：「噢，我兒子來看我。」然後就放他進來，於是之後發生的事就變得好像也是他的錯了。

「我去看看還有沒有人吃完了。」卡洛琳小姐說，然後轉身走進起居室。我不想讓她注意到我坐在間諜椅上，所以趕快起身。我聽到門鈴響了，於是走過去開門，結果看到站在我們前陽臺上的居然是查理和他太太，我的胃好像突然跳起來後空翻，因為不到一分鐘前格雷太太和卡洛琳小姐才在談論他們。

在我念幼稚園大班的一整年和一年級的這幾個月，我天天都看到查理，而他看起來總是一模一樣：同樣的眼鏡、同樣的麥金利襯衫、同樣的「查理·羅納理茲」名牌、同樣掛著大大笑容的臉。查理講話總是很大聲，總是在開玩笑，我們才剛進幼稚園，他就記得所有人的名字。那可是很多很多人的名字呢！每次我經過他在前門的桌子時，他都會大聲向我打招呼：「嘿，札克！我最好的朋友！你今天好嗎？」他也叫其他的孩子「朋友」和「公主」，可是不會叫他們「最好的朋友」。他會這樣叫的人只有我。

現在站在我家門口的查理卻不是同一個喜歡開玩笑、總是開開心心的查理。關於他的一切都變了。他看起來非常非常老，我可以看到他臉上骨頭的輪廓，而且沒有任何笑容。他太太站在他身邊，即使他們已經躲進有屋頂的陽臺，不會被雨淋到，但是她仍然高舉著一把傘遮住兩個人的頭。

好長一段時間，我瞪著查理，他瞪著我。我不知道我應不應該和他打招呼，因為他兒子殺了安迪，而且這可能也是查理的錯，因為他放他兒子進到學校裡。

過了好一會兒，他太太說：「親愛的，你的父母在嗎？」就在這時候，奶奶在我身後出現，她把手放在我肩膀上，推我走出前門，等我們站在前陽臺，她用另一隻手拉上我們身後的門，讓它虛掩著。

「看在上帝的份上……你們怎麼敢……」奶奶起了句子的頭，卻沒把話說完，她抓住我肩膀的手勁很大。查理和他太太看起來好像很怕奶奶，兩個人都往後退了幾步，可是沒有離開。

然後查理說話了，聲音聽起來不像平常的查理，很小聲，很低沉，「夫人，抱歉我們打擾了……」

「抱歉你們打擾了？」奶奶的聲音變大，而查理的聲音變得更小。「是的，非常抱歉。我們來向梅莉莎表達哀悼之意……」

「噢，你們來向梅莉莎表達哀悼之意？」

我開始覺得奶奶很煩，她只是不斷重複查理的話，而那並不是一種有禮貌的說話方式。查理的太太拉住查理的手臂，試圖要把他拉走，我看到她臉上有許多眼淚。

我們身後的大門又被人拉開，這一次站到陽臺上的是媽咪和爸爸。奶奶從門前往旁邊移動，空出位置給他們。我從眼角看到媽咪正在用「殺人的目光」瞪著查理和他太太。

所謂「殺人的目光」就是你瞪著他的樣子像你想殺死他，像恨不得你的雙眼是隱形雷射光之類的武器，光用看的就能殺人。我知道殺人的目光看起來是什麼樣子，因為媽咪說過那就是有時安迪看她的眼神。每次安迪和媽咪吵架、大吼大叫之後，他就會用「殺人的目光」瞪著媽咪。「哇，可惜光用看的殺不了人。」媽咪會這樣說，試著想開玩笑緩和氣氛。

我站在前陽臺上，就在媽咪、爸爸和查理、他太太之間，我可以感覺到媽咪和爸爸站在我身後。我的胃不太舒服，像是有種什麼不好的事就要發生。查理的臉上也有眼淚，他沒擦就讓它直接流下。他的視線越過我的頭頂，我猜應該是在看媽咪。

媽咪在念小學時是查理最喜歡的學生。媽咪有次告訴我，她五年級時，學校遠足舉辦了父女套袋比賽，但是媽咪的爸爸在她三年級時出車禍死了，所以媽咪沒有爸爸，那時查理挺身而出，陪她一起比賽。當時和現在不同，媽咪開心得不得了。後來當媽咪有事到學校，查理總是對我說；「別告訴任何人，但是你媽咪在麥金利時，一直是我最喜歡的小朋友，而你就像是迷你版的她。」他總是這麼說，然後對媽咪眨眨眼。

查理舉起雙手，往前跨了一步，他現在和我的距離變得很近，看起來好像他想試著擁抱站在我身後的媽咪。「噢，梅莉莎！」他似乎得很用力才能擠出媽咪的名字，然後在說完她的名字之後，有個悲傷的火山頓時爆發了，因為查理開始哭了起來，不只是他的臉在哭，而是他的整個身體都在哭。我從來沒看過任何人哭成這樣。他哭得好像連站都站不住，整個身體都在抖，而且哭聲震天，像是從他的身體裡很深很深的地方發出來的。

他的雙手無力的落回身體兩側，他太太又抓住他的手臂。好長一段時間，所有人只是站在那兒，看著查理的整個身體哭泣，沒有人說一句話、做任何事。我可以感覺到在我面前的查理身體在顫抖，還有我的喉嚨好痛，我想往前跨一大步擁抱他，讓他不要再抖個不停。

當我正要踏出那一步時，查理的太太開口說話了。「很抱歉這樣打擾你們。」類似的話剛才查理也說過。我聽到奶奶發出嗤之以鼻的聲音，但至少她沒再打斷或重複查理太太的話。「我們……我們想親自來看你，向你說……我們非常非常抱歉……」然後她似乎忘了自己想說什麼，於是她又沉默了。

「抱歉？」那是站在我身後媽咪的聲音。她說得非常小聲，但她說出這兩個字的語氣讓我的脖子不禁起了雞皮疙瘩，我感覺到不好的事真的要發生了。「你們非常抱歉？你們想來這裡？來我們的房子，我們的家，向我們說這個？」媽咪的聲音還是很小，可是她說的每個字都像帶了針。她的一字一句全化成了冰柱，毫不留情的將它們射向查理和他太太，而他們的反應也像真的被冰柱射中似的。

「你們的瘋兒子殺死我的安迪。我的寶貝。而你們想親自到這裡告訴我你們非常抱歉？」媽咪的聲音大了一點，然後她開始尖叫。我可以感覺到越來越多人出現在我們身後的玄關，我轉身看是誰出來了，然後看著媽咪。

爸爸抓住媽咪的手臂。「梅莉莎，不要……」

「不，吉姆，要，就要，絕對要。」媽咪說，將自己的手臂扯開。

我聽到奶奶說：「天啊！」

媽咪繞過我走向查理和他太太，一副要出拳打他們的樣子。查理的太太又往後退了一步，她大概忘了她身後其實是階梯，所以她失去平衡跌到第一層臺階，差點一路往下摔。她站在查理身後，看起來像想躲起來的樣子。

「不要告訴我你們很抱歉。你不覺得那太少，也太遲了嗎？不要告訴我你們不知道。每個人都知道小查理是個他媽的瘋子，只要看他一眼就明白了。為什麼你們沒有阻止他？為什麼你們不阻止他？」媽咪現在完全是聲嘶力竭的大吼。她真的打了查理，可是不是用拳頭，而是用她的話。

「相信我，梅莉莎，如果有任何方法可以回到過去，改變所發生的一切……即使代價是要我的命，我都會很樂意雙手奉上……」查理又向媽咪舉起雙手，可是她躲開他，好像她看到他就覺得噁心似的。

「不要叫我的名字。」媽咪說，但是現在她沒有再尖叫了，而是以一種非常粗魯的殺人目光看著查理。「離開我的屋子和我的家庭。或者我該說，離開我已經破碎的家庭。」然後她牽起我的手將我拉進屋子。我不想和她一起走，但是媽咪把我牽得很緊，而且很用力拉著我，所以我沒有選擇。她推開在玄關圍觀的人，當我轉頭望向查理時，我們之間隔著太多人，已經看不到他。

但是我記得當媽咪對他說那些刻薄的話時，查理臉上的表情。在他瘦得連骨頭都凸出來的老臉上，一雙眼睛睜得非常大，那是我這一生中所見過最悲傷的一張臉了。

我想到爸爸曾經說過查理沒有受傷，但他其實受傷了。他的兒子也死了，所以他會像我們因安迪的死一樣感到傷心，但是查理的心裡卻比我們更難過，因為他的兒子殺死了他的小天使們，而那比只是他的兒子死掉糟糕太多太多。

# 24 拿棍子戳蛇

我今天醒來時墊在身體下的毛巾是溼的。媽咪昨晚在我的床墊上鋪毛巾，因為要睡覺時我尿溼的床單都還在浴缸裡，媽咪忘了洗了。

我把溼毛巾從床墊上拉出來，脫下溼掉的睡衣，換好衣服，走進安迪的房間檢查上鋪，然後我下樓去找媽咪。她在廚房裡和咪咪講話。

「你看這裡清楚寫著，媽，他有亞斯伯格。」媽咪一邊說，一邊拿 iPad 給咪咪看。「我的意思是，在他初中時就已經確診了。顯然他在學校惹出不少事，所以十年級時就輟學。沒有朋友，沒有工作，從那之後基本上就一直待在他們家地下室。整整兩年！」

「嗯，可是我以為亞斯伯格不會讓人有暴力傾向，對吧？」咪咪說，「我猜這解釋了為什麼過去兩年我們很少看到查理和瑪麗。」咪咪抬頭看到我站在走廊，將手放在媽咪的手臂上，可是媽咪沒注意到她的暗示。

「有的鄰居認為他還有其他和亞斯伯格無關的問題，他們甚至問過查理和瑪麗。你看這裡寫的：『我有幾次看到他在社區裡行為怪異，一邊在街上走來走去，一邊比手畫腳的自言自語。而且去年他們家對面的鄰居在用耶誕燈裝飾房子時，他跑出來大吼大叫，差點沒把老路易莎嚇死。』這是他們隔壁鄰居說的。我以前就覺得他有點問題。我在查理的派對看到他就知道不太對勁。我當他的臨時保母時，一直認為他是個可愛的孩子，但是現在回想起來，他小時候就有點怪怪的。可是在派對上，他已經不只是怪，而是可怕。他站在那裡，瞪著學校的孩子們，並且——」

「梅莉莎，親愛的。」咪咪打斷媽咪的話，朝我的方向點了點頭。

媽咪看到我站在那裡，卻只是說：「反正以後別人也會告訴他。」

「媽咪，對不起，可是我把毛巾和床墊都弄溼了。」我走過去，坐在媽咪的大腿上，她擁抱我，但只用一隻手，因為她另一隻手拿著 iPad。

「媽咪？」

「噢，小寶貝，不用擔心。」媽咪說：「來，我們上樓幫你好好清理一下。」她牽起我的手。我跳下媽咪的大腿。媽咪低頭又看了 iPad 一眼，前額浮起一條條的皺紋，舌頭和牙齒發出嘖嘖聲。

你知道有什麼是你絕對不應該做的事嗎？就是拿棍子去戳蛇。這是槍手來的前一天到麥金利的保育員告訴我們的。如果你在散步或健行時遇到了蛇，絕對不要拿棍子去戳牠或用鞋尖去踢牠，即使牠看起來很小或睡著了也不行。當然我們住的地方沒什麼蛇，至少沒有比較危險的蛇，可是當你去度假或別的地方還是有可能遇見毒蛇。拿棍子戳蛇是很不聰明的舉動。保育員甚至拿他帶來的蛇示範給我們看，不是那條翡翠樹蟒，而是另一條身上有紅色、黑色、黃色條紋的。我忘了牠的名字，但是保育員說有條紋的蛇有的有毒，有的沒有。他教我們一個口訣，幫助我們記得哪種蛇有毒：

「紅色和黑色，我們的好朋友。紅色和黃色，咬死你的朋友。」

保育員用來示範的蛇有紅色、黃色條紋，換句話說，牠是一條毒蛇。剛開始時，牠只是動也不動的躺在那裡，好像睡著了。然後保育員拿出一根長棍子戳牠，牠立刻跳到棍子上，用牙齒咬住棍子不肯鬆開，把所有人都嚇一大跳。有些孩子還叫出來，真是蠢，因為蛇和保育員在禮堂最前面，離我們坐的地方很遠，我們根本就沒有危險。

昨天當我坐在廚房高腳凳一邊吃著媽咪做給我當午餐的三明治，一邊看著媽咪時，我的腦子突然跳出這個關於蛇的知識。她站在梯子上打掃廚房的櫃子頂端，讓我聯想到被棍子戳到的蛇。三天前，安迪葬禮那天，查理和他太太來我們家，媽咪像被棍子戳到的蛇一樣狠狠的跳向他們，可是在他們離開之後，媽咪的怒氣並沒有跟著離開。她的情緒在那一秒從悲傷切換成生氣，然後就一直咬著，不肯鬆口。

咪咪也看著媽咪清掃櫥櫃上方，她的表情哀傷，皺紋看起來比平時更多了。「親愛的，讓我來掃吧。真的有必要現在打掃那裡嗎？」

「什麼?不……是的,媽,有必要!」媽咪在梯子上又爬高一階,非常用力的刷著櫥櫃。「上面髒死了!」媽咪突然認為屋子裡所有的東西都髒死了,所以她到處打掃,雖然我連一顆灰塵也沒看到,甚至其實看起來很乾淨。

查理和他太太來過的隔天,媽咪開始澈底打掃屋子。一開始,我試著當她的小幫手,陪她一起打掃。媽咪告訴我什麼時候給她新的紙巾、什麼時候把袋子拉開讓她把髒紙巾扔進去。但是在我拉袋子的動作太慢、髒紙巾掉到地板兩次之後,媽咪不高興了,她說我應該去找別的事做。於是她不要我幫忙,一個人繼續打掃。

我幫咪咪用溼海綿刷洗床墊,並且把毛巾和睡衣放進地下室的洗衣機,然後我就回到自己的房間,看著書架上的書。我有很多書,現在我最喜歡的是《神奇樹屋》系列。我的書架上有一整套,從第一本到第五十三本,照號碼排列。我喜歡這樣。這些書以前是安迪的,他很久之前就自己看完了,然後他不想要了,於是媽咪將它們搬到我的書架。

學校這週仍舊停課。爸爸說下星期開始,其他孩子就會恢復上學,可是不是去麥金利,而是去威克花園區裡幾間不同的小學。但是不包括我。爸爸說我下星期還不用去上學,因為我們是受害家庭。也許下下週吧!我們再看看。我很開心我不用回去上學,也很開心我們要再看看,也許好一陣子都不用上學了。每次想到學校,我的胃就開始不舒服,我覺得我不想回去上學,永遠都不想。

當我看著我的書、想到學校時,我想起我的閱讀袋還在學校,在後背包裡。我真希望閱讀袋在家裡，因為在槍手來的前一天，羅素小姐才讓我選了新書，全都還沒看。我在想，不知道大家的後背包是不是都還在學校的置物櫃裡？不知道我們將來可以拿回來嗎？我希望可以，因為我的世界盃足球賽貼紙簿和卡片也都還在背包裡。

《神奇樹屋》是我最喜歡的書，它是一對兄妹多次到各個地方探險的故事，即使是發生在過去的事，因為他們有神奇樹屋，還是有辦法去。那對兄妹真的很勇敢，尤其是妹妹，雖然她年紀比較小，但她什麼都不怕。當你讀到他們的冒險時，你會覺得好像自己也一起經歷了那些事情，而且也變得勇敢了。

書裡的哥哥叫傑克，妹妹叫安妮。傑克和安妮，聽起來超像札克和安迪，那是有一晚我們睡覺前輪流看書時發現的。

那是我和媽咪的習慣。讀一本書時，我們會輪流念出聲。剛開始，我還沒辦法念得很好，我念一句，媽咪念兩三句，然後我再念一句。可是現在我可以念好多了，我可以念一整頁，甚至更多，然後才換媽咪。

當我們注意到關於名字的巧合時，媽咪說：「嘿，我們可以假裝一起去冒險的是你和你哥哥。」

「可以呀！只不過我們不會一起去冒險，所以只有名字念起來差不多，其他的完全不一樣。」我這麼說時，媽咪看我的表情很悲傷。

我決定從《神奇樹屋》中選一本，然後去找媽咪看她要不要和我輪流念。也許她已經看完iPad，我們就有時間一起念書了。我下樓去找媽咪，但是她已經不在廚房。我以為她又開始打掃，但一轉頭透過玻璃門卻看到她在爸爸的書房裡。我正要進去，但我聽到媽咪和爸爸在交談，他們的語氣讓我覺得我不要開門比較好。爸爸坐在窗邊書桌前的棕色大椅子上，媽咪坐在他旁邊，所以我只能看到他們的背影。

「不，我不能等著看看事情怎麼發展！」我聽見媽咪說：「你是個律師，看在老天的份上，我們的兒子被一個瘋子射死了，而你卻坐在這裡什麼都不做。我厭倦了看你只是呆坐在這裡，我們應該對這件事採取行動！」

爸爸往後移，似乎想躲開媽咪。「我不是在說我們什麼都不要做。我沒這麼說。我——」

媽咪打斷他的話。「事實上，你確實這麼說了。」

「我才沒有！」這次爸爸的聲音大了許多，「我說的是，事情才剛過兩個星期，梅莉莎，僅僅如此。甚至還不到兩個星期。」

「完全正確，這是為什麼現在是採取行動的最好時刻。」媽咪的音量已經大到像在喊叫了，我感到我的胸部開始緊縮。

「請你稍微……」爸爸的聲音很小，揮動雙手像要將空氣往下壓。

媽咪的聲音甚至更大了。「別噓我！都是他們，吉姆。都是他們。我的兒子會死，都是因為他們，我不會什麼事都不做的放過他們。」突然間媽咪回頭，我沒時間從玻璃門前躲開。看到我偷聽他們吵架，媽咪一定更生氣了。

媽咪拉開書房的門，「什麼事，札克？」

我舉起手中的書，說：「我想問你要不要和我輪流念書。」

媽咪瞪著我好久，我以為她沒聽到我的話，但過了一會兒後她說：「我沒空。現在不行，好嗎？也許晚一點，聽見了嗎？」然後她走出爸爸的書房，繞過我走進廚房，接著我聽到起居室的電視打開。爸爸坐在椅子上，身體往前傾，兩隻手肘放在書桌上，他又把臉埋進雙手裡。

我以為當媽咪不再悲傷、從打擊中恢復後事情會變得比較好，看來我弄錯了。即使安迪不在，家裡還是會吵架。我回到二樓，躲進我的祕密基地。我在安迪的睡袋上坐下，打開我的巴斯光年手電筒，將書翻到第一章，然後我自己念完了整本書，沒有和任何人輪流。

# 25 快樂的祕密

「我覺得我好像第一次看到春天。」傑克說。

「我也是。」安妮說。

「不只是今年的第一次，」傑克說：「而是我這輩子的第一次。」

「我也是。」安妮說。

傑克與安妮在閃亮的晨光中踏上回家的路，傑克覺得很開心，非常開心。

我闔上書，將它放在祕密基地的角落書堆上。我把過去幾天念的書全堆在一起。我站起來伸伸腿，盤腿坐太久讓我的腿好痠，而長時間的低頭看書也讓我的脖子有點痛。我的喉嚨因為大聲朗誦而沙啞。一開始，當我自己念《神奇樹屋》時，我只是在腦子裡靜靜的念，但後來我決定要大聲念出來。羅素小姐說過，閱讀時大聲念出來是個很好的習慣，你可以念給真的人聽，或者假裝念給其他人聽也可以，你的大腦就會記得每個單字的發音，這樣會學得更快。

所以我開始假裝念給其他人聽。

而那個其他人就是安迪。

我甚至不知道為什麼要這麼做，但是在安迪的喪禮後，在祕密基地裡我第一次對安迪說話，而且還說實話，說他是個混蛋，對我很凶，說完後我感覺好極了。於是我決定要繼續對安迪說話。剛開始我只是小小聲的說，我不知道為什麼，因為其實不會有人聽到，爸爸一天到晚待在書房，關著門，媽咪不是在看iPad，就是在打掃看不見的灰塵。咪咪不再在我們家過夜了，她說她要給我們一點空間，即使在這屋子裡的每個人之間的距離其實已經遠到不能再遠了。

可是我一開始還是只敢小小聲的說：「嗨，我又回來你的衣帽間了。」我幾乎可以聽到安迪回答：「無聊。有眼睛的人都可以看到你坐在這裡好嗎？」

「你用不著像以前一樣對我那麼惡劣。」我告訴安迪，然後我把實話一股腦兒的全說出來，所有他對我和對媽咪做過的壞事。那感覺很奇怪，因為我從來沒有和安迪說過這麼多話。然後我開始覺得不好意思，因為我說了那麼多他的缺點，卻沒提到任何他的優點，因為他雖然死了，但是誰知道呢？也許他會為此感到傷心，同時在他現在的地方感到寂寞。所以我也想對他說點別的，但是我不知道可以說什麼，於是我決定大聲念書給他聽。不是小小聲的，因為過了一會兒後，我發現刻意壓低聲音說話會讓嘴巴超痠。

我從《神奇樹屋》第三十集開始，就是我拿出來問媽咪要不要一起念的那一本。念完之後，我又念了第三十一集、第三十二集、第三十三集、第三十四集、第三十五集和第三十六集，每一本幾乎都要念上一整天，所以我已經大聲朗讀很多天了。我今天念完的是第三十七集《江戶城雲龍傳說》，一共二百零五頁，插圖很少。

我喜歡念書給安迪聽，即使是假裝的也沒關係。當我在念的時候，我不覺得那只是在假裝，我覺得他就在那裡，聽我念故事，我跟著傑克、安妮一起去冒險，安迪也去了，我們四個一起。

我站起來伸伸腿，稍微活動才再坐下，我看著牆上貼著感覺的畫。兩天前，我在牆上貼了另一樣東西——一張我和安迪的合照。我在廚房餐桌上看到一大疊守靈時展示的相片，於是我偷偷將它拿上樓。

當我念到一個段落停下來休息時，我時常看著那張照片。那是我們夏天去奶奶的海邊別墅時照的，不是今年夏天，而是去年夏天。當時奇普伯伯還活著，只是病得很重，在同年秋天他就死了。奶奶要我們穿一樣的衣服，白襯衫配米色長褲，她僱了攝影師在沙灘上為我們拍了一大堆照片。安迪跑進海裡把褲子弄溼了，拍起照來不好看，所以媽咪和他又吵了一架，而且幾乎每張照片他都在做鬼臉。

在這張照片裡，我們坐在奶奶海邊別墅前的大沙丘上，安迪表情嚴肅，並沒有做鬼臉。我坐在安迪旁邊，但兩人之間有些距離，我對著鏡頭微笑，但安迪看起來卻像瞪著鏡頭旁的某個東西。他坐著，弄溼的褲管捲到膝蓋，雙手環抱著自己的小腿。

他看起來很悲傷，當我第一次注意到安迪傷心的表情時，我的喉嚨好痛。我把照片移到灰色的悲傷的畫旁邊，雖然它有豔陽高照的藍天，感覺好像不屬於那裡，可是因為安迪的臉，還有因為我看著它時心裡的感覺，它確實應該被放在悲傷的畫旁邊。

安迪還活著時，我從沒看過他臉上出現悲傷的表情，我只記得他的鬼臉和生氣的臉，幾乎都是生氣的臉。但是也許那是因為我從來沒有像現在這樣，認真凝視他的臉。

我喜歡《江戶城雲龍傳說》的結局，以及傑克和安妮在結尾時說的話。在這本書裡，傑克和安妮為了幫助魔法師梅林，出發去找快樂的四個祕密中的第一個。梅林不舒服，他不只不吃不睡，還很容易疲倦，如果他們能找到快樂的祕密就能幫助梅林好起來。神奇樹屋將傑克和安妮送到日本，他們認識了名詩人松尾芭蕉。松尾芭蕉發明了一種稱為「俳句」的短詩，在故事裡傑克和安妮也學會了怎麼做俳句。

他們找到的第一個快樂的祕密是：「注意你身邊如大自然之類的小事。」

我重複念了幾次，好將它背下來：「注意你身邊如大自然之類的小事。」我不知道是否這樣做就能得到快樂，但是傑克和安妮結束冒險後非常開心，所以它應該是有用的吧？

「我真希望我們可以像傑克和安妮一樣一起去冒險。」我對著照片上的安迪說：「在你死掉之前，真希望我們曾經在一起做更多好玩的事。」

我試著在海邊照片裡尋找我們身邊的小事。我看不到有什麼值得注意的事，但我記得海灘上的沙、岩石和貝殼，它們全都很美。還有長在沙丘上又高又鋒利的野草，當你想摘一根下來時一定要非常小心，不然就會被割傷，但是它看起來還是漂亮極了。

我注意到照片上我們身邊的沙形成了微微的波浪，可能是風吹的，也可能是海浪退潮，看起來好酷。也許當時我們注意到這些在我們身邊的小事，可以讓每個人快樂一點，那麼我們就不會吵架了，而安迪的表情也不會像在照片裡這麼悲傷了。

我想下樓在爸爸和媽咪身上試驗第一個快樂的祕密。我可以告訴他們關於它的事，然後再一起實驗，也許我們就能再一次開心起來。「我待會兒就回來。」我在鑽出衣帽間這麼說。每次我從祕密基地鑽出來時，眼睛都很痛，因為衣帽間裡只有手電筒的微光，很暗，但是外面很亮，所以要先適應一下，眼睛才看得見。

我聽不到任何聲音，我們家就像神奇樹屋旋轉、降落在一個新地點後那樣安靜。在每一本書裡都是這麼寫的：「然後一切都靜了下來。一點聲音也沒有。」我下樓去找媽咪和爸爸。槍手來過之後，我覺得我們的屋子其實也旋轉、降落在一個新地點，不同的是，我們降落後開始的卻不是一段有趣的旅程。我們降落了，安安靜靜，但每個人都覺得傷心和憤怒，而且我們也不像傑克和安妮到了一個新地方後會一起去冒險，我們沒有一起做什麼，大部分的時間我們都在做自己的事。

我走過爸爸的書房，但是他不在裡頭。我聽到媽咪的聲音從廚房傳來：「我認為這樣很好，從這個訪問開始……對，讓人們看看我們家和這個……他們對我們做了什麼。我只是想讓大家開始討論……提出問題，你懂我的意思嗎？完全沒錯……我不能讓它像是：噢，發生這種事真是太糟了。每個人都難過一陣子，然後淡忘它，繼續生活，卻沒改變任何事。我想至少讓大家開始討論，為什麼會容許這種事發生？讓事情開始動起來……沒錯……」然後媽咪安靜了一會兒，聽電話另一頭的人說話。

「好的……聽起來很好，你說的對。」她在沉默和沉默之間說，然後她說：「噢，札克？」我以為她在叫我，所以我走到她身後。

「媽咪？」我說。

可是媽咪仍繼續講電話，當我叫她時，她從原本坐的地方站起來，走進起居室，繼續背對著我，像是不想讓我聽到她在說什麼，可是她根本沒離我多遠，所以我還是聽見了。

「噢，我不確定。我不知道我們是否應該將他包括進去……」媽咪轉身，當她發現我正看著她時，似乎感到很不耐煩。

「媽咪？」

「我……我得掛電話了。可是好吧！我們可以試試，也許行得通。謝謝你，那麼到時見。」媽咪掛斷電話，「札克，什麼事？你沒看到我在講電話嗎？為什麼還出聲打擾我？」

「爸爸在哪兒？」我問。

「在工作。他……去上班了。」

「可是他沒有和我說再見。」我感覺眼淚就快流出來了。

「抱歉，札克。你找他做什麼？」媽咪說。

「你記得《江戶城雲龍傳說》嗎？第一個快樂的祕密？」我問。

媽咪皺起眉頭。「什麼？」

「傑克和安妮在日本發現的第一個快樂的祕密，為了幫助梅林好起來啊！就是你必須注意身邊如大自然之類的小事。」

「好了，札克，親愛的。我不知道你現在在說什麼，可是我有很多事要處理。我們能不能之後再討論？」媽咪說，然後她走過我身邊回廚房，看起來像要再打下一通電話。

我感到一股熱氣從肚子上升到頭部。憤怒的熱氣。「我不要！」我說，聲音響亮到像在大叫。我嚇了一跳，媽咪顯然也嚇了一跳，因為她很快轉過頭來看著我。「我要我、你，還有爸爸一起試驗第一個祕密。我們一定要試，不然我們就不能再快樂起來。也許我們可以在後院做。我們只要注意那裡的微小事物，就會比較快樂。晚一點天就黑了，就什麼都看不到了。我想要現在做，一定要現在就做。」

我不知道為什麼我說出來的話會變得那麼大聲，可是憤怒的熱浪就這樣從我的嘴巴疾速噴射出來。我無法阻止它，而且我也不想阻止它，因為大吼大叫讓我覺得舒服極了。

媽咪將眼睛瞇成一條線，瞪著我，低聲對我說：「札克，媽咪要你停止像現在這樣大吼大叫的行為。我不知道你是怎麼了，但是你不能用這種態度對媽咪說話。」

我的心跳得很快。媽咪瞪著我，我也瞪著媽咪，我可以感到眼淚開始往下流，所以我試著不眨眼。

「前門！」警報器的機器人女聲說，我們兩個都嚇了一大跳。然後咪咪走進廚房，把購物袋和超大一疊郵件放上中島。她看著我們。「你們怎麼了？」她問。

「這屋裡的每個人都瘋了。」媽咪說，又瞇起眼睛瞪著我，然後拿著電話走回起居室。

我走到露臺上，用力把門關上，感覺好多了。我走下臺階，來到後院。我試著不要生氣，因為當你很生氣時，應該是沒辦法實驗快樂的祕密的。我試著注意身邊的小事，但太多笨蛋眼淚一直流出來，所以很難。笨蛋雨下個不停，將我淋得溼溼的，我覺得好冷。

我把雙手放進袖子裡，看看四周。我看到地上到處都是葉子，棕色、紅色、黃色，還有一些還是綠的；我看到松鼠吃剩的堅果殼；我看到後院正中央的大樹樹幹，它的花紋看起來有點像海邊照片裡的沙子波浪。我看著所有微小的事物，可是心裡生氣的感覺並沒有走開，我並沒有開始感到快樂。

「親愛的，如果你想待在後院，你得回來穿上外套，好嗎？看看你，都被淋溼了。」我聽到咪咪對我大喊，所以我走回屋裡，順手用力關上門。第一個快樂的祕密實驗完全失敗。

# 26 上新聞

爸爸昨天告訴我今天製作電視新聞的人會來。昨天是星期二，也是爸爸去上班前載我去學校的第二天。不是麥金利，因為麥金利要暫時關閉一陣子，而是我現在應該去的華頓小學。

星期一，爸爸說我們要開車去學校的第一天，我很不開心，因為我不想去上學。除了我，所有人都已經回去上學了。他們會瞪著我，因為我比他們晚回去，當然也因為安迪的事。

「你不一定要去。」爸爸說。他答應我，如果我還沒準備好就用不著進去。「我們先開車過去看看。」

於是我們開車過去了。車子在學校前停下，它看起來很像麥金利，除了它是棕色的，而麥金利是帶綠色的乳白色，它的右邊有個看起來很好玩的遊戲區，前面校門上方有個小窗戶，看起來也和麥金利的一樣。我想到查理開門讓槍手進學校的事，也許另一個槍手，不是查理已經死掉的兒子，也會從這個門進去這所學校。

「你想進去嗎？」爸爸問。

「不想。」我說。

「好，也許明天你就會想了。」爸爸說。

於是我們開車回家，爸爸放我下車，然後去上班。

昨天我們開車去學校時，他告訴我因為電視新聞的工作人員明天要來，所以我們不會開車去學校。他們要來採訪我們。採訪就是一個叫汪達小姐的女記者問你問題，你要好好回答，主要是講發生在安迪身上的事，他們要製作一段影片在播新聞時放給大家看。

「所以每個人都會看到我們出現在新聞上？」我問爸爸。那樣不太好，因為我並不想在影片裡出現，讓大家在電視上看到我。

「嗯，不會每個人都看到。聽著，這對媽咪很重要，所以……現在先不要擔心，好嗎？我只是想先告訴你明天會發生的事，我們可以晚一點再討論。嘿，也許看他們怎麼做新聞會很有趣呢！」

我們的車已經開到校門口，爸爸把車停下，但沒有把車子熄火。

「好，但是，爸爸？」

「怎麼了？」

「那個女記者採訪時會問我們什麼？關於安迪？」

「呃，我想她會要我們談談你哥哥，以及他被……他死後我們有什麼感覺。我相信媽咪會回答大部分的問題，講最多的話。汪達小姐可能會問你一、兩個問題。我們到時再看看，好嗎？」爸爸在駕駛座上轉身，看著我。「你今天要進去嗎？」

我搖頭。

「我想也是。」爸爸說，將車駛離學校。

「我們在採訪時應該說實話嗎？」我問。

「實話？關於什麼事的實話？」

「關於安迪的實話。」

爸爸把目光從馬路上移開，很快的瞄了我一眼。「你這麼問是什麼意思？」

「我的意思是，你在喪禮上說安迪總是逗我們笑，而且讓你每一天都以他為榮，可是，那並不是真的。」

爸爸直直瞪著前方，什麼都沒說，車子停在我們家前面好久、好久。「自己進去，好嗎？」他只說了這麼一句，聲音聽起來像喉嚨裡卡了東西。

今天吃過早飯後，媽咪叫我上樓去換一件好看的襯衫，就在我快走到房間時，我聽到爸爸在他和媽咪的臥室裡講話。我走向房門，因為它沒完全關上，我看到爸爸站在窗前對著手機講話。「……我知道。我也認為不該這麼做。我試著說服她，可是現在的她無法理性溝通……不……是的，我知道，媽。我已經告訴過你我同意你的看法，札克不該出現在採訪裡，我會看看有什麼辦法。聽著，我得走了。他們應該快到了。」

我可以聽得出來爸爸就要掛斷電話，所以趕緊離開，躡手躡腳的走進自己房間。我換上襯衫，坐在窗戶旁看新聞節目的廂型車來了沒。天空仍然是灰色的，雨還是下個不停，雨水在馬路邊匯集成河。自從槍手來過之後，每一次我從窗戶看出去或外出時總是在下雨。

我一邊等著新聞廂型車的到來，一邊看著雨下個不停，讓我想到一個以前聽過的、雨下了很久很久都不停的故事。整個地球因為下大雨而淹水，所有人和動物都要淹死了，這時一個男人決定要造一艘大船，船上每種動物都是一公一母各一隻，這樣牠們在洪水退去後可以繁殖，不會滅絕。我看著馬路上流下的小河，心裡想著不知道要下多少雨才會把所有人淹死。也許我們也可以造一艘大船，在洪水之後開始全新的人生。

新聞廂型車在早餐後就應該出現，但是它遲到了。我等了很久，開始希望說不定它臨時不來了，可是就在這時，它出現了。我看到它駛進我們屋子前的馬路，因為它車頂上立著那種大大的金屬碗，我一看便知道是它。它在我們家前面停下，車身上大大的紅字寫著：「地方四臺」，其他幾輛車也跟在它後頭停下。我看到廂型車兩邊的車門打開，幾個人跳出來，走向屋子，一秒鐘後，門鈴響了。

我想待在二樓躲起來，那麼我就不用出現在採訪裡，可是我又想看看他們是怎麼做新聞的。爸爸說也許會很有趣，我有一點好奇，好奇就是當你想進一步知道某件事時的那種感覺。其實兩天前，我才在《神奇樹屋》第三十八集《瘋狂天才達文西》裡念到傑克和安妮為梅林發現第二個快樂的祕密就是好奇心，所以我覺得我今天感到好奇真是一個奇妙的巧合。

爸爸在電話裡說也許我不該出現在採訪裡，而我的好奇心要我下樓去看看新聞節目的人在我們屋裡做什麼。我下樓後爸爸要我和一個短髮女士握手，她的頭髮像火一樣紅。她叫蒂娜，脖子上掛著耳機，像戴著一條大大的項鍊。爸爸說蒂娜是製作人，我不知道那是什麼意思，可是她看起來像是大家的老闆，指揮所有人什麼東西該放哪裡。我站在起居室，靜靜的看他們在做什麼。

「該死，這鬼東西真他媽的重。」一個穿著黑衣服，黑長髮綁成馬尾，下巴留著細長山羊鬍的男人試著將我們的咖啡桌推向起居室角落。那張桌子確實很重，它上面鑲了一大塊長方型石板。我試過用力推，它連動都不會動一下。蒂娜朝著我站的方向揮了揮手。「戴斯特，拜託你說話時注意一下……」

「噢，抱歉，小朋友，抱歉。」他對我眨眨眼，又開始推桌子。「狗娘養的！」我聽到他用很小聲的氣音咒罵，我不禁笑了。

其他工作人員在房子裡進進出出，從轉播車上搬進來許多有小輪子的大型黑色箱子、有小輪子的桌子和一大堆放在桌上的東西。他們把所有東西放在我們的起居室，小輪子在地板上留下一條又一條的水漬，起居室裡的傢俱全被戴斯特推到旁邊。

「嘿！小朋友，想不想看這個？」搬開咖啡桌之後，戴斯特開始在還沒被搬走的沙發前架設攝影機，他揮手示意我過去。攝影機共有兩臺，戴斯特將它們固定在三腳架上。

「看，你把攝影機像這樣斜放，然後轉動，直到聽見『喀啦』一聲。來，你試試看。」他把攝影機拿下來，遞給我。那是一臺很大的攝影機，比我們家的相機大多了，但是除非背帶掛在我的脖子上，否則我是不可以拿相機的。這臺攝影機前面有個很長的東西，側邊則有好幾十個按鈕，我試著將它抬到架子上，可是它太重了，我可以感覺它快要從我的手上掉下去，還好戴斯特很快抓住它。「噢，好吧！我來幫你！」

戴斯特人很好，他說我是幫他架設器材的助理，然後他告訴我那些儀器的功能，高架上有個毛茸茸、像松鼠尾巴的是麥克風。我們架好三種不同的燈光，戴斯特說必須為燈光找好位置，拍攝起來才會很完美。地上到處都是管線，我負責將它們用膠帶貼在地板上，以免有人絆倒摔跤。我和戴斯特一起坐在地板上，他撕下一片又一片的黑色膠帶，遞給我貼在管線上。

「嘿，我很遺憾你哥哥出了這種事，小朋友。」戴斯特說。他繼續撕膠帶，我繼續貼。

「我也是。」我說。

「真爛，對吧？」戴斯特說。

「對。」我回答。

我們貼好後站起來，轉頭看起居室。它變得完全不一樣了。

「你覺得怎麼樣？」戴斯特問。

「看起來很酷。」

「非常酷。」戴斯特一邊說，一邊用手拍拍我的背。

然後蒂娜、媽咪和新聞女主播汪達小姐走進來。我之前在電視上見過她，所以我知道她是汪達小姐，這是我第一次在現實生活裡看到在電視上出現過的人。媽咪穿著她以前工作時穿的華麗衣裳，妝很濃，嘴脣上塗著厚厚的口紅。她通常是不塗口紅的，因為她知道我不喜歡人們塗口紅，像奶奶那樣。媽咪在沙發上坐下。

戴斯特稍微調整一下燈光，其他人也在我和戴斯特架設好的攝影機和麥克風上微調，汪達小姐在沙發前一張靠近攝影機的椅子上坐下。

「好了，梅莉莎，我想我們可以開始了。記住，眼睛請看著我，不要直接看攝影機，好嗎？」媽咪用力握緊她放在大腿上的雙手。

「幫我一個忙，坐到沙發的正中間，那麼我們待會兒就可以讓吉姆和札克坐在你的兩邊，好嗎？」我想告訴媽咪，我待會兒不想坐在沙發的任何一邊，我不想讓攝影機和燈光對著我，我不想接受採訪，而且爸爸說過也許我可以不要上電視。

「媽咪？」我說。

媽咪抬頭，但其中一盞燈直射她的眼睛，她看不到我。

「媽咪？」我又說。我感覺有一隻手搭上我的肩膀，我回頭，看見蒂娜對我微笑。

「嘿，札克，你能不能跟我來，也許你可以和爸爸先待在廚房等一下？」

汪達小姐開始訪問媽咪，我和爸爸坐在廚房等，我們聽到一個男人高聲大喊：「錄影開始！請安靜！」接著屋子裡所有人一起說：「噓！」爸爸在高腳凳上坐得非常挺，像奶奶一樣，他對我扮了一個超嚴肅的表情，然後伸手拉上他嘴巴的隱形拉鍊。

# 27 宣布噩耗

我喜歡和爸爸坐在廚房裡，感覺上像是我們一起闖了禍，所以被罰坐在廚房裡一樣。我們必須安安靜靜的坐著，很久很久，而且不可以出去。中間有兩次爸爸假裝他因為太無聊而睡著，惹我發笑，我只好很快的把臉埋進放在中島上的手肘裡才沒有發出聲音。

蒂娜走回廚房，打斷爸爸和我的快樂時光。「好了，男士們，輪到你們了！」爸爸跟著蒂娜走進起居室，我等著他告訴蒂娜我不會出現在採訪裡，可是他什麼都沒說。

在起居室裡，媽咪的臉上有她哭泣時會出現的紅點，可是她現在沒在哭。

「吉姆請坐這裡。札克，你可以坐在媽媽旁邊，好嗎？」蒂娜指著媽咪旁邊的沙發說。

我和爸爸坐下，我可以感覺起居室裡的每個人都盯著我，攝影機更像是兩隻特大號的眼睛直直的瞪著我。

「札克，親愛的，請你不要看著攝影機，請看著我。」汪達小姐對我說。我看著她，注意到她的黑色捲髮在燈光下閃閃發亮，簡直像溼頭髮那樣有光澤，然後我的眼睛轉回攝影機。

「你能不能……可以叫他不要看攝影機嗎？」她話沒說完就轉過去改成對媽咪說。她的語氣不友善，表情也不友善。

「札克，拜託你……」媽咪的聲音聽起來同樣不友善。我試著控制眼睛不要去看攝影機，但是它們不聽話。「札克，不要這樣！」媽咪用力捏我的腿，很痛，我的眼睛立刻湧出眼淚。

「梅莉莎……」爸爸開口。

「嘿，老朋友！」戴斯特突然出現在汪達小姐身後。他因為跪在地上變得好矮，看起來有點好笑。他對我眨眨眼，微笑。「你能不能試著看我？如果你想要，我可以待在這裡，讓你的眼睛看著我幾分鐘，好不好？」我點頭表示好，眼淚不再湧出來。

「好，很好。那麼準備好了，我們就開始吧！」汪達小姐說，一個站在攝影機旁的男人再次大聲說：「錄影開始！請安靜！」接著屋子裡的所有人又一起說：「噓！」在好幾秒寂靜無聲後，汪達小姐開始講話。

「吉姆，你是在聖保羅教堂等待消息時獲知安迪的死訊。你能告訴我當時的情況嗎？」

爸爸停頓了一會兒才回答。「好的。是。我……留在槍擊案發生後孩子們等待父母來接他們的教堂，等待警方對……失蹤兒童發布進一步消息。梅莉莎帶著札克到西城醫院確認安迪有沒有被送到那兒。呃……」爸爸咳嗽，然後他就沒再說話了。

「你可以描述一下當時教堂裡的情況嗎？」汪達小姐問。

「好。」爸爸說：「當然已經有不少人離開了。一開始很亂，所有的家長都到那裡找孩子，但是後來大多數的家庭離開教堂，只剩幾個人還在等。梅莉莎還沒和我聯絡，所以我也不知道醫院那邊怎麼樣了，在教堂裡等待……很煎熬。警察告訴我們有人遇害，我們又找不到安迪……顯然不是個好兆頭。我們在那裡等了非常久。」

「你後來是怎麼知道安迪真的成了這場慘案的受害者？」汪達小姐問。

「最後有幾個神職人員走進教堂，神父、猶太牧師……和學校副校長史丹利先生一起走過來。我一看到他們，立刻就知道了。」

我動也不動的瞪著戴斯特。他也看著我，我可以看到他下巴的細長山羊鬍在顫抖。

「而你必須將這個可怕的噩耗轉告你的妻兒。」汪達小姐說。她用「噩耗」讓我有些疑惑，我猜應該和「消息」是同樣的意思吧！

爸爸又咳嗽。「是的，我開車到西城醫院，在等待室找到他們。我一出現……梅莉莎立刻就知道那代表了什麼。」我想起爸爸來醫院時的表情，還有媽咪怎麼大聲哀號、不停的打他和嘔吐，我的喉嚨開始痛得不得了。

「札克，你記得你爸爸趕到醫院告訴你關於哥哥的事時，是什麼情況嗎？」突然間汪達小姐對我說，我不知道馬上就輪到我了，立刻面紅耳赤、全身發燙，甚至忘了她問我什麼。

「札克？」她叫我，「你記得你爸爸告訴你關於哥哥的事時的情況嗎？」她現在用的聲音很溫柔，和剛才不一樣。

「記得。」我很小聲的回答。我的喉嚨仍然痛到不能講話，我可以感覺到濺出的紅色果汁開始從我的脖子往上爬到我的臉，我的臉在發燙，房間裡的每個人都會看到，等節目播出所有看電視的人也會看到。戴斯特用嘴型無聲的對我說話，看著來像是「好」，但我不確定。

「你當時有什麼感覺，札克？」汪達小姐又問了一次。我低頭看著大腿，因為我想把自己漲紅的臉藏起來，我想等濺出的紅果汁退掉。

「我不想說。」我說，聲音小到像在耳語。

「什麼？親愛的？」

我繼續瞪著我的大腿，可是我開始覺得肚子裡湧出生氣的感覺。我想要她不要再問我同樣的蠢問題。我不想談它。

媽咪用手臂推了我一下。「札克？」她叫我。

然後我不知道出了什麼事，生氣的感覺一下子漲得好大，像綠巨人浩克一樣。「我不想說！我不想說！」我大喊了好幾次。

「好，那麼你不用說……」我聽到媽咪的聲音從我身邊傳來。她試著伸手攬住我，但我卻將她推開。太遲了！浩克一旦生氣，他就不會平靜下來。房間裡所有的人都瞪著我，連戴斯特也是，我的眼睛又湧出愚蠢的眼淚。

「不要再瞪著我！」我大吼，吼叫讓我覺得舒服極了。我轉頭看四周，但所有人還是瞪著我，然後我看到了攝影機，現在我會像這樣出現在電視上，生氣的大吼大叫。於是我走向汪達小姐旁邊的攝影機，用力踢它一腳，攝影機立刻倒下，剛才大喊的那個男人試著抓住它，可是太慢了，攝影機撞上地板、發出巨響。零件散落一地，壞了。

突然間，有人一把將我抱離地面，緊緊的抱住我。我不能動，接著看到那個人是爸爸，於是放聲大喊：「放開我！放開我！」可是爸爸沒有放開我，他把我抱出起居室，走上二樓。我一直大喊大叫，試著用腳去踢他。

爸爸在床墊上把我放下，但手臂仍然緊緊的箍住我。我停止喊叫，也不再踢。我開始大哭，讓流出的眼淚將生氣的感覺一點一點的沖刷乾淨。

# 28 不給糖就搗蛋

「不給糖就搗蛋，來聞我的臭腳丫，拿點好吃的給我吧！」

在黑暗中，我坐在樓梯上，聽到外頭傳來的歡笑聲和尖叫聲。萬聖節是我最喜歡的節日。嗯，也許耶誕節還是排在第一名，但是萬聖節絕對穩坐第二名的寶座。我喜歡挨家挨戶要糖果，而且我們每一年都會買新衣服變裝打扮。我一整年都在想下一個萬聖節我要化妝成什麼，但是媽咪總是等到萬聖節快到了才會去買戲服，因為我的想法老是變來變去的。

今年我們不過萬聖節，沒有戲服，也不去要糖果。爸爸說我們還是可以去一下下，但是我不想再打扮成鋼鐵人，而且我去年已經把褲子撐破了。我本來今年打算扮成《星際大戰》的天行者路克，那將會是我最後的決定，不會再變了。

我們的前陽臺燈沒開，大家應該知道那表示我們不會開門給糖果，但還是有兩、三群孩子來我們家按門鈴。我們的屋子今年完全沒有放任何萬聖節的裝飾，為什麼他們還會弄錯呢？

咪咪之前帶了一包糖果來，所以我有一大碗萬聖節的糖果就放在樓梯上，我的身旁。當大家剛出來要糖時，我和爸爸一起坐在樓梯上，接著門鈴第一次響起，我們走下去開門。

「萬聖節快樂！」幾個小小孩站在我們門前喊得超大聲，他們的媽媽臉上掛著大大的笑容站在他們身後。我肚子裡生氣的感覺又回來了，因為這個萬聖節一點也不快樂，而且我也不想看到他們興奮的小臉。

「喏，只可以拿一個。」我粗魯的對那群小小孩說，然後把裝糖的大碗推到他們面前。他們媽媽臉上的笑容消失了。在他們走了之後，爸爸說：「你知道嗎？我們不一定非這樣做不可。」於是我們決定把屋子裡所有的燈都關掉。爸爸陪我在樓梯上坐了一會兒，然後走回他的書房。

「不給糖就搗蛋！」有人在我們前門大喊。我跑上樓，躲進我的祕密基地。我在睡袋上坐下，將巴斯光年手電筒的光指向我和安迪的照片。

「笨蛋萬聖節快樂。」我對安迪說。

去年萬聖節快結束時，家裡又吵架了。爸爸因為加班，沒辦法陪我們去要糖果，所以改由媽咪在天黑前陪我和安迪去。媽咪戴著她每年萬聖節都會戴的紫色巫婆帽，安迪則戴著恐怖的面具，打扮成殭屍。

離開第二戶人家時，我們遇到詹姆斯和其他幾個安迪的同學，他們決定在沒有大人的陪同下，走到有一段距離的艾瑞克森路去要糖果。安迪哀求媽咪讓他和他們一起去，這時瑞奇和他媽媽剛好也出現，然後瑞奇像安迪一樣，想和他們一起去。媽咪說不行，我們應該一家人一起行動，但是瑞奇的媽媽答應了，她說也許他們已經大到不該和媽媽一起要糖果了，於是媽咪讓安迪去了。在那之後，媽咪看起來都是一副很生氣的樣子。

後來天都黑了安迪還沒回家，直到我和媽咪準備出門找他時他才進門。「待會兒讓你看看我拿到什麼了！」他跑進來興高采烈的大喊，沒注意到媽咪在生氣，一言不發的轉身走進廚房做晚飯。

我們把袋子裡的東西倒在起居室的地毯上，檢查我們拿到的糖果。「你在地毯那邊，我在這邊，這樣才不會搞混。」安迪說，然後他把他的糖果堆推得遠遠的。他的那堆好多，至少是我的兩倍，因為他去的時間比我久，而且每戶人家他都拿一包以上的糖，乖孩子不應該那麼做。

「太棒了！我拿到了一堆大包裝的M&M巧克力！一、二、三……大概有十包，還有好多小包裝的！」安迪說。那是他最喜歡的糖果，我卻被禁止，因為它裡頭常常有花生。安迪開始將他得到的其他糖果在身邊分成一小堆、一小堆——M&M、Tootsie Rolls軟糖、Skittles彩虹糖、Kit Kats巧克力……他不停的吃著小條的巧克力棒，就是不到五公分、兩口就能吃完那種。他把包裝紙塞進口袋，以免媽咪注意到。

我也開始將我要來的糖果堆起來。「我能吃這個嗎？」我舉起一個裝著眼球糖果的透明圓球，但上面沒有貼成分標示。安迪走過來，把糖果從我手上拿走。「我不知道這是什麼做的，還是不要吃的好。」他說，然後把眼球丟進他自己的糖果堆。「這個你絕對不能吃。還有那個、這個……」安迪開始從我的糖果堆裡撿出各種不同的糖。

「嘿！住手！」我大叫，「這些是我的。不要拿走我所有的糖果！」

「安迪！」我們身後有人大吼。是爸爸，我倆嚇一大跳，因為我們沒聽到他下班回來的聲音。爸爸走過來抓住安迪的手臂，用力拉扯，安迪手上的糖果掉了一地。

「你到底在做什麼？看看你的糖果堆有多大，然後看看你弟弟的。為什麼你還要偷他的糖？」

「我沒有偷——」安迪反駁，但爸爸卻因為安迪回嘴而更生氣了。他叫安迪不要再說謊了，然後抓住安迪的手臂把他拖出起居室。

這時媽咪走了進來。「吉姆，放開他，你在做什麼？」她問爸爸，然後她抓住安迪的另一邊手臂。現在他們各站在安迪的左右，看起來像要將他拉往不同的方向。「我要把他丟進他的房間，這小孩實在該被禁足！」

「我們不應該以那種方式處理這類狀況。」媽咪說，她和爸爸在安迪的頭頂怒目相視。

「好！那麼你告訴我，我應該怎麼處理這類狀況？梅莉莎，顯然你的方式非常有效果。」爸爸說，放開安迪的手臂。「真慶幸我這麼努力趕回家來和你們共度萬聖節！」說完便走向玄關，用力甩上前門。一分鐘後，我聽到他的奧迪的引擎聲，然後他的車駛離我們的車道。

「這就是我幫助你得到的回報，你這個大嘴巴。」安迪一邊說，一邊動手推我。

「夠了，安迪。」媽咪說，然後她帶他上樓冷靜一下。

我彎腰拾起安迪掉在地上的糖果。全都是Reese's花生巧克力和Butterfingers花生糖。

我回想著去年萬聖節和那場吵架，一邊看著牆上安迪悲傷的臉。我想對他說我很抱歉害他惹上麻煩，因為事實上他是在幫我挑出我不能吃的花生類糖果。可是我還是沒說出口，那些話終究只留在我自己的腦袋裡。

# 29 雪和奶昔

萬聖節的隔天早上，我很驚訝的看到從天空落下的不再是雨，而是雪。天空看起來很白，迴旋飄揚的雪花讓空氣看起來也很白，原本雨天帶來的暗灰色一下子全不見了。槍手來過之後就一直下雨，下了好幾個星期，現在突然間雨停了，改下起雪來，即使今天才十一月一日，根本還不能算冬天。

媽咪又不在床上了。感覺上好像她太生氣了，氣到再也無法躺下休息。她從一天到晚都在睡，變成了完全不睡。爸爸躺在床上，我試著告訴他下雪的事，但他只是翻身轉向另一邊。「讓我再睡一下，札克。」他帶著濃濃的睡意說。於是我下樓去找媽咪，她正忙著把起居室裡所有的靠枕在沙發上排整齊。

「媽咪，下雪了！」

我走到起居室的窗戶前，看著雪花飄向地面成堆的落葉。

「我看到了。」她說：「至少不再下雨了，但是你不要太興奮，這雪很快就會融掉的。」

「好，可是如果有一些沒融掉，我們可以玩雪橇嗎？」

「不可能的。你最好不要期待，而且我今天忙得不得了。」媽咪說，離開起居室。「嘿，札克。」她在廚房叫我。「過來吃早餐，然後我要你去換衣服。待會兒會有幾個人來家裡，所以我想在那之前將所有的事準備好。」

「什麼人？」我問。

「我需要和他們談一談的人。」

我換好衣服走下樓梯時，門鈴響了。我打開門，門外站的是瑞奇的媽媽，這次她穿了大衣，但她看起來還是很冷，而且整張臉非常的白。我注意到她的鼻子和臉頰上有許多紅棕色的小點點，雪花落在她也是紅棕色的頭髮上，但是她剛冒出的髮根顏色卻不一樣，是白色的。上一次她來我們家時，爸爸曾說過她絕對不能再來，可是現在她卻回來了。我在想爸爸是不是會對她發脾氣。

媽咪從我身後走過來，走到前陽臺擁抱瑞奇媽媽。她們抱了好久，我看著她們的頭髮交雜在一起，瑞奇媽媽的紅棕頭髮和媽咪的閃亮棕髮。我抬頭望著樓梯，我下樓時爸爸正在浴室洗澡，也許他還沒洗完，不會下樓看見瑞奇媽媽。

「南茜，請進。我們去起居室坐吧！」媽咪說。她倆在沙發坐下，靠得很近。

我在她們對面的椅子坐下，兩秒鐘之後聽到爸爸的聲音從玄關傳來，「嘿！札克，你想不想和我去……」他走進起居室，看到和媽咪一起坐在沙發上的瑞奇媽媽便停下腳步，很慢的把話說完。「……買東西？」可是他的眼睛沒有看著我，而是好像看到鬼似的瞪著瑞奇媽媽。瑞奇媽媽也瞪著他，我看到她的下巴不停的上下顫抖。

「你們在做什麼？」爸爸問。

「欸，吉姆，你還真是有禮貌。記得南茜．布魯克斯吧？」媽咪話還沒說完，門鈴又響了。「其他人也到了。」媽咪站起來，走出起居室開門。

爸爸朝瑞奇媽媽走近兩、三步，停下來，越過我的頭頂看著她。「現在到底是什麼狀況？」他壓低聲音問瑞奇媽媽。

「梅莉莎，呃，打電話給我。」瑞奇媽媽回答。她呼吸急促，上氣不接下氣的，好像剛才跑完步似的。「她請我來，和其他幾個……受害者的父母，一起開會。」我可以聽到玄關有許多人在交談。

「開會？」爸爸說，「開什麼會？而你答應了？到我家來？」

我以為瑞奇媽媽大概會因為爸爸對她的態度而生氣，但是當她回答爸爸時聲音已經恢復正常。「是的，吉姆，我答應了。她想討論我們的……選擇。看看我們能不能對小查理的父母採取行動……要他們負責。而我認為她是對的。這完全是另一回事……」

「好了，各位，請進來坐下吧！」媽咪走回起居室，爸爸往後退了兩步。三個女人、一個男人跟著媽咪走進來，在沙發和椅子上坐下。「大家彼此都認識吧？」

有人點頭，有人搖頭，所以媽咪將所有人的名字念了一遍：「瑞奇的媽媽南茜．布魯克斯、茱莉葉的爸媽珍妮斯和戴夫．伊頓、尼可的媽媽法拉．桑其斯、潔西卡的媽媽蘿拉．拉康帝。」茱莉葉、尼可、潔西卡，他們全是安迪班上也被槍手殺死的孩子，我在電視新聞上看過他們的照片。

「這是我先生吉姆，還有我另一個兒子札克。」媽咪指著我和爸爸。爸爸什麼話也沒說，也沒有去和其他人握手。

「有人想喝點什麼嗎？」媽咪問，然後走進廚房，因為有幾個人說要喝水。她離開之後，起居室裡變得好安靜。我看到瑞奇媽媽瞪著爸爸，表情非常悲傷。媽咪拿著放了水杯的托盤回來，在咖啡桌上放下。「好了，我想我們應該開始了。吉姆，能不能麻煩你……」她用頭朝我的方向點了一下。

爸爸瞪了媽咪一眼，然後說：「來！札克，我們走吧！」

我想留下來聽媽咪和其他人在開會時說些什麼，可是爸爸用「你最好乖乖聽話」的語氣說：「來！札克，拜託你，我們走吧！」我站起來，跟著爸爸走出起居室。「我上樓去幫你拿件厚棉衫。外面很冷。」爸爸一邊說，一邊走上樓梯。「你先穿鞋。」

我靠著緊臨起居室門口的那面牆坐下穿鞋，這樣我才能聽到裡頭的談話內容。

「我們可以先整理一下目前手上已經有的資料……同時也看看我們還缺了什麼。」我聽到媽咪說，「也許更重要的是，我想確認大家的想法一致。在這房間裡的每一個人都想……採取行動，對吧？」

「對。」「我想是的。」其他人回答。

「好，很好。我想我們先比對大家的資料，想想接下來要怎麼對羅納理茲一家採取行動會是個好的開始。我認為我們現在應該多對外發言，多接受採訪，像我上汪達・傑克森的節目那樣。而且我們也應該開始考慮要對他們採取什麼法律行動……」

「札克，這些不是你該聽的！」突然間爸爸站在我身邊，抓到我在偷聽。

爸爸帶著我出門，很快的，他把車駛出車道，奧迪在他加速開出我們家前方的馬路時發出很大的噪音。在轉過第一個彎後，他減慢速度，從鏡子裡看著我。「我們要做兩件事，拿乾洗的衣服和買酒。」他對我說：「已經快中午了。你覺得我們辦完事後，一起去餐廳吃飯如何？」

當我們到達餐廳停車場時，天空仍下著一點雪，我試圖用手捕捉它們，但雪花一碰到我的皮膚就融化了。我們進了餐廳坐進沙發座裡，那是我最喜歡的位子，因為你可以從那裡看到對街的加油站。它不僅是個加油站，也是個修車廠，你可以看到他們用千斤頂把車舉起來，鑽到下面修理車子。

餐廳老闆馬卡斯走到我們的位子旁。他認識我們，因為我們常在週末時來這裡吃早餐，可是我們已經很久沒來了。

「嗨，金姆！」馬卡斯對爸爸說，每次他叫爸爸的名字聽起來都像「金姆」，很有趣。「嗨，鮑伯。」馬卡斯也向我打招呼，他知道那不是我真正的名字，但是他每次都開同樣的玩笑，然後自己哈哈大笑。但是這次，他只露出了一個小小的微笑，悲傷的微笑。

「金姆，我很遺憾發生在你兒子身上的事，非常非常遺憾。我們大家都是。」他的手從內往外揮了一圈，示意他代表餐廳所有的員工，這時我看到很多人都在注視我們兩個。「午餐我請客，好嗎，金姆？」馬卡斯一邊說，一邊拍拍爸爸的背。

「呃……好……謝謝，你真大方。」爸爸回答，他看起來有些尷尬，每個人都看著我們，我也覺得很尷尬。

我們點了和以往同樣的東西：起司漢堡、炸薯條和巧克力奶昔。要是媽咪也在，我們絕對不能點奶昔，可是爸爸說：「嗯，反正她今天又沒來，不是嗎？下雪的第一天當然就該喝奶昔慶祝。」

我們等著食物上桌，望著窗外對街加油站的工人修車，以及四處飄散的雪花。我和爸爸不常說話，但我喜歡像這樣坐在這裡。食物來了，我做的第一件事情就是拿一根薯條沾我的奶昔吃。爸爸笑了。

「爸爸？」

「什麼事？」

「為什麼媽咪要在我們家開會？討論關於查理的事？」

爸爸本來拿著他的起司漢堡正要咬，聽到我的問題他把漢堡放回盤子上，拿起餐巾擦手。「嗯……你媽咪為了安迪的事非常非常傷心，對吧？大家都很難過。她、我、你……」

「是。」我回答。

「嗯，媽咪……她認為如果……小查理……就是槍手，查理的兒子，以前受到不同的對待，也許他後來就不會那樣做了。」

「怎樣的不同？」我問。

「呃，這很複雜，札克。」爸爸說。

我看著爸爸，等待，我知道這樣他就會繼續解釋下去。

「好吧！那個槍手，小查理，生病了。他有……行為上的問題。你聽說過嗎？」爸爸說。

「他得到的是什麼樣的病？和安迪同一種病嗎？」

「噢，天啊！不，不是。是一種會讓他一直很沮喪……很難過的病。我想他不知道什麼是現實、什麼是想像；分不清什麼是對、什麼是錯。我其實也不是很了解。」

「所以那就是為什麼他殺了安迪和其他人？因為他不知道那是錯的？」我問。

「我不知道，札克。有些人認為他的爸媽應該早就注意到他對其他人有……危險性，會傷害無辜的人，他們有責任確認他得到應有的照顧，也許這樣事情就不會發生了。」爸爸說。

「你認為查理知道嗎？就是他兒子要去學校做那件事？」我拿起番茄醬的瓶子，在我和爸爸的盤子上擠上更多的番茄醬。

「謝謝。」爸爸說，拿起薯條沾了一下。「不，我想他並不知道他兒子要去做的事，但是我認為查理和他太太並沒有讓他們的兒子得到應有的照顧。我猜他們大概還在否認，還不願意相信。你知道我在說什麼嗎？」

「我不知道『否認』是什麼意思。」我回答。

「意思就是他們……他們大概知道自己的兒子有很大的問題，可是不想承認，或者不知道該怎麼處理。」爸爸解釋。

「所以他們那樣做不好嗎？」

「不好。」

「媽咪因此在生他們的氣，是嗎？」

「是。」

「她想讓他們因此而被處罰，是不是？警察會把查理關進監獄嗎？」我問。

「不，我想不會，札克。」爸爸說。

「很好，因為如果把他關進監獄就太不公平了。我覺得。」我告訴爸爸。

「不公平？」

「不公平。」我說：「對了，我想我贏定了。」我從自己的盤子上拿起一根最長的薯條。

我和安迪每次出去吃飯，只要有薯條我們都會玩這個遊戲，比比看誰盤子裡的薯條最長。

「什麼？才不呢！噢，你那條真的很長。」爸爸說，然後開始翻起他盤子裡的薯條。「但是我這條比你的更長喔！」他舉起一根薯條，不過立刻被我看穿他在作弊，因為他拿的其實是兩根，只是用手握住將它們接在一起，安迪以前常用這一招騙我。我們一起大笑，然後我抬起頭看到餐廳裡有很多人都在看我們，突然間我再也不覺得我們應該笑了。

# 30 綠巨人浩克

綠巨人浩克最討厭生氣。我有一本《復仇者聯盟》的漫畫，浩克是復仇者聯盟裡的一份子。我超愛復仇者聯盟的，他們是我最喜歡的超級英雄，會一起對抗壞人、拯救世界。浩克還是個普通人時叫布魯斯．班納。他是個科學家，有一次他被自己製造的炸彈炸傷，受到放射線汙染，從此變成了綠巨人浩克。

所以他的身體裡好像住了兩個相反的人，因為當他是人類科學家時，是個安靜的好人，但是當他生氣時，就會變成喧鬧的綠巨人。他並不喜歡變身，卻又無法控制，在他變成浩克後他會大喊：「浩克重擊！」並且到處搞破壞。

我現在就和他一樣。前一分鐘，我是正常的札克．泰勒，又乖又有禮貌，但是下一分鐘，有狀況出現，我就會變身為另一個版本的札克．泰勒，又瘋狂又粗魯。我以前也會生氣，像是我想做什麼卻不行，或者安迪對我很壞的時候，可是現在的生氣和以前的生氣感覺完全不同。

一開始我很驚訝，它像是躡手躡腳的靠近我，然後跳到我身上，一直到它黏住我之後才發現，但是那時已經太遲，因為它百分之百將我變成了另一個人。變身時出現的第一個徵兆是我會流眼淚，但不是正常的眼淚，而是熱騰騰的眼淚。滾燙、生氣的眼淚。然後我感覺全身發燙而緊繃，讓我無法控制的大吼大叫，舉止粗暴。

今天，綠巨人札克．泰勒已經出現過兩次。第一次是我早上下樓找爸爸，等他載我去學校，媽咪告訴我他已經提早走了，所以今天不用開車去學校。媽咪說：「有什麼差別？反正你也不會去上學。」她說的沒錯，但我還是非常生氣。我對媽咪大吼大叫，然後躺在地板上又踢又鬧。媽咪站在那裡看著我，她看起來先是大吃一驚，然後臉上出現了悲傷的表情。

我大吼大叫、又踢又鬧了好久，我的頭因為哭鬧太久痛了起來。媽咪試著勸我兩、三次，可是我大吼大叫，根本聽不到她在說什麼。反正我也不想聽。媽咪試著想抱我起來，可是我不讓她抱。於是媽咪在樓梯上坐下，雙手抱著小腿，把頭埋在手臂裡。我想她會哭是因為我很壞，就像以前安迪亂發脾氣時她也常常哭一樣。

那是第一次。第二次則發生在咪咪走進來，對我說：「嘿，親愛的，看看我給你帶了什麼？」她拿著我放在學校的背包，「你一直想讀你閱讀袋裡的書，不是嗎？你看，都在這裡了。羅素小姐還給我一些功課讓我們在家做，你想坐下來和我一起寫嗎？」咪咪對我露出大大的笑容，然後我就生氣了。更何況我再也不想念我閱讀袋裡的書了，我現在只想念《神奇樹屋》。

「不要！」我對著她大叫，「我不想寫什麼愚蠢的功課！」熱燙的眼淚和全身緊繃的感覺，然後變身！綠巨人札克．泰勒又出現了。我用力踢咪咪放在玄關的背包，我腳上的拖鞋飛了起來，撞上咪咪的大腿，咪咪臉上出現「好痛！」的表情。我沒有道歉，只是轉身跑上二樓。

我用力甩上房門，想要它發出巨響，可是它沒有，只是彈回來繼續開著，讓我更加生氣。於是我用力再次甩門，這次它關上了，但是我貼在床頭的海報卻隨著巨響掉了一角。那是輪到我當「一日班長」時的海報。反正就是一張爛海報，我伸手將它從牆上扯下來，揉成一團，扔向另一面牆。

我所有的玩具卡車在地板上混在一起，突然間讓我覺得討厭極了，於是我從床上跳下來，一輛一輛的踢，踢東西似乎可以讓我的身體不再那麼緊繃，所以我不停的踢，一直踢、一直踢。

「札克，親愛的，我能進來嗎？」咪咪在房門外說。

我站在房間中央，看著玩具卡車散得四處都是。「不能！」我隔著門大聲拒絕。

「好。」咪咪的聲音說：「只是……親愛的？不要弄壞任何東西，好嗎？咪咪不想看到你受傷。」

我沒有回答，然後我聽到咪咪走開，下了樓梯。我穿過浴室，走進安迪的房間，來到我的祕密基地。我打開巴斯光年，手電筒的光不像以前那麼亮了，下次我要記得帶新電池幫它換上，因為舊電池顯然快沒電了。一開始我以為我想看書，但是我的手因為剛才生氣的感覺還抖得很厲害。我把手電筒的光射向貼在牆壁上的感覺的畫。我心裡想，所有的畫尺寸都一樣，這是錯的，因為並不是所有感覺大小都相同。

現在，我的憤怒非常非常的大，比其他的感覺大了許多。它應該要畫在一張超大的紙上，也許應該畫滿整面牆。整面綠色的牆。其他的感覺則貼在另一面牆上。

除了悲傷，悲傷還是應該和憤怒留在同一面牆上。

「我想現在我知道為什麼你在照片裡的表情會這麼傷心了。」我對安迪說：「是因為當憤怒的情緒消失後，就會開始感到悲傷，對不對？就像一個圓圈。憤怒、悲傷、憤怒、悲傷。」

我把巴斯光年放在睡袋上，衣帽間裡一下子變得接近全黑。我將所有感覺的畫拿下來，將它們貼在靠近我的另一面牆上，然後將綠色的憤怒和灰色的悲傷擺在一起，貼在我和安迪的合照下面。我拿起巴斯光年，望著牆上的兩張感覺的畫和照片。

「我今天是個壞蛋，媽咪很不高興。咪咪也是。」我告訴安迪。

我注意到我腦子裡想著的三個詞：憤怒、悲傷、壞蛋。像一首新詩。我用光束指向綠色的畫說：「憤怒。」然後指向灰色的畫說：「悲傷。」然後說：「壞蛋。」先指向照片裡的安迪，再指向自己。「壞蛋。」

「我那時沒看到，你在海灘上表情那麼悲傷，我都沒注意到。」當我對安迪這麼說，並且想到他的臉時，我的喉嚨像哽著一團東西。也許他那時的感覺就像現在的我一樣傷心，可是沒有人知道。現在他已經死了，但是在他還活著時，每個人都只注意到他的憤怒，沒有人注意到他的悲傷。

巴斯光年的燈開始忽暗忽亮，那表示電池立刻要沒電了。我抓住手電筒從祕密基地出來，下樓找新電池。當我走下最後一個臺階時，我聽到媽咪和咪咪在說話。媽咪聽起來很不開心，所以我決定坐在樓梯偷聽。

「他現在需要好多好多的注意力。」媽咪說：「尿床，還有這樣亂發脾氣……他大發雷霆，我卻不知道要怎麼讓他平靜下來，感覺就像當初的安迪一樣。」她在講我，講我怎麼使壞。就像安迪。我開始變得像他，或者是我和他合而為一了。

「我沒辦法……處理他的問題。我就是沒辦法，媽。我真希望我可以，但是我現在真的不知道該怎麼做。我不知道要怎麼處理……就算陪在他身邊又有什麼用？」媽咪一邊說，一邊大聲哭。「我不知道該怎麼辦。」

「我想你只能盡力而為了。老實說，我倒是覺得鬆了一口氣。他終於表現出情緒了。他之前的樣子……在安迪出事之後，完全不哭，把我嚇壞了。」咪咪說。

「可是這就是問題。我已經累壞了，我再也不想盡力而為。你知道嗎？我也想像札克一樣發洩情緒。我也想尖叫，躺在地上又哭又鬧。我想對全世界破口大罵。可是我必須忍住。和以前一樣，一切都靠我了。吉姆可以離開。他可以和以往一樣去上班，他一點都不想向羅納理茲一家討公道。我只要求他想辦法讓札克回去上學，我只要求他做好這件事，他卻連這都……」媽咪越說越大聲。

「我知道，親愛的，這段時間我們每個人都飽受折磨。」咪咪說：「你知道嗎？我認為你應該考慮史丹利先生提過的心理輔導，或者打電話給巴尼醫師。讓札克得到幫助很重要，要找個可以聽他說話的人，我指的是外頭的人。你自己有太多問題要處理。你不能總是對自己要求那麼多，而且你也應該要考慮尋求幫助。這並不丟臉，承認——」

媽咪以聽起來非常憤怒的口氣打斷咪咪的話。「我不需要幫助。我需要的是離開這裡，你懂嗎？我再也無法待在這裡。我覺得我在這屋子裡無法呼吸。我努力的要為我們家、為我兒子爭取公道，可是每個人都在告訴我我能做什麼、不能做什麼，還有你不應該這麼做，你一定要那麼做……我聽得好煩、好厭倦。」我聽到高腳凳被往後推在地板上發出的尖銳摩擦聲。

「你能不能留在這裡陪他一會兒？」媽咪問，「如果我不離開這裡，我真的要瘋了。」

「好。」咪咪說：「可是你覺得以你現在的狀況……這樣真的好嗎？至少告訴我你要去哪兒，讓我放心？」

「我還不知道，媽。」媽咪快步走出廚房，當她看到我坐在樓梯上時，停下了腳步。她的臉因為大哭過而漲紅。

「我會……我待會兒就回來好嗎，札克？」她一邊對我說，一邊抓起桌上的車鑰匙，面對著我倒退走，最後拉開通往車庫的房門，消失了。我聽到車庫鐵門往上捲，媽咪的車子發動引擎駛了出去，然後車庫的門再度放下。媽咪走了，四周安安靜靜，感覺就像媽咪倉皇的逃離了我們的家。

# 31 共享空間

我幫巴斯光年裝上新電池，打開手電筒，它的光束再度變亮。我在書堆裡尋找《神奇樹屋》第三十九集《深海大章魚》，書背上印著傑克和安妮為了拯救梅林，出發去找快樂的第三個祕密，然後神奇樹屋將他們送到一個非常小的海島上。我想知道他們會在島上發生什麼事，還有他們要怎樣才能離開小島，以及快樂的第三個祕密到底是什麼，所以我打開書，開始念了起來。

念到第三十頁時，祕密基地的門從外頭被打開一條縫，光線射進來。我嚇了一跳。「札克？」是爸爸。我很驚訝，因為我不知道爸爸回家了，現在應該還沒傍晚啊！「我可以進來和你在這裡待一會兒嗎？」

我用手電筒掃射我的祕密基地。爸爸會看到所有的一切——感覺的畫、我和安迪的合照、其他的東西。也許上次我夢到用箭殺了安迪，爸爸來找我時就已經看過了。不過我相信他沒有，而且在他找到我之後，我們也沒有討論過我的祕密基地，所以我還以為他已經忘了呢！

我在想，讓他看到我的祕密基地，多少會讓我覺得尷尬，但是如果這不再是個祕密，也許是件好事吧？

「好吧！」我對爸爸說。接著門完全打開，爸爸進來，隨手關上門。他太高了，沒辦法像我一樣站直身體走進來，只能四肢著地的爬到我身邊。

「天啊！這裡真小。」他一邊說，一邊在睡袋上坐下，然後轉頭環顧四周，當他看到我和安迪的合照時，他停下來，從嘴巴呼出一大口氣。他傾身細看照片，我用巴斯光年照亮它，好讓他看清楚。他瞪著那張照片好一會兒，然後他看到下面的兩張畫，用手指著它們。「這是什麼？」他問。

「感覺的畫。」我回答，然後我看著爸爸的臉，觀察他是否要開始大笑，可是他沒有。他的表情很嚴肅，好像在認真思考。

「感覺的畫。」他說：「什麼是『感覺的畫』？」

「就是我心裡的感覺。我把每一種感覺畫在一張紙上，讓我不會再將它們混在一起，比較容易分開。」我告訴他。

「嗯。所以你的感覺全混在一起？」

「對。」我回答。「那樣太複雜了。」

「沒錯。我懂。」爸爸說：「你怎麼知道哪一種感覺該用哪一種顏色？」

「我不知道。我可以感覺到它們的顏色。連結在感覺上的顏色。」

「真的嗎？我還不曉得有這種事呢！」爸爸指著綠色和灰色的畫，「那麼它們是什麼感覺？」

「憤怒和悲傷。」

爸爸點頭表示懂了，然後他指著另一面牆上的畫。「所以這些也是感覺的畫嗎？紅色是什麼感覺？」

「尷尬。」

「尷尬？你為什麼覺得尷尬？」

「因為我尿床。」我回答，感到臉頰發燙。

「黑色呢？」

「害怕。」

「黃色呢？」爸爸好像在測試我。

「快樂。」我回答，再一次看著爸爸，觀察他是不是會覺得安迪死了，我還畫一張代表快樂的畫很不應該。其實仔細想想，我現在根本不想要那張畫貼在祕密基地的牆上。

「那張中間有洞的又是什麼？」爸爸問。

「它代表寂寞。」我解釋，「寂寞是透明的，所以我剪了一個洞，因為透明沒有顏色。」

「寂寞？因為安迪？」爸爸的聲音哽咽。

「嗯，在我的祕密基地裡，我不覺得寂寞。」我說。

「不覺得？為什麼？」爸爸問。

我不知道自己是不是應該告訴爸爸我在這裡對安迪說話，念書給安迪聽。他大概會覺得我那麼做很奇怪吧？「我……因為我假裝在這裡安迪聽得到我說話。」我回答，然後我用手電筒指著衣帽間的角落，因為我不想讓爸爸和我看到彼此。

「你對他說話？」爸爸很小聲的問。

「是。」我回答，「而且我還大聲念書。」

爸爸立刻想知道所有關於祕密基地的一切，我沒有預料到事情會變成這樣。「我的意思是，我知道這不是真的，因為安迪已經死了，死人是聽不到的。」我說：「我知道我這樣做很蠢。」

爸爸握住我拿巴斯光年的手，將它放到我們之間，所以我們不再在黑暗中交談，但這樣讓我更難開口，因為他會看到我漲紅的臉。

「我不認為這樣做很蠢。」爸爸說。

「我只是覺得，跟他說話讓我心裡比較舒服。」我聳聳肩。

「那麼為什麼感覺的畫裡會包括寂寞？」爸爸問。

「我畫的是在祕密基地之外的寂寞。」

「在祕密基地之外你會感到寂寞？」

我又聳肩。「有時候。」

我們兩個沉默了好一會兒，什麼都沒說。我們只是坐在祕密基地裡，安安靜靜的在一起，我喜歡這樣。

「爸爸？」過了一會兒後，我開口。

「什麼事，札克？」

「我覺得我應該再加一個抱歉。」

「加一個什麼？」

「加另一張感覺的畫。」

「抱歉？為什麼？」

「因為我今天很壞，惹媽咪生氣了。她會離家出走都是我的錯。我很抱歉我做了那些事，我想要她回家，我才能向她道歉。」我的眼眶裡滿是淚水。

爸爸看著我，然後他伸出雙手握住我左右兩邊的手臂，溫柔的抓著我。「札克，聽我說。」他的聲音聽起來好像喉嚨裡卡了什麼東西，「媽咪不開心不是你的錯。你聽到了嗎？」眼淚開始滑下我的臉頰。

「她沒有離家出走。她……她只是必須出去一陣子，之後就會回家的，懂嗎？」爸爸說，然後他用額頭抵住我的額頭，吐出一大口氣。我可以感覺到它吹在我的臉上，卻不覺得討厭。「這一切都不是你的錯。」

「好。可是，爸爸？」

「什麼事？」

「我有時候還是會感到抱歉，在我想到安迪的時候。我想向安迪說對不起。」

「你為什麼想向安迪說對不起？」爸爸移開他的頭看著我。現在我的眼淚流個不停，我用雙手抹臉，手電筒的光束在祕密基地裡胡亂跳躍。

「槍手來學校時，我完全沒有想到他。」我告訴爸爸，「我們躲在教室的衣櫃裡，我們聽到槍聲，然後警察來了，我們排隊走到走廊，我看到走廊上有血，後來我們走到教堂……從頭到尾我都沒有想到安迪。」現在我的喉嚨發出好大的哭聲，讓我很難把話講清楚，可是我一定要告訴爸爸。「在媽咪來、問我安迪在哪兒之前，我都沒有想到他。」

「噢，天啊！札克。」爸爸一邊說，一邊伸手將我抱到他的大腿上。「你不需要因為這樣就感到抱歉，你當時一定嚇壞了。你只是個小孩子，你才六歲啊！」

「我還沒說完為什麼我想向安迪說對不起。」我說：「我還做了一件更糟糕的事。」

「告訴我。」爸爸對著我的頭頂說。

「槍手殺死安迪後，我有時候會感到一點點高興。不是非常開心的那種高興，但我想起他做過的壞事，我以為家裡沒有他會變好，我以為大家就不會再吵架，而且安迪也不能再凶我了。我真的這麼想。所以他不在了，我卻感到有一點點高興。」

我等著爸爸回應，但是他什麼都沒說。我可以感覺到他的胸膛起伏，他呼出的氣讓我的頭變得暖呼呼的。

「我很壞，是不是？」我問爸爸。

「沒有。」爸爸小聲的說：「你現在還會因為安迪不在了而感到高興嗎？」

「不會。因為我以為的事並沒有發生。家裡沒有比較好，而且——他並不是只會做壞事，現在我也有關於他很好的回憶，我不想要安迪永遠不在。」

過了好一會兒，爸爸開始移動身體說：「裡頭有點熱，是不是？」

「對。」我回答，「但是這裡感覺很溫暖。我喜歡這樣。」

「我也是。」爸爸說：「我知道這裡是屬於你的特別祕密基地，但是也許有時候可以讓我進來玩，好嗎？」

「好。」我回答。

# 32 不擇手段

我上床睡覺時，媽咪還沒回家。我躺在床上告訴自己：「我明天絕對不生氣。我明天一定當個乖孩子。」我重複說了很多次，好讓我明天醒來時仍然記得，不會在睡著之後就忘了。

早上起床時，我真的還記得。我在吃晚餐前一直表現得很好，然後我就忘了。我忘了，因為媽咪告訴我她明天又要離開家，而她明明才剛回來。生氣的感覺立刻跳上我的身體。媽咪告訴我她要到紐約市接受更多訪問，錄影時間非常早，所以她明天會在我起床前就離開家，然後她要在紐約市的旅館過夜，因為接下來整天她都要接受訪問，還有隔天早上也是。

我們坐在廚房中島吃飯。安迪死前，我們都是坐在餐桌吃飯的。他死了之後，我們再也不在餐桌吃飯，而改在中島吃飯，所以也不需要在餐桌上擺餐具。媽咪將盤子、叉子和刀子放在中島上，就是這麼簡單。我們今晚吃昨天瑪麗伯母送來的肉捲，很好吃，但是只有我一個人在吃，媽咪的盤子還是滿的，她根本沒在吃。

「為什麼你要接受這麼多愚蠢的訪問？」媽咪告訴我她要去紐約市時，我問。我用力推開盤子，它撞上牛奶杯，讓一些牛奶灑了出來。

「我……讓人們聽到我們的故事很重要。」媽咪放慢講話的速度、小聲的說，一副在和笨蛋說話的樣子。我看得出來，這讓我更加生氣。「為什麼？」我大聲問，幾乎是在咆哮。

「為什麼？因為可怕的事發生在你哥哥身上，發生在我們家，可是那不是我們的錯，而是……其他人的錯。我們必須站出來討論這件事。它很重要。你懂嗎？」

我可以感覺到臉上熱燙的眼淚，我不想回答她。「是查理兒子的錯。」過了好一會兒，我終於說，然後我再一次對查理的兒子感到憤怒。

「對，可是他也還是個孩子，這……很複雜。」媽咪抬頭看了微波爐的電子鐘一眼，站起來，將她還滿滿的盤子端到水槽。

「他為什麼要對安迪和其他人做那樣的事？為什麼他要殺他們？」我問。

「他……不正常。他的腦袋不正常。」她說：「所以那不只是他一個人的錯。他……沒有受到應有的照顧。」

「所以這就是為什麼查理和他太太來我們家時，你那麼生氣，對他們那麼凶嗎？」我說。

「我沒有對他們——」媽咪開口，但沒把話說完，只是聳聳肩，轉身洗碗。

「可是我想要你在這裡。」我告訴媽咪，更多熱燙的眼淚湧了出來。「你去紐約市，爸爸去上班，誰來照顧我？」

「札克，我只去兩天，你睡兩次覺我就回來了，好嗎？咪咪會來陪你。你們可以一起做她幫你從學校拿回來的功課，可以一起玩，一起……念書。咪咪可以和你輪流念故事。聽起來是不是很有趣？」

「不，我不想要你在我上床睡覺時不在。我想要你陪我，然後唱我們的歌。這段時間，你再也不唱我們的歌了，就那樣去睡覺對我一點都不好。」我說。

「咪咪會唱那首歌。不然這樣好嗎？你們可以在要睡覺時打電話給我，我們可以在電話裡一起唱，好不好？」媽咪問。

「不好！我想要你留在家裡！」我大喊，然後很快從高腳凳上站起來，高腳凳往後倒下，發出巨響。

突然間，媽咪來到我身邊，嚇了我一跳。她抓住我的手臂，把我用力往上提，她的指甲嵌進我的皮膚裡，讓我非常非常痛。媽咪把臉湊到我面前，咬牙切齒的在我耳邊說話，聽起來非常生氣。「聽好，札克，我現在不想處理你。我已經向你解釋為什麼我必須去，為什麼這很重要，不要再囉嗦了！聽懂了嗎？」她一邊說，一邊繼續將我的手臂往上提。媽咪從沒這樣對我說話，我的肚子因為她現在的樣子感到又熱又燙。

「聽懂了。」我說，擠出來的聲音又短又尖銳。

「很好。」媽咪說，扔下我的手臂。「聽著，我得去收行李了，明天一大早車子就會來接我了。」她沒有再咬著牙說話，可是聽起來還是很生氣。「來，我們把電視打開，你爸應該很快就會下班回家。」

我跟著媽咪走進起居室，她打開電視，把遙控器交給我。媽咪看著我好像想說什麼，可是幾秒鐘後，她什麼都沒說的轉身走開，然後我聽見她上樓的聲音。我在沙發坐下，看著自己的手臂，媽咪的指甲在我皮膚上留下一條又一條紅色和紫色的線。手臂背面有四條線，正面只有一條線，是大拇指留下的。我現在還是非常痛。我站起來，走進廚房從冷凍庫拿出我的鋼鐵人冰敷袋。從頭到尾我的眼淚流個不停，我只能用不會痛的那隻手臂去擦。

我注意到高腳凳還倒在地板上，於是我走過去把它扶起來，將它推向中島，然後我把我的盤子拿到水槽，雖然還剩很多食物，可是我已經不想再吃了。我把中島上濺出的牛奶擦乾淨，肚子裡熱燙的感覺慢慢消失，眼淚也停了。我坐在起居室，選了《汪汪隊立大功》的卡通影片。它是給小小孩看的，但是我又開始喜歡看了。

過了一會兒，在第一集的《汪汪隊立大功》快結束時，爸爸走進起居室說：「嘿！札克。」然後在我的頭頂親了一下，「媽咪在哪兒？」

「在樓上收行李。」我回答。

「你這裡怎麼了？」爸爸指著我的手臂。

我不想讓爸爸知道我又惹媽咪不高興了，於是我說：「我不小心刮傷了。」

爸爸皺起眉頭，前額出現一條條的皺紋。

「我可以再看一集嗎？」

「好，當然。我去樓上找媽咪，好嗎？」

「好。」我說：「可是，爸爸？」

爸爸停在廚房的入口。「什麼事，札克？」

「你會不會有時希望我死掉？我的意思是，死的是我，而不是安迪？希望活下來的是安迪，而不是我？」我開始覺得眼淚在我的眼睛裡聚集。

爸爸瞪著我，兩、三次張開嘴，可是沒有發出任何聲音，像是他必須先試個幾次才能開始說話。他慢慢走回我面前，將我拉起來，讓我站在沙發上，這樣我們就幾乎一樣高了。

「不，札克。」他說，聲音好像哽在喉嚨裡。「不。」他又說了一次。「為什麼……為什麼你會這麼說？我絕對不會……希望你死掉。」

「那麼你覺得媽咪呢？」我想著她剛才在廚房對我說話的樣子，不禁眼淚直流。

「不，媽咪也不會希望你死掉。」爸爸說。他抬起我的臉，擦掉我的眼淚。「你聽到我說的話了嗎？」我點頭表示聽到了。

「好。」爸爸說，然後他擁抱我。我坐回沙發上，爸爸在我身後又站了好一會兒，最後他用手耙過我的頭髮好幾次，轉身上樓。

我在選單上找到《汪汪隊立大功》，點開名叫「新小狗」的一集，我很喜歡這集，萊德為了給小狗們驚喜，準備了一輛超酷的雪上巡邏車，它其實就是移動式的監視卡車。牠們還遇到一隻新的小狗叫艾弗勒斯，牠後來成了汪汪隊的新成員。我看完後本來想再看一集，可是瞄到電視盒上的電子鐘顯示八點半，已經很晚了。我想去看看爸爸和媽咪在做什麼，為什麼他們還沒來叫我去睡覺。

我爬上樓梯，聽到爸爸和媽咪的聲音，我立刻知道他們又在吵架。他們臥室的門關著，但透過門我還是聽得到吵架的聲音。我躡手躡腳的走到門邊，小心不讓地板發出聲音，在房門旁坐下，背靠著牆。

「我要說的只是這是我們家的私事，我們不應該持續將它展示給全世界看！我們不能夠給它一點時間沉澱嗎？」我聽到爸爸說。

媽咪笑了，笑聲卻像在諷刺。「不能，我們不能給它時間沉澱。重點是，我並不想將它當成私事，我們也不應該將它當成私事。至於你媽同意或不同意，老實說我一點都不在乎。」

「這和我媽媽沒關係。」爸爸說：「她只是告訴我其他人在背後說什麼而已。」

「其他人。什麼其他人？再過兩個星期沒有人會再在乎這件事，吉姆！生活不斷往前推進，只有我們會被孤單的留下，過著殘缺的日子，到時再也不會有人在乎。你還不懂嗎？到時候才想站出來討論它就來不及了！」媽咪說得又快又急，「我知道你很在乎別人怎麼看。」媽咪在講到「別人」時聲音變得很低沉，「關於我上電視將家裡的事都抖出來，對吧？老實說，我對別人的看法一點都不在乎了，他們要說什麼屁話儘管去說吧！我才不鳥他們。」

「這和那一點關係也沒有，你不要胡亂指控。」爸爸說。

「所有的一切都和那有關係！我厭倦透了。我再也不想在人前演戲了！而且別人怎麼看再也無關緊要了。你還不明白嗎？」

「看在老天的份上，梅莉莎，我們每個人都在煎熬，都在苦撐，可是我們必須為札克著想。你沒看到札克對上次採訪的反應嗎？我一開始就告訴你不應該讓他上電視的。」爸爸現在的聲音小了很多，可是媽咪卻不是。

「那一定讓你很尷尬吧？看到他在大家面前失控？另一個安迪，而且還是當著電視攝影機？哼，他們最後把那一段剪掉了，所以你在擔心什麼？」

「你這麼說真的很不公平。」爸爸說：「我擔心的根本不是這個。他很不開心。我從來沒看過他那個樣子。他做惡夢、尿床……」

「如果你不記得，讓我提醒你，他哥哥死了。」媽咪大喊，「你當然從來沒看過他那個樣子！這屋子裡的每一個人都在盡全力處理自己的情緒。」

「我知道。可是你知道剛才他在樓下問我什麼嗎？他問我你是不是希望死的是他，而不是安迪？」爸爸說。我聽到後，眼眶裡立刻又湧出眼淚。

媽咪沉默了一會兒，然後她說：「我……我們剛才在樓下有點爭執，他現在動不動就發脾氣，可是光我自己的事就已經讓我忙不過來。我也飽受煎熬，但每個人似乎都不記得這件事。」

「我知道你飽受煎熬，梅莉莎。我真希望你同意接受專業人士的幫助，但是昨天你就這樣消失了……札克以為那是因為他做了什麼壞事，你會離開都是他的錯。」

「我、就、這、樣、消、失？」媽咪一個字一個字說，聽起來非常憤怒。聽到她那樣的聲音，我脖子後面的雞皮疙瘩都豎起來了。「你說真的嗎？我就這樣消失了？真是太棒了！

太棒了！你才是那個一逮到機會就跑回辦公室的人。你才是那個永遠缺席的人。我從沒消失過。我在這裡，我一直在這裡。我處理所有的問題，面對所有的困難，安迪在時……全部都是我。你居然有膽子指控我消失！」最後幾句話，媽咪根本是用吼的。

「是你要那麼做的！是你選擇要待在這裡的。」爸爸也吼回去，「你什麼事都不讓我參與！」

「胡說八道，根本不是那樣。大家心知肚明，你只想要他一直吃藥，好方便我們不用面對他的問題。」

「我從來沒有這樣說過。我從來沒他媽的這樣說過。要他吃藥的人不是我，而是醫師，是那個你想盡辦法、找盡關係才看得到的權威。是你要他去看那個醫師，然後他告訴我們怎麼做，你卻不想照他說的做。一切都由你決定。你想怎麼樣就怎麼樣。你做了決定，我一點參與的機會也沒有！」

媽咪從鼻子哼了一聲。「可悲的是，你還真的相信自己的說法。你想參與，可是我不讓你參與？我猜也許連你到外面亂搞也是我的錯嘍？」爸爸開口說了什麼，媽咪打斷他。「拜託，我又不是笨蛋，吉姆。我知道你在搞外遇，你用不著再說謊了。」

媽咪說完後，主臥室裡一點聲音都沒有。

過了一會兒，媽咪又開始說話。「你不想面對……這個。你不想面對安迪的問題。一個有ODD的兒子不在你的計畫之內，所以你讓我獨自面對，孤立無援。我又怎麼能夠選擇不待在這裡？而現在……現在……我還是一個人面對所有的一切。札克……我知道他很痛苦，你以為我不知道嗎？我試著——」媽咪沒再說下去，我聽得出來她哭了。我聽到她的哭聲。

「梅莉莎，我能不能……」爸爸說得很小聲。

「不！不能。就是……不能。」媽咪在哭聲之間擠出字來，「我不知道要怎麼像這樣活下去？懂嗎，吉姆？要怎麼像這樣活下去？我需要去做這件事，我要討個公道。」

「要怎麼討公道？」爸爸問。他的語氣和我之前做了殺死安迪的惡夢後，他在衣帽間裡安慰我、拍我的背，讓我平靜下來時的語氣一模一樣。

可是媽咪沒有平靜下來。她說話的聲音又變大，哭聲也更大了。「為了安迪。我不能什麼都不做，放他們逍遙自在。如果我不做，我不知道我要怎樣再活下去。」

「不擇手段的報仇不會讓安迪復活——」爸爸開口，媽咪立刻打斷他。

「不擇手段的報仇？不擇手段的報仇？去你媽的。」她尖叫。

我試著摀住耳朵。太多的尖叫和髒話讓我的耳朵好痛。事實上，我的整顆頭都好痛。

「對不起，我不是那個意思。」爸爸說。

「是，你就是！」媽咪放聲尖叫，「你！總是這麼自制，是不是？一點都不表現出你的情緒，或者你根本就沒有情緒，是不是？你是怎麼做到的？我沒看到你哭。怎麼可能？你怎麼能不哭？你不正常！」

我可以清楚的聽出媽咪的悲傷，非常響亮，像從門的下緣直直向我衝過來。可是我也聽到了爸爸的悲傷。它不像媽咪的那麼響亮，是比較安靜、比較小聲的。媽咪聽不見，也許是因為她一直在發出聲音，而且媽咪沒有像我一樣，看到我們將她留在醫院後爸爸在車上的樣子，她沒看到他整個人籠罩在悲傷裡，痛哭但哭不出聲音的樣子。

「你知道嗎，吉姆？」媽咪說：「你想要參與？嗯，不如這一次換你來吧？我現在無法……面對札克的問題。我沒有足夠的能力，也不知道要怎麼做，我……再也沒有辦法付出了。我已經乾涸了。」媽咪不再尖叫，聲音聽起來很疲倦。過了一會兒後，她說：「我得趕快收拾行李。」

我聽到腳步聲朝著房門走來，於是我趕快起身跑回樓下。我的腦袋還在重播媽咪在他們吵架最後講的話：「我現在無法面對札克的問題。」我回到廚房，用力朝高腳凳猛踢一腳。

# 33 過不下去的人生

隔天早上，媽咪那邊的床看起來像一晚都沒人睡過，爸爸也不在床上。我走進自己房間，從窗戶往外看。爸爸的奧迪不在車道上，所以他已經出門上班了。

在我和爸爸去餐廳喝奶昔的隔天雪就停了，可是也沒有再下雨。天空還是灰濛濛的，我可以看到草的末端和車頂上因為太冷都結了白霜。我用頭抵著窗戶，冰涼的玻璃讓我的身體忍不住打了個冷顫。

我走下樓，聽見從起居室傳出的電視聲，我看到咪咪坐在沙發上。「媽咪在電視上嗎？」我問，咪咪很快的轉過頭來，因為我嚇了她一跳。

「還沒，親愛的。早安。」咪咪說，她拿起遙控器，關掉電視。

「我可以和你一起看嗎？」我在咪咪身旁坐下。

「噢，嗯，我想不行，親愛的。我不確定……」咪咪望著已經被關掉的電視。

「可是我想看媽咪。」我說，生氣的感覺開始在我肚子裡膨脹。我對咪咪大吼：「我想看媽咪上電視！」

「札克，親愛的，請不要生氣。我……我不知道媽咪是不是想讓你看——」咪咪說。我打斷她的話，對她說謊：「媽咪答應過我可以看，所以她說的事你要做到。」「她答應了？我沒有和她談到這一點……好吧！我想差不多要訪問她了。」咪咪又拿起遙控器，打開電視。

一個梳著閃亮油頭的黑髮男人坐在一張紅色長沙發上，他的左右各坐著一個女人。他說：「可怕的麥金利槍擊案已經發生快一個月了，美國的社會大眾仍然對這個慘案感到心痛萬分，當然我們心裡也一直惦記著十九個遇難者的家庭，他們失去親人的悲傷是我們無法想像的。」沙發上的兩個女人一臉難過的樣子，「而其中十五個家庭更是必須面對以這麼殘忍的方式失去年幼孩子的打擊。」

男人轉向旁邊，對其中一個女人說：「珍妮佛，很少有家庭願意公開談論他們失去親人的悲痛，但是過去兩個星期，你和五、六個受害家庭有過接觸。今天早上，你甚至有機會訪問在麥金利槍擊案中失去親人的家庭——十歲安迪的母親梅莉莎．泰勒，是嗎？」

「是的，魯伯特。」那個叫珍妮佛的女人回答，「親眼看到這些家庭的痛苦掙扎實在叫人心碎。他們還在努力尋找度過難關的方法，努力的一天一天的過，想從和孩子共度的美好回憶裡尋找慰藉。尤其現在接近歲末，感恩節、耶誕節即將來臨，他們為了家裡其他的孩子常常不得不強顏歡笑。」叫魯伯特的男人和另一個女人一起點頭表示同情。

「泰勒家就是其中之一，就像魯伯特說的，他們在麥金利槍擊案中失去了兒子安迪。十歲的安迪念五年級，當槍手闖進校園時，他正在大禮堂裡。你們大概都知道，學校大禮堂是槍手攻擊的第一個地方，也是大多數受害者的喪生之處。今天早上我很榮幸訪問到安迪的母親梅莉莎．泰勒，她讓我一窺這個悲劇對她和他們家庭的影響。你們可以想像我有多麼的感動和激動，現在，就讓我們一起來看這段訪問。」

然後畫面突然就從沙發上的三個人換成了媽咪。她看起來和平常不同，她的頭髮頂在頭頂上，又蓬又大，而且她還化了濃妝，讓她的臉變得不一樣。她穿著我從沒看過的紅外套、紅裙子，坐在一張超大的棕色皮椅，看起來變得超小的。她就像童話故事《三隻熊》裡坐錯椅子的小女孩，坐在過大的熊爸爸或熊媽媽的椅子上。看到媽咪出現在電視上感覺很奇怪，我在家裡，坐在我們的沙發上，而媽咪卻在電視裡，彷彿她不是真實世界裡的人。

叫珍妮佛的女人也坐在一張很大的棕色皮椅裡。她的椅子離媽咪有點遠，兩人之間放了張桌子，上面有一盒面紙、兩個杯子。

「泰勒太太，你兒子安迪是麥金利慘案中十五個遇害的孩子之一。謝謝你今天願意和我們分享你們家的故事，以及對安迪的回憶。」

電視上出現的不再是媽咪和珍妮佛，而是安迪的照片，就是那張他在遠足日扮鬼臉、好像要跳出電視螢幕的照片。可是媽咪的聲音還在，她說：「安迪天生充滿了能量。他非常非常聰明，永遠充滿活力。他就像一顆跳來跳去、持續發出電力的大球，你懂我在說什麼嗎？」

媽咪聽起來像在哭。

「他在……死掉之前兩週才剛過十歲生日。我想和以前一樣在家裡為他舉辦生日派對，可是他不願意。他說他已經太大了……」媽咪的聲調提高，聽起來又短又尖銳，電視畫面切換，整個螢幕都是她的臉。我可以看到眼淚從她的眼眶流出來，融化的睫毛膏順著淚水黑黑的往下流。

媽咪用面紙擦眼睛，然後又說：「安迪說他已經太大了，不想再辦生日派對。現在他的年齡是『二位數』了，他總是喜歡那麼說，所以他只想邀請幾個朋友一起做點特別的事。於是我們去小型賽車場，他玩得好開心，但是我真希望……希望我們那時為他辦了生日派對……為他的……最後一個生日……」

我聽到身邊有個聲音。是咪咪在哭。她瞪著電視，整張臉的皺紋全縮成一團。

「你和其他家人怎麼克服失去他的痛苦？你和你先生？我知道你還有一個六歲的小兒子叫札克。」叫珍妮佛的女人說。在她提到我的名字時，我的臉立刻開始發燙。

「我想你唯一能做的是試著度過眼前的這一天。」媽咪說，她的身體在大椅子裡前傾，雙手握著面紙。「因為……你只能這樣，你沒有選擇，只能這樣。」更多的眼淚流下來，但是她沒有用面紙去擦，只是讓淚水一直滴一直滴。

「我的意思是，每天早晨你醒來，腦子裡想著我撐不下去了，我覺得我沒有辦法撐過這一天。但是你必須起來，因為你還有另一個需要你的孩子。然後第二天也一樣，第三天也一樣。撐過來的每一天，都是我不能擁抱兒子的一天，看不到他的一天，沒有他可愛的臉龐和笑容的一天。我最後一次看到他和現在之間相隔越來越久，我卻無力阻止。我想讓時間暫停，想待在離他近一點的日子。因為這……這……」媽咪停下來，她擱在大腿上的手抖得很厲害。「這將會是我未來最靠近兒子的一刻。我受不了每天早晨醒來，想到我離最後一次看到他那天越來越遠，而他也離我越來越遠。」

媽咪拿起面紙擤鼻涕。「失去兒子的人生是無法再過下去的人生，可是我必須繼續活著，一天一天的活下去。」媽咪哽咽吐出最後幾個字，好像她喉嚨裡卡了什麼東西，叫珍妮佛的女人從她的棕色大皮椅裡傾身遞面紙給媽咪，伸手拍拍媽咪的手。

咪咪發出「噢」的聲音，將臉埋進雙手裡。

電視畫面切換，媽咪再次出現，但這時她離攝影機較遠，也不哭了。那感覺很奇怪，像是你眨了眨眼，她就停了。

叫珍妮佛的女人說：「泰勒太太，你和其他幾個受害者家庭聯合，開始站出來向大眾表達你們的憤怒，因為你們相信這場悲劇是可以避免的。能不能告訴我為什麼你們會這麼想？」

「是的，沒錯。」媽咪說：「我……我們認為，除非……應該對這件事負責的人受到制裁，否則我們沒辦法釋懷，繼續我們的人生。」媽咪講得很快，我看到她的手不停的搓揉面紙，好像在揉一坨黏土。

「你所謂的『應該對這件事負責的人』是指……」珍妮佛問。

「槍手的家人。他的父母。」媽咪回答。她說到查理和他太太的事了，而且還在電視上說。現在所有人都會聽到，說不定查理正在看電視。

「你認為小查理．羅納理茲的父母應該為兒子的行為受到制裁？你覺得發生這件事他們也該負部分責任嗎？」珍妮佛問。

「噢，我認為他們該負的責任可不是一部分而已。」媽咪說。她的聲音突然間變得好大。咪咪閉上雙眼，慢慢的吐出一口又深又長的氣。我覺得我也想要閉上眼睛。我不知道為什麼，但是我不喜歡媽咪講話的語氣，我有點不想再看下去了。

「他們的兒子已經病了很多年了，有非常多的徵兆顯示他總有一天會……傷害別人。據我們所知，在過去幾年裡，他完全沒有接受治療，也沒有受到專業人士的照顧。如果不是精神有問題，沒有人會突然做出這麼可怕的事。事情發展到這個地步需要很長的時間，如果他們處理的方式不同……說不定我的兒子就不會死。」

咪咪站起來，用遙控器把音量降到最低。「好了，札克，我想看到這裡已經夠了。」

我繼續看著電視，後來媽咪又講了好一會兒，叫珍妮佛的女人也說了兩、三次話，然後畫面切回坐在沙發上的魯伯特、珍妮佛和另一個女人。我看到他們的嘴巴在動，顯然在交談，他們三個不時點頭搖頭，表示贊成和反對。

「來吃早飯吧，親愛的？」咪咪說完把電視關掉。我跟著咪咪走進廚房，看著她幫我煎蛋。我的肚子一直有點不舒服，有種不太好的感覺，然後我明白了，那是尷尬的感覺。可是，我不是為我自己感到尷尬，而是為媽咪感到尷尬。

# 34 同情

門開了，我知道是爸爸。我從正式的襯衫和外套縫隙中看過去，一隻手拿著一袋餅乾在門縫晃啊晃的，然後那包餅乾對我說：「你好，我想看看你是否有興趣吃掉我，年輕人。」爸爸捏著喉嚨裝出好笑的聲音，我也用好笑的聲音回答。「是的，我很有興趣吃掉你，謝謝。」我往前傾，一把抓走爸爸手上的餅乾袋。

衣帽間的門被完全推開，爸爸微笑看著我，問：「願意分享嗎？餅乾和祕密基地？」我說願意，於是他跪地爬進來。

「下一次你得帶自己的睡袋或毯子。這個太小了，不夠我們兩個一起用。」我告訴爸爸。

「是的，長官。」爸爸一邊說，一邊把手放在額頭上行了個軍禮。他像我一樣盤腿坐下，打開餅乾袋，將它放在兩人中間。我們各拿了一片。

「你在做什麼？」爸爸問。

「念書。」

「念給安迪聽？」爸爸問，望著牆上的照片。

「對。」

「也可以讓我聽嗎？你在念的是什麼書？」

我給他看《深海大章魚》的封面。「我已經念到第七十八頁了，所以你會聽不懂的。」

我告訴爸爸。

「你可以告訴我到目前發生的事嗎？」爸爸問。

「好。傑克和安妮被神奇樹屋送到一個小海島上，遇上一艘載著探險家和科學家的船。它叫英國皇家挑戰者號。他們讓傑克和安妮上船一起航行，船員告訴他們此行的目的是要找看起來像一窩海蛇的大海怪。」

「好嗯。」爸爸說。

「是啊！」我說：「然後船遇上了大風暴，傑克和安妮被大浪沖下船，可是一隻大章魚救了他們。那隻巨大的章魚其實就是船員在找的海怪，可是它並不是怪物，而且如果沒有它，他們早就淹死了。可是船員不曉得，他們想抓它、殺死它。現在傑克和安妮絞盡腦汁想救大章魚。我就念到這裡，再兩章就結束了。」

「聽起來很懸疑。繼續念吧！」爸爸又拿了一片餅乾，把背靠在牆上，閉上雙眼。我也再拿一片，然後開始大聲朗讀。

傑克和安妮決定使用魔杖賦予大章魚說話的能力，船員於是明白大章魚並不是怪物，便放它離開。最後傑克和安妮為梅林找到快樂的第三個祕密，就是對天下萬物都要有惻隱之心。我不懂什麼叫惻隱之心，但傑克解釋給安妮聽：「就是愛護和憐憫所有的生物。」

「『憐憫』是什麼意思？」我問爸爸，這個字的發音好困難。憐憫。

爸爸張開眼睛。「嗯，就是你在乎其他人的感覺，而且你試著去了解他們的感覺，想和他們一起分擔？這很難解釋。」

「所以你應該和他們一起去感覺他們的感覺？」

「對，我相信書上也是這樣寫的，不是嗎？」爸爸說。

「可是那怎麼會讓你快樂？我本來想也許我們可以試試傑克和安妮找到的快樂的祕密，但是這個是關於生物的，就是大自然、動物、植物之類的東西，所以我想我們不能用這個祕密得到快樂。」

「嗯，如果這是快樂的第三個祕密，那麼第一個和第二個又是什麼？還有，它們是做什麼用的？」爸爸想知道。

「傑克和安妮為了幫助梅林到處尋找快樂的四個祕密。他是個生病的魔法師，他非常悲傷，需要這些祕密才能好起來。第一個祕密是注意你身邊如大自然之類的小事，第二個祕密是保持好奇心。可是我實驗過了，沒有用。」

爸爸想了一會兒才回答我的問題。「嗯，人也是生物的一種。我倒是認為書上說的沒錯。不要只想到自己，也要想到別人，關心別人確實會讓你感到快樂。當你試著憐憫、同情他人時，也許就能讓你看出為什麼人們會做那種事，於是你不再只是看到他們的行為，而是看到了它背後的原因。你覺得呢？」

我想著爸爸說的話。我和爸爸又各拿了一片餅乾，袋子裡現在只剩下兩片了。「我覺得我以前應該對安迪那麼做。」我說。

「什麼意思？」

「我以前只注意到安迪總是不乖，總是對我很凶。因為這樣，我常常覺得不喜歡他，可是我並沒有試著去同情他。」我說：「如果安迪注意到我們在乎他的感覺，也努力去感覺他的感覺，也許很多時候他不會那麼不乖。我不知道。」我說，然後聳聳肩。

爸爸放下餅乾，看著我。他張開嘴好像要說什麼，可是沒有發出任何聲音。

「你覺得他為什麼會那樣？」我問。

「哪樣？」爸爸的聲音聽起來有點奇怪。

「一直都很不乖。」我說。

爸爸咳了一聲。他低頭看著自己的雙手，開始剝指甲旁的皮膚。「我不知道，札克。」

「我想也許是因為浩克。」我說。

「綠巨人浩克？」爸爸把眼光從指甲上移開看著我，然後皺起眉頭。

「對，綠巨人浩克非常生氣時就會到處破壞，雖然他自己並不想這樣，可是他控制不了。當結束之後他恢復正常，變回布魯斯．班納，就會對自己剛才做的事覺得愧疚。我猜安迪大概就是這樣，現在我也變成這樣了。」

「為什麼你會這麼想？」爸爸問。

「我不知道。生氣的感覺很快就爬到我身上，我一點辦法都沒有。」

「可是它什麼時候會那樣爬到你身上？在那之前發生了什麼事嗎？」爸爸問。

我想了好一會兒。「第一次是電視臺來家裡採訪那次，我不想講話。」

「對，當時你非常生氣。」

「對。我想和你、媽咪在一起，可是有時不行，那時生氣的感覺就會出現了。」我說。

「我……你說的有道理。」爸爸說。然後我們沉默了好長一段時間。

「爸爸？」

「什麼事，札克？」

「安迪還活著時，你和媽咪會同情安迪嗎？」我一邊問，一邊看著照片裡安迪悲傷的表情，如果過去沒有任何人試著了解他的感覺，而他現在卻死了，那麼他實在太可憐了。

「嗯。」爸爸又咳了一聲，「我想我們有。我想我們……試過，可是不容易。我猜……我們當時可以做得更好。或者我應該說是我。我可以做得更好，應該做得更好。」爸爸說這段話的表情很哀傷，我可以感覺到自己喉嚨裡有塊東西卡著。

「你覺得現在再想這些會不會太遲了？因為安迪已經死了，他再也不會知道。或者你覺得他還能感覺到嗎？現在還可能嗎？」我問。

「我不認為已經太遲了。我覺得你可以想到這些實在……非常棒。你是個很特別的孩子，札克。」爸爸說。

「我覺得我應該要為同情做一張感覺的畫。」我說。

「好主意。」爸爸回答。

「你覺得它應該是什麼顏色？」

「噢，這好難。」爸爸說：「但它是一種好的感覺，對吧？所以我想它是一種輕淡的顏色……白色怎麼樣？白色令人覺得……」

「很乾淨之類的？」

「對，乾淨。純潔。是一種純潔的感覺。」爸爸說。

「什麼是純潔？」我問。

「嗯……乾淨、誠實，也許還有不自私？」

「好，白色。那很簡單，我只需要一張紙就行了。我去拿。」我從祕密基地鑽出去，從我的房間拿了一張紙，又鑽回安迪的衣帽間裡。我找到膠帶，把同情的畫貼在牆上。我們把背靠在牆上，一起看著它和其他的感覺的畫。

「好多種不一樣的感覺。」我說。

「是啊！可是你是對的。將它們分開來看確實有幫助。你真聰明。」爸爸說。我笑了，因為聽到他這麼說我心裡感覺好極了，我想快樂的第三個祕密生效了，我現在的確感覺到一點點的快樂。

# 35 回學校

媽咪從紐約市回來了，可是卻像換了一個新版本的媽咪。從查理和他太太到我們家的那一天開始，媽咪生氣時就會變成這個新版本，就像我在學校看到的被棍子戳到的蛇，可是現在她卻無時無刻都是那個樣子，一點都不像原來的她。她在家裡穿著高跟鞋走來走去，從不脫下，而且一天到晚都在講電話。她接受更多的採訪，並和其他被她稱為「倖存者」的人交談。每一次她剛放下電話，沒隔幾分鐘它就又開始響。

一開始我還試著偷聽她在講什麼，但她根本沒打算保密，總是在廚房或屋子裡其他地方講得很大聲，而且她看到我在聽時，也沒有說不可以，所以理論上我並不算偷聽。她講的內容讓我聽了不舒服，最後我也不想聽她講電話了。媽咪只是一直重複會發生那件事都是查理和他太太的錯。她一直講、一直講，我聽得很無聊，而且越聽越生氣。

隔天早晨，我在玄關等爸爸下樓載我去學校，我聽到媽咪在廚房講完一通電話。她走到玄關說：「好，那是早上的最後一通電話了。」然後她對我微笑，可是我沒有對她微笑。

「你沒有同情心。」我對媽咪說。

媽咪的笑容消失了，她瞇起眼睛，冷漠的看著我。我背對著樓梯，聽到爸爸下樓了。

「你那樣說是什麼意思？」媽咪問，她的語氣和她的臉一樣冷冰冰的。

「意思就是，你沒有試著去憐憫查理和他太太。你沒有試著去感覺他們的感覺。」我解釋。

「你說的對，他媽的對，我沒有。」媽咪說。

「別這樣，梅莉莎。」爸爸說。

「不，我要這樣。」媽咪說，她滿臉怒氣的看著我們。「你們兩個連成一氣了是吧？我沒有去感覺他們的什麼感覺，札克？」媽咪以嘲諷的口氣問我。

我故意不去看她，也不回答她。我假裝在綁鞋帶，雖然我早就綁好了。

「哼，你至少說對了一件事，札克。我他媽的完全不在乎他們有什麼感覺。」媽咪說，然後轉身走回廚房。我低頭繼續看我的鞋，可是媽咪對我說話的樣子讓我的眼睛又積滿眼淚，鞋子看起來好模糊。她好像已經不愛我了。

「我們走吧！」爸爸說，於是我們出發了。

在去學校的路上，我們都沒有講話。爸爸將車在學校前停下，沒有熄火。我說：「我不應該對媽咪講同情心的事。我想要幫助她再度快樂起來，可是卻讓她生氣了。書上所有快樂的祕密沒有一個有用。」

我看著車窗外，許多孩子走進校門，透過車窗我可以聽到他們的聲音——大叫、大笑、彼此呼喚，對他們來說，今天不過是另一個上學的尋常日子，對他們來說，走進校園一點都不難。

「你要進去嗎？」爸爸當然會問。

「今天不要。」我當然這樣回答。

「好。」爸爸說，將車駛離校門前。過了好一會兒，爸爸說：「你知道嗎？我覺得只有在人們準備好時，快樂的祕密才會有用。要在對的時間點，它們才會有效果。」

「現在對媽咪來說不是對的時間點？」我問。

「我想不是。」爸爸回答。

「爸爸？」

「什麼事，札克？」

「我想念媽咪。以前的媽咪。」

「我也是。」爸爸說，剛好車子回到家門前。

爸爸陪我走進屋子，媽咪立刻出現在玄關，看起來仍然非常生氣的樣子。

「噢，不！」她大聲說：「夠了，札克。你必須去上學。你已經缺席了將近六週。上車，這一次我載你去。」

我抓著爸爸的手臂。「爸爸說如果我還沒準備好就可以不用去。」

「你準備好了。」媽咪說：「我們需要分開一陣子。上車！」

「梅莉莎，我能不能和你在廚房談一談，拜託？」爸爸說。從他的聲音我可以聽出來爸爸也開始生氣了，可是媽咪不在乎。

「不，我已經談夠了。我們走，札克。」媽咪一邊說，一邊伸手抓住我的手臂，用力將我拉向通往車庫的門。我轉頭看著爸爸，可是他只是站在那裡，沒有幫我。

開回學校的路上，媽咪開得很快，而且踩煞車踩得很用力。我開始暈車，以前媽咪開車時我從不暈車的。我的臉上全是憤怒的眼淚。爸爸剛才應該幫我的，他答應過我如果我還沒準備好可以不用上學，可是現在媽咪硬是要我去，爸爸沒有遵守他的諾言。

媽咪把車停在校門口，就是爸爸剛才停車的同一個位置。她下車拉開我這邊的車門。

「出來，快點，札克。」她說。

「我不想去上學。」我說。

「我知道。」媽咪說。她的聲音聽起來像是她很努力讓它聽起來比較有禮貌。「可是已經到了你該上學的時候了。來，我陪你走進去。」

「你只是想擺脫我！」我對媽咪大吼，「你只想黏著你的笨蛋電話。你再也不在乎我了。」

校門前有些人停下腳步看著我們，我轉頭，不讓任何人看到我的臉。媽咪很小聲的說：「下車，札克，我最後一次警告你。」這時我發現她不會放棄，她無論如何都要我去上學。我下了車，但是我還是覺得不舒服，我想我還在暈車。我注意到那些人還在看我，所以我低頭看著自己的鞋。媽咪走在我前面，我跟著她。

我們走到校門，那裡站著一個警衛，是個女警衛，她的名牌上寫著：「瑪莉安娜．尼爾森」。她很矮，可是很胖，身材看起來像個正方形，臉則像顆圓球。

「嗨，有什麼我能幫忙的嗎？」她問媽咪。

「是的，他是札克．泰勒。今天是他第一次來這裡上學。嗯，自從麥金利事件後……」媽咪告訴她。

「我知道了。」女警衛說：「歡迎你，札克。你的老師是哪一位，親愛的？」

我什麼都沒說，因為我不知道，而且我也不想說話。

「羅素小姐是他在麥金利的老師。」媽咪說。我抬頭看她，因為我不知道羅素小姐會是我在這裡的老師，至少這是個好消息。

「好，我的同事戴夫在裡頭，他會帶你去教師辦公室簽到，再送你去羅素小姐的教室。」女警衛一邊說，一邊對我微笑。

我抓住媽咪的手臂。「你答應過我你會送我進去的。」我說。

「我能不能……他還……他仍然很緊張。我能不能陪他進去？」媽咪問。

「恐怕不行。即使是在接送時間父母也不能進校園。」女警衛說：「新規定，自從……你知道的。」

「你答應過我的。」我對媽咪說，更加用力抓住她的手臂。

「別擔心。」女警衛說：「我們會好好照顧你。」她按下校門邊的門鈴，校門發出「嗶！」的一聲打開了。「戴夫？」她對裡頭大喊。

「什麼事？」一個男警衛走出來。他的體型和女警衛剛好相反，又高又瘦。

「戴夫，你能帶這個叫札克的年輕人去簽到，然後送他到羅素小姐的教室嗎？今天是他第一天上學。」女警衛告訴他。

「當然。來！小朋友。」戴夫對我說，可是我動也不動。

「去吧！札克。」媽咪說：「聽著，我要你勇敢一點。放學時我會來這裡接你，好嗎？札克，好嗎？」

我沒有回答。我只是一直搖頭，一直搖頭。媽咪擁抱我，可是我沒有抱她。

「有時候就像撕ＯＫ繃一樣，一下子用力撕下反而比較好。」女警衛對媽咪說：「當下很痛，但兩分鐘後他們就又開心的去玩了。」

「是……」媽咪說，然後女警衛輕輕推了我一下，校門在我背後關上了，隔開我們四個，她和媽咪在外頭，而我和戴夫在裡頭。我想轉身將門推開，叫媽咪回來，但我看到很多孩子從走廊看著我，所以我沒那麼做。

「走這邊，小朋友。」戴夫說完順著走廊往下走。我注意到這裡的走廊和麥金利的看起來幾乎一樣，聞起來也幾乎一樣。「克勞蒂亞。」他叫住一個白頭髮的老太太，她抬起頭，對我們微笑。戴夫把手放在我肩膀上，說：「這是札克。嗯，你姓什麼，小朋友？」他問我。

「泰勒。」我很小聲的說。

「羅素小姐班上的札克．泰勒。」

老太太走到櫃子，拿出一個紅色文件夾，低頭看裡頭的紙。「噢，是的。」她說：「札克．泰勒。找到了。我們一直在等你呢！札克。」她又對我微笑。

「好極了！我送你去教室吧！」戴夫說。他退回走廊後右轉，在走去教室的路上他一直對我說話，但是我都沒有開口。我感覺走廊上好像有什麼可怕的東西跟在我後頭，而且那種感覺越來越強烈。

我不敢回頭去看到底是什麼東西，突然間我以為我後頭躺了很多死人，而且到處都是血。我加快速度，整個身體開始發燙。我看到走廊尾端有扇門，我想衝過去，感覺心裡的恐懼感不停擴大，這時戴夫停下腳步，我從背後直直撞上他。他說：「哇，別著急，小朋友。我們到了。羅素小姐的教室在這裡。」

# 36 暴風雨

「札克！嗨！我沒想到今天會看到你。」羅素小姐在戴夫打開門後說。她從教室後面走過來，似乎很高興看到我。她彎腰擁抱我。我以前班上所有的同學都在這裡，他們向我打招呼，告訴我他們很高興看到我之類的話。我不喜歡大家都瞪著我，但羅素小姐帶我到我的位子，我還是和尼可拉斯坐在一起，就像我們還在麥金利，什麼事都沒變似的。

「好，小朋友。我們繼續吧！」羅素小姐說。每個人的習作本都攤在桌上，大家拿著鉛筆，安安靜靜的在練習。「札克，你先過來坐在我旁邊好嗎？」羅素小姐說，於是我走向她的書桌和她坐在一起。

「我給你的吊飾還在嗎？」羅素小姐用只有我聽得到的音量對我說。

「在。」我說：「我把它放在……放在一個安全的地方，我常常拿出來看。」

羅素小姐微笑，說：「很好。每當我……感到悲傷時，它總是能給我安慰，幫助我想像我的祖母在天堂看顧我，你懂嗎？」

我點點頭。

「我真的這樣想。」羅素小姐說：「你哥哥也是。他沒有離開，他也在天上看顧你。」她伸手摸摸我的臉，我開始覺得喉嚨裡好像哽著一大團東西。

「你有沒有做點功課？我們要不要一起看一下？」羅素小姐問，然後她把手從我的臉上移開。她從抽屜拿出一個文件夾，給我看我沒有上學時班上在學什麼，其實就是咪咪帶回家的那些，我已經做了其中一部分，但沒有全部做完。

我喜歡和羅素小姐坐在一起，教室裡很安靜，大家都在做自己的事，但是突然間有一個人——我猜是伊凡潔琳——不知道做了什麼事，我沒有看見，然後羅素小姐大聲叫她住手。當她說話時，呼出的溫熱空氣直接衝進我的嘴巴，聞起來很像咖啡。就這樣，剛才在走廊上感覺到的巨大恐懼又回來了，我想起躲在衣櫃時羅素小姐的呼吸。我的心再次開始狂跳，就像早上坐在媽咪車上那樣的不舒服。

我做了好幾次深呼吸，因為我知道我就快吐了，而我超痛恨嘔吐的。

「你還好嗎，親愛的？」羅素小姐問，雖然她就坐在我旁邊，可是她的聲音聽起來好遙遠。當她問我時，我又聞到她呼出的咖啡味，胃裡的東西立刻像噴泉一樣從我的嘴裡衝出來！嘔吐物濺滿了羅素小姐的桌子和我胸前的襯衫，我站起來，第二股噴泉又衝出來，噴得我的鞋子全都是。

「噁！」「好髒！」班上我所有的朋友全七嘴八舌的表示。

「沒事的，親愛的，沒關係。別擔心，這種事時常發生。」羅素小姐對我說，可是她臉上也出現那種「好噁」的表情。

我又吐了兩次，幾乎都吐在地板上，最後終於不再吐了。

「你覺得好點了嗎？」羅素小姐拍著我的背。

我沒辦法講話，還有嘔吐物卡在我的喉嚨和鼻子裡，感覺像火在燒，我很想放聲大哭。

「尼可拉斯，請你帶札克去保健室。」羅素小姐說：「我來清理，札克，不用擔心。」

尼可拉斯以一種「你很髒」的眼神看我，但他還是陪我走去保健室。護士阿姨幫我擦乾淨，打電話給媽咪。對於我吐得到處都是，讓所有人盯著我看，我不是太開心，但是對於媽咪就要來接我回家，我倒是很高興。尼可拉斯回教室去了，我坐在保健室的床上等媽咪，衣服散發出嘔吐物的酸腐味讓我覺得不太舒服。

一個我在麥金利就認識的五年級生走進來，當他看到我時，立刻用手臂摀住鼻子。

「噢，我的天啊！這裡好臭啊！」他大聲嚷嚷。

「好了，麥可，小聲一點。」護士阿姨告訴他，「你來這裡做什麼？」

但是那個叫麥可的男孩並沒有回答，反而繼續對著我大聲說話：「噁，你吐在自己的襯衫上嗎？」另外幾個男孩被他的大聲喧譁吸引進來，他們全都抬起手臂摀住鼻子，瞪著我。

「嘿！你不是安迪的弟弟嗎？」另一個五年級男生對我說。

我一言不發。

「好了，孩子們，如果你們不需要找護士就出去吧！」警衛戴夫從他們身後走進保健室，其中幾個開始往外走，可是麥可和其他兩個男生卻動也不動。

「喂！安迪的媽媽不就是現在一天到晚都出現在電視上的那個女人嗎？」麥可問他旁邊的男孩。

「沒錯。我媽說她對查理的控訴很不厚道。」那個男孩回答。生氣的感覺開始在我肚子裡膨脹，我想告訴麥可和另一個男孩不要說我媽的壞話，可是我沒辦法張嘴說話。我真笨，居然又感到害怕。

「她大概很想出名吧！」麥可說，然後他看著我，舉起雙手。「沒有惡意，小毛頭。」

就在此時，生氣的感覺讓我全身緊繃，麥可和另一個男孩仍然對著我講媽咪的事，可是我聽不到他們在說什麼，因為我的心跳好大聲，我的耳朵只聽得到自己如雷的心跳。我流下了憤怒的眼淚，麥可對我做了個鬼臉，似乎在嘲笑我：「哎喲，你看他在哭。」於是我整個人就抓狂了。

對之後發生的事我其實不太記得了，我只聽到自己大喊：「不要說我媽的壞話！」然後我跳到麥可身上，立刻有人出手把我拉下來。當我低頭看時，麥可躺在地板上摀住嘴巴，我看到血從他的指縫中冒出來。

有人從背後用力抓住我，我依舊努力踢動雙腿想踢麥可。我想揍他，雖然他的塊頭比我大多了，可是生氣的感覺給了我神力，只是抓住我的人非常強壯。我轉頭，看到是一個我不認識的男人，他在對我說話，但是我的耳朵裡仍然只聽得到自己如雷的心跳。

然後我看到爸爸匆匆跑進保健室，他對抓住我的男人說了一句話，那人把我交給爸爸。爸爸坐在地板上，把我抱在懷裡。

「好了，好了，沒事了，鎮靜下來。」爸爸在我耳邊說話，我開始聽見他的聲音。

「放開我！」我對爸爸大吼，「放開我！放開我！」

「好，我會放開，但是你必須停下來，不要再又打又踢的，懂嗎？」

護士阿姨走到麥可身邊，扶他起來，讓他在床上坐下。麥可一邊哭，一邊摀著他的嘴脣，更多的血流到他手上。

爸爸站起來和剛才抓住我的男人講話。

「真是對不起，請問你是？」爸爸說。那人伸出手，兩人握手。

「馬汀尼茲。魯卡斯・馬汀尼茲。我是華頓小學的副校長。」

「吉姆・泰勒。」爸爸說：「我為我兒子的行為道歉……」

我從地板上爬起來，離開保健室，走向校門。我打開校門，走到外面。

「札克！」我聽到爸爸在背後叫我，「等等，札克！」可是我繼續走。我看到爸爸的車就停在校門前，於是我往它的方向走去。爸爸從後面追上來，打開門，讓我坐進車裡。我的衣服因為嘔吐和護士阿姨拿溼毛巾幫我清理而溼透了，我覺得好冷好冷，開始不停的發抖。

爸爸坐進駕駛座，呆坐了好一會兒。

「哇，真是亂成一團。」他說，發動引擎。

當我們走進家門時，媽咪和咪咪在等我，她們看到我時表現得很大驚小怪，然後媽咪立刻帶我上樓洗澡。我站在蓮蓬頭下沖熱水，全身依舊抖個不停。我還是好生氣。我氣麥可和另一個男生，氣媽咪，氣爸爸。我在蓮蓬頭下沖了好久，過了一會兒，我總算不再發抖，生氣的感覺慢慢消失。我假裝是洗澡熱水將它沖掉了，我看著它全消失在排水孔裡。

當天下午，史丹利先生為了我在新學校的行為拜訪我們家。他和媽咪、爸爸討論我的事，即使我也坐在起居室，他們卻表現得好像不知道我在那裡似的。

「我建議我們再給他一點時間。」史丹利先生說。

「他在學業上完全沒問題。感恩節就快到了，我看不出有什麼理由我們不能等到……嗯，耶誕假期後再上學。」史丹利先生說。

「絕對需要。」爸爸說。

「那麼他就會缺太多課了。」媽咪說：「我覺得這樣對他不好──」

爸爸打斷她的話。「看在老天的份上，他才上一年級，又不是馬上就要考大學，他會追上的。」

媽咪非常生氣的看著爸爸。史丹利先生將眼光從媽咪身上轉到爸爸身上，然後再轉回去，來來回回好幾次，好像不知道該說什麼。「好，嗯，我想讓你們知道以學校的立場來說，我們並不認為札克必須急著回來上課。只要他在家寫功課，不要落後，就用不著考慮重讀一年級之類的事。不過我還是想提醒你們在這種情況下心理輔導的重要性……嗯，我想說的就是這樣。」史丹利先生說完從沙發上站起來。

「謝謝你，史丹利先生。我們討論之後會再和你聯絡。」媽咪送史丹利先生出門時這麼說，然後她走回起居室，可是她沒坐回去，反而走到我坐的單人沙發旁，瞪著窗外。她將手放在我頭上，耙過我的頭髮好幾次，我聽到她在深呼吸，吸氣，吐氣。

「請讓我幫札克打電話給巴尼醫師。」爸爸輕聲說。

媽咪慢慢的點了點頭。「我……好，我想那應該是最好的選擇了。」媽咪說，她停下耙我頭髮的動作，但手仍然放在我頭上。

巴尼醫師是安迪的醫師，是幫他治療ＯＤＤ的醫師，就是他說安迪不乖時要隔離的，現在爸爸和媽咪也要我去看他，因為我在學校行為不良。

「我不想去看巴尼醫師。」我說，語氣聽起來像在抱怨。「對今天在學校的行為我感到很抱歉。對不起，媽咪。我下次絕對不敢，我保證。」我可以感覺到我的眼睛裡全是眼淚，而且我開始覺得全身發燙。我抓住媽咪的手，讓她看著我而不是瞪著窗外。「對不起，媽咪，好不好？」

「噢，親愛的。」媽咪一邊說，一邊伸手撫摸我的臉頰。「不要再生氣了。我們現在還沒有決定任何事，別擔心。」

「不，我們現在就要決定這件事，札克。這不是處罰。這是為了幫助你覺得好過一些。你懂嗎？」爸爸說。

「嗯，我們待會兒再仔細討論。」媽咪說，看著爸爸。他們兩個沉默了許久，只是用憤怒的眼神瞪著對方。

「札克，幫我一個忙。上樓去，好嗎？」爸爸說，但是他沒有看著我，他仍然瞪著媽咪。我知道他為什麼這麼說，那感覺就像你知道暴風雨就快來了，在它來臨前總是特別安靜，但是你可以看到天空中的烏雲逐漸接近，聽到遠方轟隆隆的雷聲，於是你等著暴風雨和閃電快速籠罩你。

我沒有等著這個暴風雨籠罩我。我跑出起居室，奔上樓梯，鑽進我的祕密基地，在暴風雨和閃電襲擊之前拉上了門。

# 37 感謝

媽咪和爸爸創造了世界上最久的暴風雨。它持續了好幾天，但是它有時出現，有時消失，大多數當媽咪和爸爸在一起的時候它才出現，當爸爸去上班時，它就消失。爸爸又開始工作得很晚，他又恢復以前一天到晚都在工作的習慣，所以他再也不來我的祕密基地了。

當媽咪和爸爸待在同一個房間時，我立刻可以感覺到暴風雨的烏雲開始聚集，就好像連天花板都在變黑，變得很沉重。我知道暴風雨的形成原因是熱空氣上升、冷空氣下降，然後發生碰撞，形成烏雲，才會開始下大雨、打雷和閃電。嗯，在我們家裡，媽咪就是冷空氣，爸爸是熱空氣，但他們發生碰撞，產生的卻是爭執、喊叫和哭泣的暴風雨。

我變得很厲害，在它即將發生前就能看出徵兆，讓自己可以及時閃避。我會奔上二樓，躲進祕密基地，關上門。有時，暴風雨的聲音太大了，我在祕密基地裡還是會聽見，但是大多數時候，關上門，暴風雨就不會進來了。

感恩節的前一個星期，咪咪帶著晚餐來我們家。我、媽咪和咪咪一起坐在中島吃飯。她帶來了我最喜歡的義大利香腸和碳烤紅椒。爸爸還在上班，所以沒有暴風雨。

「你想過今年感恩節要怎麼過了嗎？」咪咪問媽咪，「只剩一個星期，如果你想做什麼，我們大概得開始計劃了。」

媽咪低頭看著自己的盤子，用叉子撥弄食物。她叉住一塊義大利香腸，推著它在醬汁和飯之間移動，好像它是一輛正在閃避障礙物的小車子。「我……我真希望這些假日不要現在來。」媽咪小聲說，聽起來像個小女孩。

「我知道，親愛的，我知道。」咪咪說：「你什麼事都不用做。我只是想，也許為了札克……」

「我知道。」媽咪說，抬起頭看我，眼睛裡滿是淚水。

每年感恩節，我們都會在家裡舉行盛大的宴會，邀請朋友和親人一起慶祝。媽咪總是非常興奮，會將請客的菜單、購物清單等好多紙條貼在廚房的櫃子上，還會親手設計應景的餐墊和飾品裝飾餐桌。我們會在餐桌旁接上額外的桌子，將它變得好長好長，長到需要用上三張桌巾。爸爸必須從地下室把所有的備用椅搬上來，才夠客人們坐。

去年媽咪讓我幫忙裝飾，我們一起為客人做了名牌。我和媽咪到附近湖邊散步，撿拾毬果，我們花了很長的時間，因為總共有十八個人，而且毬果不能太大也不能太小。我們從湖邊回家時撿了滿滿一袋。媽咪用棕色、紅色和橘色的紙剪出葉子的形狀，讓我將大家的名字寫在上面，媽咪也試著叫安迪幫忙，可是安迪說做手工藝是女生的事，還說我的字醜死了，沒有人會曉得自己該坐在哪裡。他那麼說真不公平，因為我已經盡可能寫漂亮了，而且媽咪也說它看起來非常美。

安迪只做了一個名牌。他自己的名牌，這樣至少他知道自己該坐在哪裡，然後他就去玩Xbox了。我在沒有他幫忙的情況下完成了剩下的十七張名牌。我們把紙葉子綁在毬果上，媽咪給我一張座位表，我對照著那張表將綁了名牌的毬果一一放在餐盤上。

去年感恩節媽咪很早就起床了，因為她必須把內餡塞進火雞的肚子，再把它的腿綁起來，放進大烤箱，烤火雞需要很長的時間。然後我們看了一會兒電視轉播的梅西百貨大遊行，只有我們兩個，所以很安靜，爸爸和安迪還在睡。

晚餐時大家圍著我和媽咪裝飾的美麗餐桌坐下，所有人都說他們好喜歡我做的名牌，於是我向安迪投了一個「哼，你看！」的眼神，而他則回給我一個「對啦！你好棒棒！」的眼神。

晚餐剛開始時大家有點感傷，因為這是我們第一個沒有奇普伯伯的感恩節，奶奶和瑪麗伯母在大家輪流站起來說他們感謝什麼時都哭了。

那是我唯一不喜歡感恩節的一點，因為我不喜歡說我感謝什麼，也不喜歡所有人盯著我看，但是至少我知道它會發生，我也可以事先做好準備，因此濺出的紅果汁還不算太糟。「我很感謝媽咪和爸爸。」我說。每個人都在說他們感謝什麼人，所以我選了媽咪和爸爸。「噢，真是太謝謝了。蠢蛋。」安迪從桌子的尾端大喊，搞得爸爸生氣了，那當然不是感恩節晚餐裡令人愉快的時刻。我不覺得要感謝安迪，所以我沒說他的名字。

「我很感謝我的Xbox。」輪到安迪時他說，但是在感恩節感謝電動玩具也太蠢了吧？

我回想去年的感恩節，我不認為今年的感恩節會很棒，而且我也不確定這一次我應該說我感謝什麼。我的祕密基地是我唯一感謝的事，但是我不會在大家面前說出來，因為它是我的祕密。

「前門！」警報器的機器人女聲說，然後爸爸走進廚房，媽咪再度低下頭看著她的盤子。另一輛義大利香腸車開啟障礙賽。

「哈囉。」爸爸說，對我微微一笑。

媽咪一言不發，但咪咪說：「哈囉，吉姆。」她的聲音和她在對媽咪講話時完全不一樣，聽起來很僵硬，一點都不像咪咪。

「蘿貝塔？」爸爸以像在問問題的語氣叫了咪咪的名字。

咪咪站起來為爸爸盛了一盤食物，爸爸接過去，走進餐廳。我覺得他一個人坐在那裡很可憐，於是我滑下高腳凳，端著盤子去坐在他身邊。我注意到媽咪抬起頭看著我，眼睛瞇得小小的，看起來不太高興。

然後媽咪轉頭對咪咪說：「我在想我可以邀請一些倖存者來。我……那是我所想到我今年唯一能接受的方式……如果我們真的要做些什麼的話。」

「噢……嗯，那也許是個好主意。」咪咪說。

「邀請他們做什麼？」爸爸問，咪咪和媽咪一起看著他，好像他打斷了她們的私人談話。

「感恩節。」媽咪回答。

爸爸正要把食物放進嘴裡，但這時他的手就停在他嘴巴前的半空中。「你想要邀請……陌生人？來共度感恩節？」爸爸把叉子和食物放回盤子上。

「他們不是陌生人。」媽咪說。暴風雨的烏雲又開始聚集，在天花板下越來越大。「他們是……正在和我們經歷同樣苦難的人。我們都在同一條船上，大家需要互相支持度過這些節日。」媽咪說。

「那麼親人呢？」爸爸問：「我媽媽、瑪麗……難道你不認為來自家人的支持才是我們真正需要的？」

媽咪的臉看起來僵住了，她露出一個看起來不像在笑的微笑，看起來像是她把牙齒咬在一起，將嘴巴兩側拉開。「我今年不想在家裡請客。」

「我理解和其他情況相似的人在一起可能會有幫助……」咪咪說。

「謝謝你，蘿貝塔。」爸爸說，可是他的眼睛仍看著媽咪。「如果你不介意，我想和我太太自行解決這件事。」

媽咪倒吸了一大口氣，看著咪咪。「真叫人不敢置信。」媽咪說著站起來，咪咪也站起來，兩個人一起走出廚房。

她們的盤子還放在中島上，我不知道她們為什麼還沒吃完就站起來離開。接下來幾分鐘都很安靜，爸爸和我又開始吃飯，然後警報器的機器人女聲突然又說：「前門！」

媽咪回到廚房，她的表情很生氣，讓我的肚子升起一種不好的、熱熱的感覺。「如果你再用那種態度對我母親說話，我向天發誓，吉姆……」她很小聲的說。

爸爸閉上雙眼好一會兒，我可以看到他很慢的在吸氣、吐氣，暴風雨的烏雲就快爆炸了，我的心跳得飛快，也不想待在暴風雨的中心，但看起來太晚了，我躲不掉了。

「那不該是我們慶祝感恩節的方式。」爸爸輕聲說。他張開雙眼，瞪著媽咪，然後「轟！」，閃電雷鳴，暴風雨轟隆隆的開始了。

「慶祝？有什麼好慶祝！我什麼都不想慶祝！」媽咪大吼。

我低頭，下巴緊緊抵在胸前，用雙手用力摀住耳朵。

「我不想慶祝。我不要慶祝。」她說：「我要邀請能幫我度過那天的人來家裡，也許我也可以幫他們度過那一天。那才是最重要的！你可以自己去慶祝，吉姆。你可以去和你家人歡聚，然後你們可以一起慶祝！」

爸爸對著媽咪吼回去，他的聲音聽起來像打雷一樣。「可是感恩節不是你一個人的節日，不是嗎？你只想到你要怎麼度過那一天，你怎麼不想想要怎麼幫助我們度過那一天？」他伸出食指指著自己，指著我，又指著自己，又指向我。

媽咪瞪著爸爸，然後轉身，再度走出廚房。

「對不起，札克。」爸爸說，他彎腰將我的雙手從耳朵上移開。「對不起……剛才……我們繼續把飯吃完，好嗎？」可是之後我們兩個只是坐在那裡，沒有人再吃一口。

我真希望去年我站起來說感謝詞時提到了安迪的名字。因為那將會是他這輩子最後一次過感恩節，而現在我再也沒有機會說出口了。

# 38 只請自己人

感恩節來了，我們沒有裝飾，也沒有搬出額外的桌子和椅子。

「我們今年就只請自己人，好嗎，札克？」媽咪說，她甚至等到遊行結束後才把火雞放進烤箱，因為它太小了，烘烤它根本用不了多久時間。

咪咪、奶奶和瑪麗伯母來了，沒有其他人。爸爸在起居室看美式足球賽，我陪他看了一會兒，雖然球賽大部分都很無聊，但我還是待在那兒陪他。

廚房的電話響了，我聽到媽咪說：「喂？」然後幾秒鐘後我聽到她大叫了一聲：「噢！」爸爸和我對看，他的眉毛挑得高高的。我站起來跑進廚房去看媽咪為什麼發出那種聲音。媽咪靠在中島上，一隻手遮住嘴巴，一隻手拿著話筒壓在耳朵上。

「謝謝你，我很感謝你通知我。」媽咪說，然後拿話筒的那隻手慢慢放下來，但摀住嘴的那隻手仍然停留在原處。

咪咪、奶奶和瑪麗伯母手上各拿著不同的東西——擦手巾、馬鈴薯和刷馬鈴薯的刷子，現在全愣愣的盯著媽咪。「南西．布魯克斯死了。」媽咪透過她的指縫說，眼淚從她的眼睛流下來，她的手仍摀著嘴，好像想把她的哭聲關在裡頭似的。

爸爸走進廚房，看著媽咪。「怎麼了？出了什麼事？」他問。

「南茜死了。」媽咪又說了一次。

爸爸瞪著她好像聽不懂她在說什麼。

「她昨晚自殺了。」媽咪說。

爸爸往後退了兩步，好像快跌倒的樣子，然後他抓住中島的邊緣，用力握住。

「瑞奇的媽媽死了？」我問。

沒有人回答我。

「你怎麼知……」爸爸說，聲音聽起來像勉強擠出來的。

「格雷太太打電話給我。她今天早上出去散步，經過南茜家時，她注意到……車庫飄出奇怪的味道，於是她就報警了。味道是她的車子發出來的，她在車庫裡打開引擎……」媽咪說。

「天啊！」咪咪說，她走向媽咪，擁抱她。

爸爸瞪著媽咪和咪咪，什麼話都沒說。他抓住中島的手似乎非常用力，我看到他的指節都泛白了。他的喉結上下動著，好像有很多額外的口水必須吞下去，然後他慢慢轉身，小心的將手從中島抽離，似乎在擔心自己隨時會跌倒。他開始緩步走向玄關。

當他走到廚房門口時，媽咪說：「都是因為今天她必須一個人過感恩節。」她哭得更大聲了，「她沒有任何親人。瑞奇死後……只剩下她一個人。我們應該要邀她來家裡的……」

「噢，親愛的，這不是你的錯。」咪咪一邊說，一邊揉著媽咪的背。

「我知道。」媽咪說，她不再擁抱咪咪，而是往旁邊站，看著爸爸。他站在門邊，沒有回頭。媽咪指著爸爸的背。「是他的錯。」

奶奶和瑪麗伯母對看一眼，奶奶的眉毛挑得好高，就像爸爸剛才聽到媽咪發出很大聲「噢！」時一樣。爸爸開始轉身。他的臉好蒼白，下嘴唇不停顫抖。

「我應該邀請她的。我不該聽你的話的。」媽咪說。她一直講、一直講，好像完全沒注意到爸爸慘白的臉色，或者她一點都不在乎。「她一個人面對感恩節，她無法承受這種孤獨。」媽咪哭喊著，但聲音聽起來卻是滿滿的怒氣。「而這都是因為你不想邀請……陌生人……」

爸爸瞪著媽咪好久好久，臉色依舊慘白，下嘴唇依舊顫抖。媽咪也瞪著爸爸，好像兩個人在表演互瞪似的，最後媽咪低下頭，輸了這場比賽。爸爸轉身走向玄關，打開前門走出去，從頭到尾一句話都沒說。廚房裡的每個人看著爸爸一分鐘前站的位置，空氣感覺很沉重，從上面壓著我的肩膀、我的頭、我全部的身體。

「失陪一下。」媽咪很小聲的說，沒看著任何人，然後她也離開廚房，上了二樓。

有一陣子沒人說話，過了一會兒瑪麗伯母才開口：「小猴子，要不要來幫我處理這些球芽甘藍？」她為我搬來一張椅子放在水槽前，我必須將球芽甘藍的葉子從外圍一片一片摘下來。我們有好多球芽甘藍，我很高興至少有事情做。

我和咪咪、奶奶、瑪麗伯母將晚餐準備好，在餐廳擺好所有餐具。咪咪和奶奶什麼都沒說，所以只有瑪麗伯母一個人在說話，她一直講、一直講，大概是因為當她也不開口時，家裡就會太過安靜，空氣就又變得很沉重。

「札克，我們需要一、二、三、四、五個大叉子，還有一個你專用的小叉子。五把刀子。你覺得我們應該要挑哪種餐巾？嗯，我喜歡這種。我們一起將它摺成這樣……」瑪麗伯母用開朗的語氣告訴我每一件我們要做的事，我猜她正努力試著逗我開心，因為雖然今天是感恩節，可是爸爸和媽咪又吵架了，而且爸爸還跑出去，顯然這不會是愉快的一天。

「我來打電話給他。」過了一會兒後奶奶說。她拿起廚房的電話打給爸爸，它響了很久，然後奶奶壓下收線的按鈕。「沒人接聽。」

「嗯，火雞已經烤好很久，說不定現在都乾了。」咪咪說：「我去二樓叫梅莉莎。大家該吃飯了。」過了一會兒，咪咪帶著媽咪下樓，我們全圍著餐桌坐下。

我們並沒有輪流站起來說自己感謝什麼。大家開始吃晚餐，大多數時候只聽見刀子和叉子在餐盤上發出的鏗鏘聲，就像是鏗鏘、鏗鏘。「火雞沒有我想的那麼乾。」鏗鏘、鏗鏘。「球芽甘藍很好吃，瑪麗。」鏗鏘、鏗鏘。「因為我放了培根，那是我的祕密武器。」鏗鏘、鏗鏘。

我望著爸爸空空的位子，感覺眼淚又開始聚集。門鈴響了，我本來以為是爸爸回來了，但是後來想到他有鑰匙，所以他應該不會按門鈴吧？媽咪站起來去開門，我跟在她後頭。

門外是警察。「你是泰勒太太嗎？」他問。

「是的，請問什麼事？」媽咪回答。

「我可以進屋一下嗎？」

媽咪將門拉到全開，警察走進屋子。

「嘿，小朋友。」警察一邊對我打招呼，一邊舉起手。我和他擊掌。

咪咪、奶奶和瑪麗伯母全走出餐廳。奶奶發出一種好像有很多空氣一下子從她的嘴巴瀉出來的聲音。「是我兒子嗎？吉姆．泰勒？他出了什麼事嗎？」奶奶問，我的胃立刻痛得不得了。

「呃，我本來希望可以和泰勒先生談一談，所以他不在家？」警察問。

「不……不，他出去了。」媽咪說。

「為什麼你會認為他出了什麼事呢？」警察問。

「嗯，因為他剛才……不久之前……才離開家，所以你出現在門口時，我直覺就以為他出事了。」奶奶回答。

「據我所知，他沒出什麼事。」警察說：「我想問他幾個問題，關於……」他看著我，突然打住。「有地方可以讓我們私下談談嗎？」他對媽咪說。媽咪說當然，然後他們一起走進起居室，奶奶和瑪麗伯母也跟著進去。他們不讓我進去聽，咪咪將我帶回餐廳。

警察很快就離開了，我聽見他在玄關對媽咪說：「當你先生回家時，請轉告他打電話給我。很抱歉打擾你們用餐，晚安，感恩節快樂。」

「晚安。」媽咪小聲回應，然後走回餐廳。她慢慢的坐回她的椅子，臉色和爸爸剛才離開時一樣慘白。

「爸爸沒事吧，媽咪？」我問，我可以感覺到我的胃痛得更厲害了。

媽咪沒有回答我，反而看著咪咪說：「她留了一張紙條給他。是她，媽。南茜就是他外頭的女人……」她沒把話說完，卻開始笑了起來，嚇了我一大跳。她一開始笑得很小聲，然後越笑越大聲，可是我不知道到底有什麼事情那麼有趣。她一直笑、一直笑，在笑聲之間，媽咪說：「我真是個白痴啊！」

# 39 特別的驚喜

感恩節那晚，我到瑪麗伯母家過夜，我們離開時爸爸還沒回家。奇普伯伯死掉後，瑪麗伯母搬離他們在紐澤西的房子，搬到一戶靠近我們家的公寓。我之前去過兩次，公寓很小，走進去就是一個非常袖珍的廚房，還有一個放了三張高腳凳的中島，沒有餐桌，只有起居室、瑪麗伯母的臥室和一個堆滿箱子卻沒有床的客房。空氣中有種奇怪的味道。

「噢，好噁，是什麼臭掉了？」有一次我們去她家時，安迪說。

瑪麗伯母用一種開玩笑的語氣說：「我猜你不是個咖哩鑑賞家吧，安迪？樓下的鄰居是咖哩狂熱者。他們早餐吃咖哩，中餐吃咖哩，晚餐吃咖哩，過沒多久你就會習慣了。」這次我走進去時仍然可以聞到咖哩味，但是我已經沒那麼在意了。

「我們來看電影，弄點爆米花……嗯，等一下，我不知道我還有沒有爆米花。」瑪麗伯母說，然後她開始在小廚房的櫃子裡翻找。「啊！抱歉，札克，沒有爆米花了。但是我有椒鹽脆餅。我記得你喜歡椒鹽脆餅的，對吧？」

我沒有回答，因為我的喉嚨裡哽著一團東西，我想我只要一開口，馬上就會哭出來。我想念媽咪和爸爸。

我走進公寓，四處亂看。瑪麗伯母留著好多她和奇普伯伯從世界各地帶回來的紀念品，許多奇怪的面具、繪畫、杯子、花瓶之類的東西。以前在他們的舊家，奇普伯伯很喜歡拿著那些東西，告訴我它們是從哪裡來的、為什麼它們很特別的各種故事。

沙發旁有張桌子，上頭擺滿了瑪麗伯母和奇普伯伯旅行的照片，還有我們這邊和瑪麗伯母家那邊親人的照片。其中一個相框畫了各式各樣的太陽眼鏡，裡頭放的是她和奶奶在找照片時，從相簿拿出來給我看的同一張照片，就是那張全部的人在郵輪上戴著墨西哥大草帽的合照。在其他相框的後方，我看到一張爸爸和媽咪的照片，我小心翼翼的伸手拿起來，避免弄倒它前面的相框。

我看過這張照片很多次了，我們家也有一張裱在木框裡，就放在爸媽的臥室。那是他們結婚當天照的，他們兩個穿著結婚禮服，可是浸在游泳池裡。媽咪看起來美極了！她的白紗在水中漂浮，環繞著她，爸爸的頭往媽咪的方向靠，好像正要吻她的樣子。

這時瑪麗伯母把手放在我肩膀上，嚇了我一跳，因為我沒聽到她走近我的聲音。

「我很喜歡這張照片。」瑪麗伯母說，她把相框從我手上接過去，拿近細看，然後笑了。

「我還是無法相信他們真的跳進去了。那麼漂亮的新娘禮服呢！」

「他們是因為爺爺才跳的，是不是？」我問。

「嗯，那天對他們和我們所有人來說都很折磨，你知道的，爺爺當天早上病了。」瑪麗伯母說。

「對，心臟病發作。」我說。

「對，當時……大家情緒都很激動，天氣又熱，大部分的時間都待在醫院裡。後來我們知道爺爺沒事了，你爸媽決定還是要在那天結婚……天啊！我們手忙腳亂的好不容易才準備好。」瑪麗伯母說：「我告訴你，我看起來就是一副剛中暑的樣子，邋遢極了。可是你媽媽還是美得叫人忘了呼吸，真不曉得她怎麼做到的。」

「你也跳進游泳池了嗎？」我問。

「我也跳了！幾乎所有的客人都跳了。那麼特別的婚禮確實該以如此美妙的方式收尾。直到現在，我還沒參加過比它還美的婚禮。也許是因為當天早上發生的波折，但是他們是這麼漂亮的一對，你的爸媽，彼此深愛對方。」瑪麗伯母說。她對我微笑，然後把相框放回去。

「看到那一張了嗎？」瑪麗伯母問。她從後面拿起一張照片，那也是爸媽的合照，他們一起躺在醫院的病床上，兩人中間有個小嬰兒，他們一起親吻嬰兒的頭。

「那是我還是安迪？」我問。

「那是你。你沒看到那小嬰兒有那麼多頭髮嗎？」瑪麗伯母大笑，「這就是為什麼我老叫你『小猴子』，因為你出生的時候就像小猴子一樣有很多頭髮。」

「安迪呢？」我問。

「他和我們在一起。你伯伯和我。我們負責照顧他兩天，好讓你的父母可以專心陪伴你。」瑪麗伯母說。

「他們生了我開心嗎？」

「你開什麼玩笑？他們是喜出望外。你是他們特別的驚喜。」瑪麗伯母說。

「因為他們以為他們只會有安迪一個孩子。」我說。媽咪告訴過我很多次，在生了安迪之後，醫師說他們極有可能無法再生育，因為媽咪的身體出了一點狀況，但是後來有了我，對他們來說著實是個大大的驚喜。

「你讓你們家更圓滿完整。」瑪麗伯母一邊說，一邊在我頭頂親了一下。

後來，我們看了我最喜歡的《博物館驚魂夜》第三集。瑪麗伯母以前沒看過，所以她笑得很大聲。觀察她很好玩，讓我喉嚨裡的那團東西消下去不少。瑪麗伯母拿了一大把椒鹽脆餅放進嘴裡，演到什麼有趣的地方，像是壞人的鼻子開始融化，掛在臉上，他卻完全沒發現時，她就哈哈大笑，椒鹽脆餅的碎屑從她嘴巴裡飛出來，她長長的耳環也會跟著跳上跳下。

電影結束後，瑪麗伯母動手將沙發上的靠枕拿開，為我鋪床。

「瑪麗伯母？」我說。

「什麼事，親愛的？」

「我想我自己一個人睡在沙發上一定會害怕。」

瑪麗伯母停下來看著我。「噢，對。」

「我想我現在想回家了。」我說。

瑪麗伯母走過來，在我面前蹲下，擁抱我。她聞起來很香，有餅乾的味道。「我知道，小猴子。但是……今晚不行，懂嗎？今晚你待在我家比較好，知不知道？我們要怎麼做你才會不害怕？」

「也許我可以睡在你床上？」

「嗯，也沒什麼不可以的，我已經一個人睡太久了。」瑪麗伯母說，然後她把我的枕頭和毯子鋪在她的床上，就在她的位置旁邊。她的床不像媽咪和爸爸的那麼大，比較小，可是看起來很舒服。

「瑪麗伯母？」

「什麼事？」

「我……我有時候會在半夜做惡夢，夢到槍手和那些事情，所以……有時候會發生意外。」我可以感覺到自己在說這些話時整張臉都在發燙。

「噢。」瑪麗伯母說：「嗯，我們大多數人都有同樣的經驗，不是嗎？來，我有個點子。你不用擔心。」她從衣櫃拿出一條大毛巾鋪在床單下，「你看，這樣就好了。」

當我預備換上睡衣、脫掉褲子時，羅素小姐的天使翅膀從我的口袋掉了出來。在警察離開、媽咪大笑了好久之後，我上樓收拾到瑪麗伯母家過夜要帶的東西，我跑進祕密基地拿了克萊西和吊飾，因為我想把它們也帶來。我把吊飾從地板撿起來，放在瑪麗伯母床邊的小桌子上。

「你手上拿的是什麼？」瑪麗伯母問。

「我的老師羅素小姐送我的吊飾。」我告訴她。

「借我看一下好嗎？」瑪麗伯母問，於是我伸手遞給她。

「真漂亮。」瑪麗伯母說。

「它代表了愛和保護。」我解釋，「是她奶奶送她的，她說當她難過時，看著它就會得到安慰，因為它提醒她雖然奶奶已經死了，但是仍然在天堂守護著她。」

「她是在安迪死後才送你的吧？」瑪麗伯母問。我點點頭。「嗯，她真是體貼，想得真周到。好棒的老師。」瑪麗伯母一邊說，一邊把吊飾還給我。

瑪麗伯母和我同一個時間上床，一開始感覺很奇怪，因為我在小床上和她靠得好近，但是我很快就發現我很喜歡這種感覺。街燈的光從外頭透進來，所以房裡不會太黑，瑪麗伯母告訴我好幾個關於奇普伯伯的趣事，我們兩個笑得很大聲。

「你伯伯真是個瘋子。」瑪麗伯母說。

「你很想念他嗎？」我問。

「噢，札克，我想念那個瘋子想念到甚至無法用言語形容的程度。每一天我都想他，可是我知道他正在天堂裡快樂的講笑話，把事情搞得亂七八糟。」她的聲音聽起來很悲傷，但也好像在微笑。

「還有照顧安迪。」我說。

「還有照顧安迪。」

「你聽過我們的晚安歌嗎？」我問。

「咪咪編出來那首？」瑪麗伯母問。

「對。」我回答。

「當然，我超喜歡那首歌的。提醒我一下，你媽媽是怎麼唱的？」

我告訴她，然後我們把我和她的名字放進歌裡，一起開心的合唱了兩回。

# 40 搬走

我在瑪麗伯母家睡了兩晚，然後爸爸來了。他在瑪麗伯母的沙發坐下，看起來像是另一個人。他看起來非常非常的疲倦，衣服皺巴巴的，頭髮也是，而且他又忘了刮鬍子。

他看起來實在太不一樣了，讓我看到他不禁有些害羞。我站在咖啡桌旁低頭看著自己的腳，因為我不想看到這個版本的爸爸。

「過來坐在我身邊。」爸爸說，他的聲音聽起來很沙啞。他用手拍了拍身旁的位置，我走過去坐下，注意到爸爸聞起來有味道。我移動身體，拉開兩人之間的距離。爸爸看著那個距離，然後看著我的臉。

「瑪麗伯母家好玩嗎？」爸爸問。

我看著站在小廚房裡的瑪麗伯母，她對我微微一笑。

「好玩。」我回答。

「我先迴避一下，讓你們兩個好好談一談。」瑪麗伯母一邊說，一邊走進她的臥室。我不想要她那麼做，我想要她留在這裡。

「札克……我必須告訴你一件事。」爸爸說，他的右膝蓋快速上下抖動，大約有一百萬次。

我可以感覺他要告訴我的絕對不是什麼好事。一定是很糟糕的事。我的胃開始痛了起來。

「嗯……等你離開瑪麗伯母這兒、回到家時，可能是明天吧。你回到家時，我不會在家裡。」爸爸說得很快，字和字糾纏在一起。

「那麼你會在哪裡？去上班嗎？」我問，不知道為什麼爸爸要來告訴我這件事，因為他天天都去上班啊！

「不，我的意思是，是的，白天我還是會去上班，但是下班之後我也不會回家。我會有一段時間不會……踏進那棟房子。」爸爸的膝蓋上上下下抖個不停。我看著它，覺得頭好昏，讓我很不舒服，我想告訴他不要再抖腳了。

「為什麼不會？」我問。

「你媽媽……媽咪和我決定……我暫時不和你們一起住……比較好。」爸爸說。他說這段話時，從頭到尾都沒看著我，只是盯著自己抖動的腳。我在想他是不是也想叫它停下來，但是也許他也不知道要怎麼叫它停？

「你以後不會再和我們住在一起？」我問。我的胃痛得不得了，眼睛裡充滿了淚水。

「是，至少暫時是這樣的。」爸爸說。

「噢。」我用雙手抓住自己的肚子，試著想把痛的感覺擠出來。「為什麼你以後不再和我和媽咪一起住在家裡？為什麼這樣會比較好？這樣一點都不好！」

爸爸想握住我的手，但是我用力把它甩開。我憤怒得全身發抖，又熱又緊的感覺再次籠罩了我。

「我知道你很不開心……」爸爸開始說。

「是因為那些暴風雨，對吧？」我大吼。

「暴風雨？我不知道……那是什麼意思？」爸爸問。

「你和媽咪之間的爭吵。你們兩個一直製造出的暴風雨。」

爸爸瞪著我，很小聲的說：「是的。沒錯，就是因為這樣。」

「那麼為什麼你們兩個一定要老是吵架？為什麼你們不能不要吵？」我大喊。憤怒的眼淚熱騰騰的流滿了我整張臉。

「事情……沒有那麼容易。」爸爸說。

「因為媽咪像蛇一樣被棍子戳到了。」我說：「她現在一天到晚都在接受愚蠢的採訪，她再也不是那個溫柔的媽咪了。我恨她！我恨她，而且我恨你！」我重複了很多次，我恨媽咪，也恨爸爸，大聲叫嚷讓我感覺稍微好一點，看到爸爸哀傷的表情也讓我覺得很舒服。

在這之前，我從未對任何人說過「我恨你」。安迪以前總是對媽咪這麼說，有時也對爸爸說，我可以看得出來這句話很傷他們的心，尤其是媽咪。以前安迪那麼做讓我很生氣，可是現在我也這麼做了。現在我知道為什麼安迪要這麼做了，因為感覺好極了。

爸爸再一次試圖握住我的手，想把我拉近。他仍然坐在沙發上，可是我站了起來，所以我們高度差不多。爸爸用兩隻手抹去我臉上的淚水，新的眼淚又流出來，他再擦掉，新的眼淚又流出來，他再擦掉。好一陣子我們只是一直重複這個動作。

「不只是因為採訪。」爸爸說：「而是……媽咪和我必須想辦法解決一些事情，但是我們住在一起時做不到。我不會住太遠。你還是會常常看到我的，我保證。」

生氣的感覺開始一點一點慢慢走開，一如往常的，悲傷的感覺立刻跟著出現。「我想跟你一起搬走，我不想和媽咪單獨待在家裡，我要和你在一起！」

爸爸吐出一口長長的氣吹到我的臉上，味道並不好，聞起來像個老人。我退後一步，偏過頭去呼吸新鮮空氣。

「行不通的，札克。」爸爸說。

「為什麼行不通？」我問。

「我還是得去上班……而且媽咪……我們決定現在這樣的安排對大家最好。」爸爸的字又纏在一起了。

「你不要我。我讓你進來我的祕密基地，和你分享。我讓你進來，可是你現在卻要走了，你甚至不想和我住在一起！」我尖叫。

「那不是真的。」爸爸說：「我非常愛你。我……非常非常的抱歉。」爸爸試著擁抱我，他的鬍渣刺得我好痛。

我試圖掙脫，但是爸爸把我抱得好緊，緊到我的背都痛了，於是我大叫：「放開我！」

「看在老天的份上，我已經說我很抱歉了。」爸爸一邊吼，一邊將我推開。我跌坐在咖啡桌上，爸爸站起來。現在變成我坐著他站著，我們不再一樣高了。

瑪麗伯母走出臥室，生氣的看著爸爸。「好了，我想今天這樣已經夠了。」她說。我以前從沒見過瑪麗伯母生氣。她和爸爸瞪著彼此，然後爸爸往後退了一步，坐回沙發上。

「我得走了，札克。」他說，聲音比之前小很多。他說得很慢，聽起來很疲倦。「拜託你看著我，好嗎？」可是我不看他。「我很抱歉讓你這麼……不開心。我很快就會去看你，好嗎？」我沒有回答。公寓裡好一陣子都沒聲音。

「好吧！那麼我走了……」爸爸站起來走向大門，我的眼睛想跟著他，可是我不讓它們看。我聽到他拉開門的聲音。「再見，札克。」爸爸說，我仍舊一言不發，也不抬頭看他，要忍住真的好難，然後我聽到門關上時發出的「喀啦」聲。我動也不動的又坐了好幾秒，突然間我發現我其實並不想要爸爸離開。我跳起來，一邊跑向大門，一邊大叫：「等等！爸爸！等等！」但是外頭的走廊空無一人，爸爸已經走了。

# 41 愚蠢的湯

瑪麗伯母載我回家，當她的車停在我們家前面時，我感覺我不想再踏進那屋子。我不想一個人和媽咪在家，不想爸爸下班之後不會回來。

「我想住在你家，再和你一起睡很多天。」在瑪麗伯母下車前我告訴她。

瑪麗伯母讓車門繼續開著，但是她轉頭看我。「我知道，小猴子，你當然還是可以來我家，什麼時候都可以，但是今天不行，懂嗎？你媽在裡頭等你呢！我們趕快進去吧，好不好？」我還是不想進去，但是瑪麗伯母下車，走過來打開我這邊的車門。她伸出手，我伸手和她相握，她牽著我的手一直走到前門。

我們還沒有按門鈴，前門就打開，媽咪走了出來。她看起來非常疲倦，就像爸爸昨天到瑪麗伯母的公寓時一樣。她在看到我時擠出一個悲傷的微笑，張開雙臂想擁抱我，於是我向她靠近一步讓她抱我，但是我仍然牽著瑪麗伯母的手。我不想放開。

「謝謝你，瑪麗。」媽咪說，然後瑪麗伯母放開我的手。

「沒事的，不用客氣。」瑪麗伯母說完走下前陽臺的臺階，往她的車子走，但是她突然停下腳步，轉頭看著我說：「嘿！札克，你可以打電話給我，知道嗎？只要你想要……隨時可以打電話給我，好嗎？」然後瑪麗伯母就鑽進車裡，離開了。我的喉嚨開始痛了起來，眼睛裡滿是淚水。

「好了，親愛的，真高興你回家了。你不在家我好寂寞。」媽咪說：「我幫你做了晚飯。我把剩下的火雞煮成湯麵了，你去年很喜歡的，還記得嗎？」我的喉嚨還在痛，所以我什麼都沒說。「我們進去吧！外面太冷了。」媽咪說。

我們在廚房坐下，面前擺著碗，湯麵聞起來很好吃，可是我並沒有拿起湯匙。媽咪用手揉我的背。「來，札克，趕快喝湯吧！很好吃的。」

我拿起湯匙攪動火雞肉末，但是仍然沒吃。

「我知道現在的狀況一定讓你感到很困惑，札克。事情……很複雜，懂嗎？」媽咪一邊問，一邊繼續揉著我的背，感覺很好，我的眼睛再度滿是淚水。「嘿，聽著，我想和你討論一下。記得我們之前談過巴尼醫師的事嗎？也許讓你去找他談談會對你有幫助？」媽咪說。

她一講完我立刻坐直身子。「可是你說過我們不用現在就做決定。我已經說過我很抱歉了。」我的聲音聽起來急促乾癟，可能是因為我的喉嚨太痛了。

「親愛的，請不要因為這件事不開心。你有許多……你經歷了許多。我想……巴尼醫師真的可以幫助你，和他談談你的感覺……那是一件好事。」媽咪說。

「不要！」我說，現在我的聲音變得大而宏亮，不再急促乾癟。「我不想去。我想要……

爸爸什麼時候會回家？」

「他不會……他暫時不會回來。他向你解釋過了，不是嗎？」媽咪問。她對著我微笑，但看起來有點像假的微笑。她的聲音聽起來也和平常不一樣，像是故意裝出很友善的樣子。

「是。」我回答。

「很好。你還是會看到他。他會……在星期五載你出去。你們可以一起做點什麼有趣的事，好嗎？」

一點都不好。我不想等到星期五才能看見爸爸，那表示我還得再等五天。我不想整整五天一個人和媽咪待在家裡。

「我想去和爸爸住。」我對媽咪說，她臉上的虛假的微笑立刻消失。「我想和爸爸一起住，然後星期五你再來載我出去。」

媽咪看著我，瞇起眼睛。「札克，我知道你現在很不開心。我也不太高與。這並不是我……我也不願意事情變成這樣，但是我很努力想幫助你，我試著……我會帶你去看巴尼醫師，那全都是為了你好，懂嗎？可以請你趕快吃嗎？很好吃的，媽咪花了很多力氣為你做的，所以請你趕快吃，好嗎？」

「我不想吃！這是什麼愚蠢的湯！我不要吃！」我大吼。

媽咪很快站起來，抓住我的碗和她自己的將它們全丟進水槽，發出很大的鏗鏘聲，聽起來像是摔破了。媽咪轉身靠在水槽上，閉上雙眼。我看著她，我不知道她為什麼要閉上眼睛站在那裡，然後她睜開眼睛看著我。

「很好。很好。那麼就不要吃了。」她很小聲的說：「聽好，札克。我很抱歉你感到這麼不開心，真的。但是我們必須想辦法一起住在這裡。你和我。我無法讓你一直怒氣沖天的對待我，你明白嗎？我已經幫你約好明天要去看巴尼醫師，你會發現他是個大好人。你會喜歡他的，懂嗎？」

「我可以上樓了嗎？」我問。媽咪沒有回答，她只是聳聳肩，她的臉看起來非常疲倦，於是我上樓鑽進我的祕密基地，打開巴斯光年手電筒。然後我想起我把羅素小姐的吊飾和克萊西留在樓下，就放在我帶去瑪麗伯母家的袋子裡，可是我不想下樓去拿時又看到媽咪，所以我開始咬安迪的睡袋來代替克萊西的耳朵。我用力的咬，牙齒互相撞擊發出聲音。我用力的咬，因為我不想再哭出來。

# 42 終於只剩我一個

四隻熊躺在床上，
最小的小熊說：
「滾過去吧！滾過去吧！」
於是牠們滾過去，其中一個掉下去。

三隻熊躺在床上，
最小的小熊說：
「滾過去吧！滾過去吧！」
於是牠們滾過去，其中一個掉下去。

兩隻熊躺在床上，
最小的小熊說：

「滾過去吧！滾過去吧！」
於是牠們滾過去，其中一個掉下去。

一隻熊躺在床上，
最小的小熊說：
「終於只剩我一個！」

《十隻熊躺在床上》是一首我在幼幼班時學的歌，隔天我坐在廚房時，這首歌突然跳進我的腦子裡。我又看著掛在廚房的家庭行事曆，然後這首歌一次又一次的在我腦海裡重播，感覺非常討厭。家庭行事曆仍然掛在牆上。我想到我們家有四個人，月曆上寫了四個名字，因為沒人去動它，所以現在月曆上一樣還是四行。

先少了一個人，因為安迪死了，然後又少了一個人，因為爸爸搬走了，留下我單獨和媽咪住在一起。我從抽屜拿出麥克筆，劃掉安迪那行，再劃掉爸爸那行，於是就只剩下我和媽咪那兩行。我本來要把麥克筆放回抽屜，但是我決定走回去把媽咪那行也劃掉，因為媽咪其實也消失了。她變得很凶、很刻薄，就好像她也從我們家消失，再也不在了一樣。

我的朋友尼可拉斯有一隻狗，牠的名字是「魔鬼終結者」，可是他們暱稱牠「魔結」。聽到牠的名字你會以為牠應該很大、很可怕，可是事實上牠卻是隻小型犬，而且叫聲扁扁的，聽到的人只會覺得好笑，不會覺得恐怖。為了防止小狗逃走，尼可拉斯家的後院裝了隱形柵欄，戴著特殊項圈的魔鬼終結者只要一靠近就會遭到輕微電擊。尼可拉斯說大多數的狗在被電擊一、兩次後就曉得不要太靠近柵欄，但是魔鬼終結者大概是太笨了，所以一天到晚被電。有時候我們會觀察牠，雖然那樣有點惡劣，但是看到牠因為被電擊而哀鳴非常好笑。

我想到魔鬼終結者和隱形柵欄，因為感覺上我和媽咪之間現在就存在著類似的柵欄。當我靠近媽咪時我會因她凶我而受到電擊，但我還是試了好幾次，不過我比魔鬼終結者聰明，現在我不再靠近她了。反正我其實也不想再和媽咪待在柵欄的同一邊。

這就是為什麼媽咪其實也從家裡消失了，我成了原來的四口之家唯一剩下的人。家庭行事曆上只剩我那行沒被劃掉，可是我根本不需要它，因為我用不著記得星期幾要做什麼事。我什麼事都不做，就只是待在家裡，但是從現在開始的每個星期一我必須去看巴尼醫師。今天早上媽咪第一次帶我去，她沒有跟著我進去他的辦公室，而是坐在外面等待室的椅子上。真奇怪。他們在等待室裡放了一個會發出很大雨聲的機器。

起先我並不想自己進去巴尼醫師的辦公室，但是他人真的很好，而且他的辦公室和其他醫師的很不一樣。不像辦公室，更像一個遊戲室，到處都放著玩具，還有各種顏色的大枕頭讓人坐在地上。他在一個橘色大枕頭坐下，問我想不想玩樂高。他的樂高是很大塊的幼兒版，不是我平常玩的正常版，但我還是和他一起玩。我們蓋了樂高塔，比賽看誰的先倒。然後巴尼醫師——他說我不用叫他巴尼醫師，可以叫他保羅——說時間到了，問我下週要不要再回來看他，於是我說：「當然好。」

如果保羅只是想和我一起玩樂高，那麼我不反對每個星期一去看他，但我不明白為什麼那麼做會對緩解我的情緒有幫助。我不認為我需要行事曆來記住我哪天要去哪裡，於是我用麥克筆在月曆上盡情亂畫。

那就是我，歌裡最小的小熊，因為我是家裡最小的，而且我是唯一一個還留在床上的。不同的是，那首歌裡小熊想要只剩自己一個，所以在結束時牠才會說：「終於只剩我一個！」我並不想剩自己一個人，但事情到最後還是變成這樣。我無法選擇。我現在就像躺在一張超大、超空的床上，身邊到處都空蕩蕩的，什麼都沒有。

另一件糟糕的事是祕密基地失效了。在亂畫家庭行事曆之後，我跑上樓鑽進我的祕密基地，我以為我大概會喜歡待在那裡，因為它很小，有我、感覺的畫、我和安迪的合照、我的書、羅素小姐的吊飾、克萊西和巴斯光年，應該就足夠將它塞得滿滿的了。還有安迪。因為我總是假裝安迪也在裡頭，所以在祕密基地裡我就會覺得這裡還有兩個人。

我鑽進祕密基地，和往常一樣隨手拉上門，接著我打開巴斯光年手電筒，和往常一樣坐在安迪的睡袋上。我做了所有和往常一樣的事，但是我沒有和往常一樣心裡開始覺得好過一點。害怕的感覺和孤單的感覺從祕密基地外跟著我進來，並且拒絕離開。我閉上雙眼，試著去想像腦子裡的保險箱，想像我把所有不好的感覺推進去、鎖起來。可是沒有用。我再度睜開雙眼，突然間明白為什麼一切都變了。

安迪不在這裡了。他離開了。我再也感覺不到他了。

「安迪？」我呼喚他，但我知道他已經不在了。我開始大聲哭了起來。「請你回來，安迪，拜託拜託拜託。」我拿起天使翅膀吊飾，拚命用手指摩擦它。我等著，我不斷拜託安迪回來，講了千百次，可是還是一樣。

於是我將吊飾放進我長褲的口袋，從牆上拿下我和安迪的合照，將它緊緊抱在胸前。然後我站起來，鑽出衣帽間，隨手關上了門。

# 43 紀念氣球

今天是十二月六日，換句話說，再過兩個多星期就是耶誕假期。而在兩個月前的今天，槍手闖進學校，殺死了安迪。今天有個特別的紀念儀式將在麥金利舉行，我和媽咪、爸爸要一起去，這將會是從爸爸搬走之後我們三個第一次在一起。

爸爸早上開車來載我們，他走進前門時好像客人。媽咪對他說他遲到了，然後去麥金利的路上大家都沒講話。爸爸只能把車停在離學校很遠的地方，因為到處都停滿了車子。

「我們應該半小時前就到的。」媽咪一邊說，一邊開始朝學校走，步伐又大又急。她用一隻手壓住帽子，吐出的氣在她周圍形成陣陣白霧。我和爸爸跟在她後頭，因為媽咪走得太快，我必須小跑步才跟得上。我們走過轉角，跑過大水塔，穿過鋪了瀝青的籃球場，終於到達麥金利。它看起來很正常，可是感覺不正常，像是一個我從沒來過的地方。

當我看到麥金利時，我不再小跑步，而是放慢了腳步。媽咪沒注意到。她繼續走得飛快，將我和她之間的距離越拉越大，可是爸爸卻轉過身來。「你跟不上嗎，札克？」他問。

我停下來望著麥金利，突然間所有的窗戶全變成一隻隻的眼睛，狠狠的瞪著我。很恐怖。「我不想進去。」我說。

「喂！你們兩個能不能走快一點？我們已經遲到了。」媽咪對我們大喊。爸爸對媽咪舉起一隻手，示意她停下來。媽咪露出生氣的表情，轉頭繼續往前走。

爸爸走回我旁邊，伸手攬住我的肩。「我相信我們不需要進去。紀念儀式在戶外舉行，而且不會太久，好嗎？」我們跟在媽咪後頭，我試著不去看麥金利恐怖的窗戶眼睛。

學校前到處都是人。有些人站在草地上，有些人站在車道上，還有很多人站在幼稚園遊戲區旁的柏油路上。我看到有人拿著浮在空中的超大塑膠袋，裡頭裝著一大堆白色氣球，看起來就像一朵朵的白雲。馬路的另一邊停著許多新聞轉播車，在它們前面我看到幾個拿麥克風的記者，有些正在採訪參加儀式的人。我看到汪達小姐，她靠在車身上寫著大大的「地方四臺」的廂型車上，但她沒有在採訪任何人，而是在讀什麼資料。因為之前發生在我們家的事，所以我很高興她沒抬頭看到我。我試著找尋戴斯特的身影，可是沒看到他。

媽咪站在柏油路上，不停的和不同人擁抱、交談。我看到奶奶和瑪麗伯母站在柏油路的邊緣，瑪麗伯母對我微笑揮手，我和爸爸朝她們走過去，瑪麗伯母擁抱我。「嗨，小猴子。」她在我耳邊輕聲說。然後我們站在那裡看著媽咪，沒人再說一句話。我四處張望想看看能不能找到羅素小姐，可是到處都沒看到她。

「嗨，札克，親愛的。」有個聲音在我身旁說。我回頭，原來是教務處的史黛拉太太，她對我露出一個感傷的微笑。「你好嗎？這一定是你爸爸嘍？」史黛拉太太說。然後爸爸說：

「是的。」史黛拉太太說：「請節哀順變，泰勒先生。」然後和爸爸握手。

我不知道為什麼人們要對我們這麼說。安迪已經死了兩個月，但是人們依然對我們說：「我很遺憾」和「節哀順變」。我猜大概就像新年一樣。有時你遇到了沒有在過年時遇到的朋友，即使已經過了好幾天或更久，大家見了面還是會說：「新年快樂！」雖然新的一年早就開始了。

「謝謝你。」爸爸說：「這是我母親，還有我的大嫂。」

奶奶和瑪麗伯母也和史黛拉太太握手。

「來，你們拿到『希望與支持』的胸針了嗎？」史黛拉太太問，然後她給我們一人一個金屬製的白色緞帶胸針。爸爸幫我別在外套上。我摸摸它，冰冰的，滑滑的。

「儀式結束時記得去拿氣球，我們會叫所有人一起讓氣球升上天空以紀念……你哥哥和其他罹難者。這樣是不是很棒？」史黛拉太太對我說。

瑪麗伯母給我一個看起來像「噢，是嗎？」的表情，我忍不住想笑，為了掩飾，我只好低下頭看著自己的腳。

我四處張望媽咪的身影，看到她在柏油路的另一邊和「倖存者」──茱莉葉的媽媽交談，在她們身後的幼稚園遊戲區有好多放大照片掛在柵欄上，我注意到全都是被槍手殺死的人。照片前擺了許多白花，在花的正中央則放了支麥克風。我試著在裡頭尋找安迪的照片，可是大概有人站在前面把它遮住了，我沒找到。但是我看到了瑞奇的照片，就掛在離麥克風不遠處，一張比較小的照片緊貼在旁邊，是瑞奇的媽媽，因為她也死了。

史丹利先生走到麥克風後面。「大家早安。」他說，麥克風發出很大的嘰嘰聲，弄得我耳朵好痛。史丹利先生轉身打開一個在麥克風旁邊的喇叭。「這樣有比較好嗎？」他問。的確好多了。

「我們差不多要開始了。請大家往中間靠，好嗎？」他對仍站在草地和車道上的人揮揮手。大家往中間移動，新聞節目的工作人員也靠了過來，每個人都往前站的結果就是變得很擠，擋在我前面的大人太高了，所以我既看不到史丹利先生，也看不到媽咪。

「就像你們都知道的，兩個月前的今天發生在麥金利的慘劇奪走了十九條寶貴的生命，我們失去了家人、朋友和同事。」我聽到史丹利先生透過麥克風說：「紀念儀式開始前，我想請大家為所有的罹難者默哀一分鐘。」然後四周變得很安靜，我看到身邊所有人低下頭，閉上雙眼。我不知道他們在做什麼。我望向爸爸，他偷偷的對我眨眨眼。

然後史丹利先生發表演說，談到被槍手殺死的人，一一念出他們的名字。當他念到安迪的名字時，爸爸緊緊握住我戴著手套的手，我穿著鞋子卻覺得腳好冷。在念完所有人的名字後，史丹利先生說他要把麥克風交給魯迪．墨瑞市長，請他講幾句話。接著，一個不同的男低音開始講話，市長是這座城市的老大，我想看看他長什麼樣子。

「你可以抱我起來嗎，爸爸？」爸爸從我的腋下抱起我。市長穿著黑西裝、紅領帶，只剩一點點頭髮在後腦勺。他很高，甚至比史丹利先生更高，必須彎腰才能對著麥克風講話，那就是為什麼我看到他閃亮的頭頂。他看起來像個普通人，不像整個城市的老大。

我四處張望尋找媽咪，然後我看到她和咪咪站在一起。媽咪沒有看著正在演講的市長，而是望著相反方向。她的視線越過我們，落在更遠的後方。我轉頭去看她在看什麼，然後我看到查理的太太站在離大家有點距離的草地上。就在這時，爸爸把我放回地上。

我拉拉爸爸的衣袖，他彎腰低下頭來，我對著他的耳朵小聲說：「查理的太太也來了。」爸爸站直身體，望向我們後方，然後轉頭去看媽咪。他閉上眼睛，低聲說：「糟了！」

市長繼續對著麥克風演講，但我注意到許多人開始轉頭竊竊私語，有些人往旁邊靠，讓我們更加不安。

我聽到媽咪的聲音。「瑪麗！」她叫得非常大聲，現在更多人轉頭，然後我又聽到媽咪的聲音，可是這次不是從她原本站著的前面傳過來的，而是從我們後面查理太太站著的地方傳來。「瑪麗！」媽咪再次大吼，「你居然有膽子到這裡來！」

「我的老天爺啊！」我聽到站在我後面的奶奶說。

市長還在講話，可是他的聲音逐漸變小，最後完全停住。現在所有人全部轉頭看著我們後面。我還是什麼都看不見。我試著從人群中鑽過去，走往媽咪聲音傳來的方向。

我看到媽咪和查理的太太站在草地上，兩個人之間有段距離，互相瞪著對方，看起來像是要在大家的注目下在草地中央打一架。

許多電視臺的工作人員也轉頭了，我就在這時看到了戴斯特。他站在草地邊緣，肩上扛著攝影機對著媽咪和查理的太太，看到他這樣我好生氣。站在他身邊的汪達小姐則是一臉興奮，是很高興的那種興奮。

「你今天居然有膽子到這裡來！」媽咪對著查理的太太尖叫，看起來一副恨不得跳到她身上的樣子。

「住手！」查理的太太說。她沒有像媽咪那樣尖叫，但是她說得很大聲，故意讓每個人都聽到。「你必須住手。」她說，然後往媽咪的方向跨近一步，伸出雙手。「請住手。為什麼你要這樣對待我們？」

「為什麼我要這樣對待你們？」媽咪高聲大笑。我不喜歡她的笑聲，聽起來好像巫婆在笑。媽咪轉身，看著在柏油路面上的群眾，對著我們大喊：「她想要我住手，要我別再那樣對待他們！」

「天啊！」爸爸在我背後小聲的說。我轉頭，看到咪咪站在爸爸身邊，她用雙手摀住嘴巴，淚水不停的從眼睛裡流出來。我旁邊的一個人說：「真是太糟了。」

我不想媽咪那樣講話，也不想她笑得像巫婆一樣。所有的攝影機都對著她，所以全國看電視的人也都會看到她的行為。

「我拜託你，請你放過我們。我們……我們的家庭也很煎熬。你一定要放過我們。」查理的太太說。她將雙手舉在胸前，好像在禱告似的。

「太棒了！真是太棒了！」媽咪大喊，「他們也很煎熬。各位，你們聽到了嗎？他們也很煎熬。全都是因為我那樣對待他們。」媽咪又像巫婆那樣大笑，她的聲音聽起來根本就不像她自己。

「看到了嗎？」她一邊用手畫半圓指著群眾，一邊對查理的太太說：「這一切，都是因為你們。因為你們那樣對待我們！因為……你們生養的那個怪物，因為你們沒有阻止他！」

我們旁邊的許多人紛紛驚呼「噢！」和「天啊！」，這時查理的太太倒下了。她雙膝跪地，用兩隻手遮住她的臉。

「你必須離開！」媽咪對她大吼。

爸爸一隻手捏著我的肩膀，然後開始走向媽咪。他低著頭，好像希望沒人看得到他。他走到媽咪身旁，小聲對她說話，伸手想抓住她的雙臂。

「不！」媽咪叫得超大聲，用力推開爸爸。「不要告訴我冷靜下來！」爸爸試著抓住媽咪的手臂，他生氣的看著她，但她用力把手甩開。她的眼睛睜得好大，全身抖個不停。

一個女人走到查理的太太身邊，幫助她站起來，扶著她走向停車場。爸爸靠近媽咪，再次低聲對她說話，然後媽咪轉身走開。爸爸招手要我跟上，我照做了。當我走過草地時，我可以感覺到所有人都在盯著我看，我的臉、脖子和整個身體都像著火似的發燙，布滿了濺出的紅果汁。

我望向戴斯特，他的攝影機仍舊指著我們，指著跟在媽咪後面走向車子的我和爸爸。

我們在車子裡坐了好久好久，沒有人說一句話，我不知道為什麼我們不乾脆把車開走。

我望出窗外，突然間看到一朵好大的白雲從水塔後方升上天空。是紀念的氣球。我看著它們飛得好高好遠，好像要一直飛、一直飛，直到天堂。

# 44 短暫成為鎂光燈焦點

紀念儀式後的第二天，有幾輛新聞廂型車一大早就停在我們家前面，和當初「地方四臺」的車來採訪時一樣。我從臥室的窗戶看著車子好一會兒，可是沒有任何事發生，也沒有任何人從車子裡出來，它們只是停在那裡。我對這個發現很開心，因為我再也不要接受採訪了。我很好奇它們在那裡做什麼，可是沒過多久，我就覺得無聊了。

我下樓找媽咪，想問她為什麼那些廂型車會停在我們家前面。她坐在起居室看電視，我爬上沙發在她身邊坐下。媽咪好像出名了，因為她正在看電視上的自己。新聞播報著關於紀念儀式和媽咪、查理的太太在草地上的爭執。我不喜歡再看一次媽咪大喊：「各位，你們聽到了嗎？他們也很煎熬。」然後像巫婆那樣的大笑。我也不喜歡再看一次她說查理的太太養了一個怪物，然後查理的太太倒在草地上。

接下來出現在電視上的是我，我跟在爸爸後面走在草地上。攝影機鏡頭拉近，拍我整張臉。電視上的我滿臉通紅。那是戴斯特的攝影機指著我時拍到的，他故意調整鏡頭，讓我的臉看起來像電視上那樣，我看到之後立刻感覺我的臉變得又熱又燙。我真恨戴斯特，他怎麼可以這樣對待我。

新聞畫面從我的臉切換成汪達小姐。她拿著麥克風訪問一個女人，我注意到她就是那個走到查理太太身邊、把她從草地上扶起來的女人。

「我只是認為她做得太過頭了。如此而已。」那女人對汪達小姐說。就在她說完後，紀念氣球在她們背後的天空冉冉升起，所以那是在我們離開儀式現場、坐在車子裡的時候拍的。電視上那女人和汪達小姐轉身看著氣球，露出悲傷的微笑，然後那女人繼續說：「我的意思是，我無法想像她和她的家庭所承受的痛苦，以那麼可怕的方式失去她的小男孩。但是我看不出來她的作法會對任何人有幫助。那不會讓她的兒子死而復生。而且不管怎麼說，我們也還是會為他們難過，你懂嗎？我的意思是，雙方的痛苦我都能體會。」汪達小姐點點頭，露出嚴肅的表情。

咪咪走進起居室。我甚至不知道她來家裡了。「親愛的，為什麼你還在看這些？他們只會一直重播一樣的東西。」

媽咪瞪著電視說：「她居然那樣說，真叫人不敢相信，是不是？他媽的蜜雪兒。只要能短暫成為鎂光燈的焦點，做什麼都可以，是不是？」咪咪看了我一眼，大概是因為媽咪剛才脫口而出的髒話吧？

咪咪吐出一口長長的氣。「也許你退後一步，給大家一點時間，會對你比較好。你已經累得精疲力竭了，親愛的。」

媽咪低頭看著自己的膝蓋，好一陣子不說話，我看到淚水從她的眼睛滴落在大腿上。

「但是我怎麼能給大家一點時間？」媽咪說。她伸手抹去淚水，可是更多的眼淚仍不停滴到她大腿上。「我是累得精疲力竭了。真的。可是我應該怎麼辦？繼續自己的生活？接受他們的兒子對我們做的事？」媽咪發出噎到似的聲音，好像她想忍住不哭，卻忍不住的樣子。

「我不知道，親愛的。」咪咪聲音顫抖著說，「但是我痛恨看到你把自己折磨成這個樣子。事情已經……夠艱難的了。」

「現在他們……他們幾乎表現得像他們才是受害者。」媽咪一邊說，一邊指著電視。「看！他們故意用聳人聽聞的手法處理這件事。這個單獨事件。好像瑪麗才是受害者。這一切都是她的兒子造成的，我知道我做的……不會讓安迪活過來。我當然知道！我不知道我該怎麼辦……」媽咪說完站起來快步走向廚房。咪咪表情悲傷的看著我，伸手耙過我的頭髮，然後也跟著媽咪走進廚房。

我留在沙發上繼續看電視，先是廣告，然後又回到新聞，但是畫面上不再是媽咪和查理的太太，而是夜裡的墓園。很暗，很難看清楚，但看起來似乎是我們在安迪喪禮時去過的墓園。我認出大家來參加安迪喪禮時那條停車的馬路，還有爸爸和咪咪必須一人一邊扶著被悲傷毯子覆蓋的媽咪上車的地方。

現在只有一輛車停在路上，一個男人走向它。電視鏡頭拉近，我看出那個人是查理。查理從口袋拿出鑰匙，想打開車門，但突然間他的鑰匙掉到地上。

「查理，我們可以和你談談嗎？查理？」我聽到一個聲音，還是兩個？第二個「查理」似乎是不同人說的。一個男人走到彎腰撿鑰匙的查理身邊，他手上拿著麥克風，所以顯然是個新聞記者。一盞燈打亮了周遭的黑暗，當查理站直身體時，新聞記者拿著麥克風指著他。查理眨眨眼，因為燈光直射在他臉上，他看起來比我上次看到他，就是他來我們家、媽咪對他很凶那天更老了。他臉上所有的骨頭全凸了出來，兩隻眼睛都掛著大大的黑眼圈。

「查理，你要不要回應一下對你和你太太的指控？罹難者家屬指責你們才是罪魁禍首？」新聞記者問。查理一言不發，只是慢慢的轉頭避開燈光，看著那個記者，好像在想這個對他說話的人到底是誰，然後他轉身打開車門，這一次他沒再把鑰匙掉到地上了。他坐進車裡，關上車門。

查理的車慢慢駛離墓園，新聞記者對著麥克風說：「每天晚上，麥金利殺手小查理．羅納理茲的父親查理．羅納理茲都會到這裡探視他兒子的墳墓。沒有一天他不來——」

「札克？」咪咪從廚房叫我。我沒有回答。我想聽新聞記者說的關於查理的事，可是咪咪卻走進起居室，拿起媽咪留在沙發上的遙控器關上電視，我想聽的話才講到一半。

「你爸要來帶你去吃早餐了。我們要趕快幫你準備好，知道嗎？」咪咪說。我忘了今天是和爸爸去吃早餐的日子，現在每個星期日他都會來載我，然後我們一起去餐廳吃早餐。這是個舊習慣，也是個新習慣，因為以前是我、安迪、媽咪和爸爸都去，現在只剩我和爸爸。

「前門！」我聽到廚房的機器人女聲說，然後前門被用力推開了。「我的天啊！」咪咪說．我們走進廚房，看見爸爸從玄關進來，一副很生氣的樣子。

「你進來的時候，他們也對你窮追不捨嗎？」咪咪問爸爸。

「太荒謬了。整件事不合理。」爸爸說：「完全是小題大作。」

然後爸爸放低聲音問咪咪，「他出去過了嗎？」

「還沒。」咪咪說。

「啊！好。」爸爸說。然後他走過來對我說：「你知道嗎，札克？我想也許我們今天不要出去吃早餐比較好。」

我不知道為什麼爸爸突然不想出去吃早餐了。這個星期除了紀念儀式之外我都沒見到他。為什麼他已經來了，卻又不想和我出去？我可以感覺到生氣的感覺在我肚子升起，眼睛也立刻湧出淚水。

「來，我指給你看。」爸爸說。他走到面向馬路的窗戶，稍微拉開窗簾。我看到新聞廂型車仍然停在我們家前面，而且現在還有人站在外面，一個扛著攝影機，另一個拿著麥克風。我認出他就是在墓園裡想採訪查理的人。

爸爸放掉窗簾，轉身面對我。「看到在外面的那些人了嗎？他們會用半強迫的態度試著讓我們開口。這就是為什麼我認為你今天最好都待在家裡。你明白嗎？」爸爸問我。

「明白。」我回答，然後我想起了查理在墓園對著直射他的燈光眨眼的樣子，還有他又老又悲傷又害怕的臉。

# 45 做點什麼

爸爸走後，我爬上二樓，卻在走廊上聽到安迪的房間傳出聲音。哭聲。但是聽起來像是從很遠的地方，也像從水裡傳來的那種感覺。我停下腳步注意聽，可是聽不出來到底是什麼。「嗚嗚嗚，嗯嗚嗯嗚嗯嗚……」好像鬼在叫，讓我起了一身雞皮疙瘩。

然後聲音消失了好一會兒，我走到安迪的房門口，偷偷往裡頭看。一個人都沒有。我以為聽到聲音可能是我自己的幻覺，但是就在我這麼想時，聲音又開始了。我東看西看，尋找聲音的來源，發現它是從安迪的上鋪傳來的。

我看到媽咪的後腦勺，她的頭髮散在安迪的枕頭上。我躡手躡腳的走進房間，走到床邊看媽咪在哪裡做什麼，可是我無法真的看見，因為她躺的位置太高了，於是我悄悄的爬上連接上下鋪的梯子。

媽咪躺在安迪的床上，蓋了安迪的毯子，整個身體抖得好厲害。她用雙手抱住安迪的枕頭，將它壓在自己臉上，整顆頭埋在裡面大哭，這就是為什麼聲音聽起來像是從很遠的地方傳來的。我看著媽咪，看她躺在那裡號啕大哭，我的喉嚨立刻哽住一大團東西。

我爬上安迪的床，在媽咪身邊躺下來。媽咪放開枕頭，看著我。她的臉很紅，布滿了眼淚，她的眼睛也是紅的。我伸出手，摸摸她的臉。好燙，而且在流汗。溼掉的頭髮黏在她的臉上，我不知道是因為沾到汗水，還是因為沾到淚水。

「你還好嗎，媽咪？」我說，聲音輕得像耳語。

媽咪的臉上擠出好多皺紋，她拉開安迪的毯子，我鑽進去在她身邊躺下。媽咪伸手攬住我，將我拉近，我們就這樣額頭抵著額頭。

毯子裡非常熱，我可以感覺到媽咪的身體不斷散發出熱氣。她閉上雙眼，呼吸急促，呼出的氣直接噴上我的臉，但是我沒有移動。媽咪的臉頰不停有淚水滑下，她也不擦，只是讓它越過她的鼻子，掉落在安迪的枕頭上。

「媽咪？」我小聲叫她。

「嗯？」媽咪說，但眼睛仍然閉著。

「你是因為電視新聞在哭嗎？」我問：「因為汪達小姐和另一個女人那樣講你？」

媽咪睜開眼睛，擠出一個小小的悲傷的微笑。「不是，親愛的，她們要怎麼講都沒關係。我只是……我只是非常想念你哥哥，你懂嗎？我非常非常的想他。」她緊緊的擁抱我，我們兩個什麼都沒說。我聽著媽咪小聲哭泣，然後我又想起新聞裡的查理。

「你還在生查理的氣嗎？」我問。

媽咪從鼻子吐出一口又長又慢的氣。「嗯，札克。」她的聲音聽起來不像是在生氣，只剩下滿滿的疲倦。「我也不想生他的氣……但是安迪會離開我們都是他的錯。」

「可是我覺得他對這件事情真的很抱歉。」我告訴媽咪。

「也許吧！」媽咪說。

「真的是這樣，我知道。而且他也很傷心，就像我們一樣。」

「是嗎？」媽咪說。她把頭往後靠在枕頭上，讓我們的前額不再碰在一起。「你怎麼會知道呢？」

「因為他是我的朋友。我是他最好的朋友，而且你也是他的朋友，不是嗎？他還和你一起參加過套袋比賽呢！」

「那是很久很久以前的事了。」媽咪說。

「在學校裡，他最喜歡的就是我們兩個了。」我說。

「欸，札克。他對每個人都那麼說。」媽咪說，然後她又閉上雙眼。可是我覺得媽咪說的不是真的，查理沒有對每個人都那麼說，只有對我們。

媽咪慢慢的吸氣、吐氣，我可以看得出來她快睡著了，我繼續動也不動的躺在她身邊。我喜歡和媽咪在一起，自從媽咪被棍子戳到後，我們已經很久很久沒有這樣了。

過了好一會兒，毯子裡變得太熱了，於是我慢慢起身，小心不要吵醒媽咪。我爬下梯子，回到一樓，看見咪咪正在廚房準備晚餐，今天晚上我們要吃紅醬義大利麵。咪咪讓我幫忙準備沙拉，把生菜放進脫水器裡轉，還有切小黃瓜。在晚餐快要準備好時，媽咪也下樓了。她的頭髮倒向一邊，亂七八糟的，眼睛看起來又紅又腫。她在高腳凳坐下，雙手放在中島上撐著下巴，露出悲傷的微笑，看著我和咪咪做晚飯。

我們在餐廳的桌子坐下開始吃晚餐，彼此沒有交談。媽咪又是什麼都不吃，只是拿著叉子撥弄義大利麵。廚房的電話響了，媽咪站起來去接。兩分鐘後，她回餐廳來。

「好，伊頓夫婦明天還是會帶著律師過來。」媽咪坐回餐桌時說。

咪咪抿嘴，然後說：「親愛的，我在想……你有沒有好好考慮我們討論過的……也許試著以另一個角度去看這件事？不要再去怪查理和瑪麗？我對你提過那個團體『媽媽行動聯盟』，她們真的有在做事，很重要的事。利用你的影響力，加入她們，試著去防止──」

「我知道……我的意思是，我也想加人她們。」媽咪說：「可是不是現在。我不想現在去想這件事。」

「誰要來？」我問。

「噢。」媽咪說：「呃，伊頓夫妻，記得嗎？茱莉葉的爸爸媽媽？」

「為什麼？」我又問。

媽咪朝咪咪看了一眼，咪咪挑高兩邊的眉毛。

「為什麼他們要帶律師過來？」我繼續問。

「嗯，親愛的，因為……我們計劃要和律師討論……對羅納理茲夫妻，也就是查理和他太太，下一步該怎麼做，同時也得安排上法院的日子。」媽咪說。

「你們要去法院告查理？」我問，我的胃開始痛了起來。因為爸爸的工作，我知道「上法院」代表的意思，就是會有一個法官決定誰是對的，然後不對的那個人會被處罰，被關進監獄。所以媽咪在試著做的就是這個——把查理關進監獄。下雪的第一天，我和爸爸去餐廳吃飯、喝奶昔，爸爸說過查理不用去坐牢的，所以他沒告訴我實話。

我開始覺得全身發熱，很快的從椅子上站起來，膝蓋抖個不停。「但是你說你也不想再生查理的氣。」我的聲音很大，可是同時也在發抖。「你剛才說過的，我們一起躺在安迪的床上時你才說過的！」

「札克，親愛的，冷靜下來。我沒有——」媽咪說。

「有，你有！」我對著媽咪大吼，然後我們瞪著對方。我非常氣她。我們躺在安迪床上時感覺真好，但是我錯了，事情沒有變好，現在反而變得更糟了。現在媽咪試著要讓查理去坐牢，讓一切變得比以前更糟。

「札克，請你過來這裡，好嗎？我們只是……要討論所有可能的作法。」媽咪說，她想握住我的手，可是我很快把它抽回來。

「別碰我！」我大喊，然後我跑出餐廳，奔上二樓。我真希望我可以鑽進我的祕密基地，告訴安迪這件事，但是我現在已經不再踏進那裡了。

我不知道為什麼我會覺得安迪離開了我的祕密基地。在我感覺到他不在了之後，有幾次我走進安迪房間，望著空空的上鋪，考慮我是否應該再去祕密基地確認一下，可是我沒那麼做，因為我知道它變了，而我不想再一次感覺到安迪的離去，因為我會覺得好像被人在肚子上打了一拳那樣痛得不得了。

所以我走回自己房間，關上房門。我坐在椅子上，呼吸急促，我的胃也好痛。所有的事隨著時間過去變得更糟了，這讓我非常害怕。我覺得自己好像快吐了，於是我趕快走進浴室，在馬桶前坐下。大腿底下的地板非常冰，我的胃很不舒服，但是我並沒有真的吐出東西，唯一出來的只是眼淚、眼淚和更多的眼淚。

我聽到有人在敲我房間的門，我立刻站起來把浴室通往我房間和通往安迪房間的兩扇門都鎖上。

「札克？」我聽到媽咪在我房間叫我，然後她開始敲浴室的門。「札克，你在裡頭嗎？我可以進來嗎？」媽咪說。

我不想和媽咪講話，所以我透過門說：「我在上廁所。」

「好，親愛的。我只是想……確定你沒事。」媽咪說。

「嗯。」我只應了一聲，然後我聽到媽咪走出我的房間，關上房門。

過了一會兒我站起來，用冷水洗臉，然後我看著鏡子，發現我的眼睛都是紅的。我瞪著鏡子裡的眼睛，可是當你想哭時，看著鏡子裡的自己會讓你哭得更厲害。

「不要哭了。」我大聲的告訴自己。

「我說，不要哭了！」我又說了一次，感覺像一部分的我正在對另一部分的我說話。「停下來！不要再哭了！」

我又洗了一次臉，然後走回自己的房間。我站在房間中央，想著我應該怎麼做。

「你得做點什麼。」我對另一部分的我說：「事情變得更糟了。」

「好，可是我又能做什麼？」另一部分的我回答，但是沒有大聲說出來，只是在腦袋裡小小聲的說。我想了好久好久，動也不動，也沒找地方坐下，我只是站在我的房間中央一直想、一直想。

# 46 緊急任務

「是執行另一次任務的時候了嗎？」安妮說。

「是的。」凱瑟琳說。

「而且情況很緊急。」泰迪說。

「梅林惡化得很快。」凱瑟琳說。她眨眨眼，努力不讓眼淚掉下來。

「噢，真是太糟了！」安妮說。

「摩根想要你們今天就出發去尋找快樂的最後一個祕密。」泰迪說。

今天傑克和安妮要去為梅林尋找快樂的第四個祕密，他們的兩個魔法師朋友，凱瑟琳和泰迪出現在神奇樹屋裡，為他們的老師、神奇樹屋的主人摩根，交代他們的任務。

今天也是我要執行任務的日子。我的胃整個早上都像在坐雲霄飛車一樣轉個不停，我的雙腳也覺得侷促不安，只好不停的動來動去。我試著抱著克萊西靜靜坐在床上，念《神奇樹屋》第四十集《擁抱南極企鵝》，好讓自己將注意力放在傑克和安妮的冒險上，而不要一直想著自己的冒險。

每次一想到我的任務，我就開始害怕，然後我必須再次讓一部分的我說服另一部分的我：「不要害怕。是執行任務的時候了。是勇敢起來的時候了。記得嗎？」

執行任務的時間還沒到，但是快了。我試著閱讀，卻總是忍不住想到其他的事，於是我必須一直回到最前面再重新讀過，可是我仍然記不起來我剛剛到底念了什麼。

我完成計畫，整理好裝備，但是還沒到出發的時間。最完美的時刻會是在吃完午飯後，那時媽咪會舉行她的律師會議，注意力不會放在我身上，我才能開始進行。

我的任務是去安迪下葬的墓園，也就是查理兒子墳墓的所在地。記者在新聞上說每天晚上查理都會去那裡看他兒子的墳墓，所以我也要去那個墓園，在那裡等查理來。因為我不知道查理的家在哪兒，也不知道他的電話號碼，所以我只能去墓園等他。

我想勸他向媽咪道歉。我想叫他和我一起回家，和媽咪談談。那麼也許所有的爭吵都可以劃下句點，爸爸也能回家了。

為出任務做好準備並不容易。我整個早上都在做這件事，而且那些我想到應該帶去的東西還不斷的在增加。對傑克和安妮來說，一切都很簡單。他們只要指著書，然後說：「我希望我們可以去那裡！」然後「咻！」，他們就會出現在想去的地方了。而且他們也不需要擔心打包的事，因為他們所需要的裝備全部都會由魔法準備妥當。在《擁抱南極企鵝》裡，他們出現在南極大陸時就已經穿著雪褲、手套和護目鏡，而且傑克的小背包也變成了專業的登山背包。

我真希望我可以找到一本關於墓園的書，指著它說：「我希望我可以去那裡！」然後就帶著所有我需要的裝備出現在那裡。可是這種事根本不會發生。我只能自己做好計畫，自己打包，然後自己走去那裡。

當我想到我必須偷跑出去不讓媽咪發現，然後一個人走到墓園，我的胃就轉個不停，雙腳也更加侷促不安。這是我最害怕的一部分。我知道怎麼走，因為它就在我以前待過的托兒所旁邊，而我經過那條路不只一千次了。只是我從來沒有用走的去過，雖然它很近，車程不到五分鐘。媽咪常說我們不應該開車，走路去就好，可是我們早上總是匆匆忙忙的，所以從來沒有真的用走的去過。

我決定把《神奇樹屋》第四十集《擁抱南極企鵝》收進我的背包裡，因為靜靜坐著念書顯然行不通。我念了這麼久，卻只念到第三章，所以我想把它帶去。我從床底下把背包拉出來，它非常非常重，因為我剛才用行李捆帶把安迪的睡袋綁在背包下方。故事書將會是我能放進背包裡的最後一樣東西，它實在太滿了。

我把整個計畫在腦子裡演練一遍，就在這時我突然想起關於警報器的事。昨晚當我計劃要怎麼偷溜出去時，我想到如果我趁媽咪開會時離開家，她會聽到警報器的機器人女聲說：「前門！」那麼她就會知道我偷偷溜了出去。不過，反正我不能從前門出去，因為會被那些新聞廂型車和記者們看到，所以那時我想出一個超酷的辦法，我差點忘了準備整個計畫裡最關鍵的部分。

我查看了一下，媽咪在她的房間裡，主臥室的門關著，我很快的從我桌上拿起鉛筆，跑下樓梯。我將通往車庫的門開了一條縫，立刻聽到廚房傳來「車庫門！」的機器人女聲，然後我把鉛筆放在地板上卡住門，讓它繼續開著，但只開一小條縫，這樣媽咪就不會注意到了。完成後，我飛快的跑回二樓。

門鈴響了兩次後，我聽到媽咪下樓，還有從一樓傳來的交談聲。我站在自己的房間，心臟撲通、撲通、撲通的狂跳。出任務的時間就要到了。我等著所有的聲音離開玄關，等著他們移到起居室坐下。

我又去上了一次廁所，穿上藏在床底下背包旁的鞋和外套。就在背上背包前，我看到了我的玩具卡車。我無法將視線移開，它們仍舊散得到處都是，因為我上次發脾氣時用力踢了它們。我不想讓它們繼續這樣躺著，所以我走過去，將它們排成一列。這樣好多了，現在真的到了出發的時刻了。

我站在二樓樓梯口拉長耳朵，接下來會是最困難的部分——下樓，離開房子。我躡手躡腳的走下樓梯，試著避免讓樓梯地板發出聲音。它的祕訣是腳要踏在樓梯的邊緣，這樣木板就不會發出聲音了。問題是，從起居室可以看到樓梯最下面的幾階，所以那將會是一大考驗。我在會被看到的上方兩階停住，心跳如雷，聲音大到我懷疑起居室的人是不是都聽見了。然後我以超快的速度跑下最後幾階，繞過扶手，跑向通往車庫的門。我以為會聽到媽咪說：「札克，你要去哪裡？」但是沒有。起居室裡的人持續交談，根本沒人注意到我下樓了。

卡在門縫的鉛筆還在，門仍然微微開著。我拉開門，側身閃過，隨手關上。我穿越車庫，打開側門的鎖。側門裡有支被弄彎的鑰匙，因為拔不出來一直插在那裡，雖然壞了，但是開鎖還是沒問題的。我走進後院，在那裡站了一會兒，外頭的冷空氣刺得我的鼻子有點痛。我把手插進長褲口袋，用手指撫摸天使翅膀吊飾，然後我看著從安迪桌上拿來的樂高手錶，上面顯示著兩點十三分。

# 47 白色廂型車的叔比狗

我褲子前面的口袋裡放了一張我昨晚畫的地圖，上頭有我們的家、我以前讀的托兒所和它對面的墓園。這讓我聯想到在卡通《愛探險的朵拉》裡，每次朵拉和小猴子出發前她總是會說：「我們不知道該走哪一條路時該問誰？問地圖！」然後地圖就會從朵拉的背包跳出來，用一種很討人厭的聲音唱：「我是地圖，我是地圖，我是地圖，我是地地地地圖！」地圖會告訴朵拉和小猴子走哪一條路，每一次他們都必須越過三個障礙物——恐怖森林、強風沙漠、鱷魚池塘之類的地方。這個卡通是給小小孩看的，我現在已經不看了，不過我在讀托兒所時看了非常非常多，所以在我準備要走去托兒所時想到朵拉，實在是個很有趣的巧合。

我昨晚已經在我的腦袋裡走過那條路好幾十遍了，但是為了以防萬一，我還是畫了地圖。從家裡到我以前讀的托兒所要先穿過我們家的後院，走到中學校車停下來載小孩的街角。中學校車和小學的不一樣，不是黃色的，而是正常的公車，因為中學沒有足夠的黃色校車，所以就用一般公車來當校車使用。安迪念完五年級後，就會在街角搭一般公車去上中學，他本來很期待那一天的來臨。

在走過中學校車站的街角後開始爬坡，一直爬到大學校園前的大片草地，然後走到轉角是消防隊的那條馬路。繞過消防隊後也是上坡路，不久後會在右手邊看到教堂，我的托兒所就是在教堂的地下室，而安迪的墓園就在托兒所的對街。

這就是我的任務。我要找到路，而且不能讓任何人看到我自己走在路上，否則他們就會想：「咦？為什麼那個孩子自己在那裡，身邊沒有大人陪？」然後他們會過來問我，整個任務就完蛋了。

地圖告訴朵拉和小猴子怎麼走之後，他們會在前往恐怖森林、強風沙漠、鱷魚池塘之類的障礙物前把這些地方念很多次，當他們通過後在地圖上打鉤。我穿過莉莎家和我們家後院之間的路，接著我停下腳步，瞪著安迪在我夢裡躺著的地方，好像又看見箭插在他的胸口，到處都是血。

在我走過中學校車站的街角後，我停下來拿出地圖，從前面的口袋掏出鉛筆，在「中學校車街角」旁打了個鉤。然後我把地圖收進外套口袋，開始爬坡，往地圖上的下一個障礙物——大學校園前的大片草地前進。

上坡路很難走，我的腳開始覺得累了，主要是因為我在背包裡塞了太多東西，它變得很重。我的脖子有點痛，而且安迪的睡袋不停的晃來晃去，一直撞到我的腿。我決定稍微休息一下，把背包放在地上，然後才發現自己停在瑞奇家前面，好多用藍色塑膠袋包起來的報紙散落在他家車道上。瑞奇家已經沒人住了，因為瑞奇被槍手殺了，他媽媽現在也死了。我看著他們家的車庫門，想起媽咪說過瑞奇媽媽是在車庫自殺的，不知道她是不是還在裡頭。這讓我很害怕，於是我再度背上背包，快步離開。

「是勇敢起來的時候了。」我在腦袋裡對自己說。

也許瑞奇和他媽媽也葬在那個墓園，就像安迪和查理的兒子一樣。等我走到那裡時，一定要記得去找一找。

我終於爬到山坡路盡頭的大片草地。我可以看到草地後方的大學校舍，但是草地上並沒有任何大學生。很好。我在地圖上的「大學」旁邊打一個鉤。

一切都很順利，直到我轉進消防隊旁的馬路。一開始很安靜，我沒有看到任何人，但是就在我準備繞過消防隊時，左右兩邊各出現一輛車。我有點慌張，因為車上的人一定看得見我。我注意到消防隊隔壁有扇門，於是我趕快轉進那戶人家的側門通道走了過去，假裝我正要去打開它。那兩輛車從我身後駛過，都沒有停下，我偷偷轉頭去看還有沒有其他車經過，可是並沒有。

我快速繞過消防隊，走過它的轉角，在另一條爬往另一個山丘的上坡路前有個停車場，裡頭有幾張長椅，我決定坐下來休息幾分鐘。我在地圖上的「消防隊」旁邊打一個鉤，看了安迪的手錶一眼。兩點三十四分。我決定拿出一份事先準備的零食，我把零食和水壺裝在背包中間的袋子裡。我拿出一條燕麥營養棒，就在我試著打開時，我的眼角突然間瞄到有輛白色廂型車正慢慢駛下山坡。

我的心跳加速，立刻扔下燕麥營養棒和地圖，抓起背包，急忙環顧四周。我看到那個舊衣回收筒，之前我和媽咪曾經把我們不需要的舊衣服丟進去給窮人，我拔腿跑向它，躲在它後面。

舊衣回收筒後面是一道圍牆，我只有一點點空間可以勉強擠進去，那裡有一種不好聞的味道，好像有人吐了。我呼吸急促，心臟仍然跳得很快。「拜託別讓壞人找到我。拜託別讓壞人找到我。」我在腦子裡一直說，緊緊抱著我的背包。

有個開白色廂型車的壞人時常在威克花園區出沒。夏天時，他在車廂裡放了一隻很大的叔比狗玩偶，引誘孩子靠近他的廂型車，因為他想把他們偷走。這是安迪告訴我的。我聽了非常害怕，再也不想出去外面玩了。媽咪說那是真的，真的有個開白色廂型車的壞人，她在臉書上看過，還告訴我出去玩時要待在離家近的地方比較安全，而且絕對不可以上陌生人的車。「誰說郊區比較安全，結果還不是都一樣！」媽咪說。

現在我離家很遠，而且沒和任何大人在一起，所以現在壞人就要來把我偷走，關進白色廂型車裡了。我試著不要動、不出聲，也許我坐在長椅時壞人沒看見我。但是他似乎真的看到我了，因為我聽到白色廂型車開進停車場的聲音。我全身顫抖，開始哭了起來。我把臉埋在背包裡，所以我的嘴巴不會發出聲音。我真希望我沒有進行這個任務，如果我現在還在自己的房間裡，壞人就不會來抓我了。

我聽到車門拉開的聲音，然後是另一個車門，我不敢再從嘴巴裡吐出或吸進一口氣。我聽到有人說話，是女人的聲音，她們在討論在梅西百貨等著和耶誕老人合照的隊伍長得不可思議。我知道她們在說什麼，每年耶誕節，我們都會到紐約市的梅西百貨和耶誕老人合影，等待的隊伍總是非常非常長，大概要等上一小時，但是今年我們沒有去。

女人交談的聲音似乎離我越來越遠，我的心跳不像之前跳得那麼快，而且我也不再哭了，但是我仍然動也不動，以免那輛白色廂型車還沒離開。我看了一下安迪的手錶，兩點三十九分。我瞪著手錶，什麼事都沒發生，所以在兩點四十五分時我決定從舊衣回收筒偷偷往外窺探，沒看到白色廂型車了。

我其實還是很害怕，而且也不再覺得自己勇敢。我很想、很想回家，但是我想到我的任務，想到我不想要查理去坐牢，於是我決定用媽咪教的念謠來決定是要回家，還是要繼續走去墓園：「迪克迪克鑽石，站進來。迪克迪克鑽石，站出去。」所以回家的選項出局了。

我從舊衣回收筒後面走出來，抬頭望向我之前讀的托兒所和墓園所在的山丘。我背上背包，開始很快的往上坡路走。

左手邊有好幾棟建築物，幾個青少年在外頭聊天。其中一個對我大喊：「嘿！小子，你是要去露營嗎？你的背包比你的人還大咧！」然後所有人哈哈大笑，還有幾個故意朝我吹口哨。我試著不去看他們，把目光集中在由正方形和長方形石板鋪成的人行道，一邊試著不要踩到任何長方形石板，低著頭拚命往前走。

# 48 低聲呢喃的風

我爬上托兒所所在的山丘，但我沒靠著馬路右邊，而是走在墓園那側，也就是馬路的左邊。我花了很長的時間才走上去，快到時我看了一下手錶，三點十分，換句話說，再三分鐘我就離開家一小時了。我看到托兒所出現在馬路右邊，有許多車開進開出。很合理。因為下午三點剛好是放學時間。

我不想讓任何人看到我，所以很快走完剩下的一小段路，然後左轉穿過墓園巨大的黑色鐵柵門。鐵柵門的左右兩側各有一根巨塔般的石柱，兩根石柱上方橫跨著一個寫著「聖墓墓園」的半圓形黑色招牌，半圓形的兩側尾端各有一盞蠟燭形狀的大燈。我們來參加安迪喪禮時，我並沒有看到這個大鐵門，因為我們是從教堂搭車來的，車子直接開進去，停在墓園裡的小路後才停下。穿過大門就是墓園，但是這部分的墓園看起來和安迪下葬的那部分不太一樣，也許是因為這部分的年代比較久遠了吧？

我穿過大門、走進墓園，一切靜悄悄的。我背後是托兒所熱鬧的車聲和人聲，前面卻安安靜靜，一點聲音也沒有，像是巨大的黑色鐵柵門將世界一分為二，連聲音都被阻隔在外。

這部分的墓園不像安迪的那邊留著通道，到處都是過度生長的雜草和凸出的墓碑。每個墓碑都像遭受多年的風吹雨打，不但舊，而且看起來很可怕，甚至有些還東倒西歪。到處都是灌木和大樹，如果沒有墓碑，看起來就像個大花園。我試著去讀舊墓碑上的名字，但是沒辦法，大部分的刻痕都消失了。墓碑上方有各式各樣的十字架設計，好酷。

我走得很小心，因為我不想踩到裡頭躺著死人的墳墓。想到地底下埋著真正的死人，不要說是走路了，光用想的都讓我覺得好恐怖。但是這些墳墓已經好老了，所以墓裡大概都只剩骨頭了吧？因為其他部分都已經腐化，被土壤吸收了。

灌木和大樹被風吹得搖來搖去，聽起來好像有人在低聲說話，也像有人在發出噓聲。很可怕。我想著我腳底下很久以前的死人，聽著低語和噓聲，胃開始覺得越來越不舒服。於是我加快腳步，尋找通往另一區墓園，也就是他們埋新的死人的地方。我們參加安迪葬禮時，雖然一直在下雨，但是那裡看起來還滿漂亮的。我還記得當時其他的墳墓上擺放了許多鮮花，加上溼掉的葉片讓大地看起來五彩繽紛，閃亮亮的，雨水沖刷掉所有的灰塵，讓一切聞起來清新極了。

我爬上一個小山丘，另一邊的山坡就是比較漂亮的那一區邊緣，它看起來比我參加葬禮時大多了，但是我之前也沒站在這裡往那一側看過，所以我還是不知道安迪的墓在哪兒。風變大了，我的額頭開始痛了起來，冷冰冰的空氣讓我的眼睛裡充滿淚水。我從背包的大口袋拿出帽子和手套戴上，拉下帽沿蓋住我的眉毛，溫暖我的額頭，然後開始到處亂走，尋找安迪和他的墓。

整個墓園都沒人，這樣很好，因為如果有人看到，他們八成會認為一個小男孩出現在這裡很奇怪，然後他們就會過來問我問題，知道我是自己來的。

我好幾次停下來看墓碑。事實上，我並不知道安迪的墓碑長什麼樣子，因為製作墓碑要花很長的時間，所以安迪下葬時，墓碑還沒準備好，是後來才補裝上去的。

我看到安迪葬禮時我們停車的墓園盡頭小路，於是沿著下坡路走過去後轉身，從那裡我比較認得出方向了。我知道安迪的墓就在上坡路頂端的右手邊，再往裡頭走不遠的地方。

這一區的墳墓之間有非常多小徑，墓碑閃閃發亮，看起來很新，我可以清楚念出所有的名字和數字。第一個數字是墳墓裡的人的出生年，第二個數字則是他們死掉的那年。這是我們在奇普伯伯死掉滿週年那一天，去他在紐澤西的墳墓獻花時媽咪告訴我的，在那之後兩個星期安迪就被槍手殺死了。我檢視一個又一個的墓碑，尋找安迪的名字。

赫曼・梅爾　一九三七年—二〇一〇年

羅伯特・大衛・盧爾登　一九四六年—二〇〇六年

席拉・古德溫　一九九一年—二〇〇三年

我算了一下，二〇〇三減一九九一才十二，所以席拉死時才十二歲，只比安迪死時大兩歲。我在想不知道席拉十二歲時出了什麼事？為什麼會死？我走過來、走過去，念完一個又一個墓碑，有時候我也會停下來算一算墳墓裡的人死的時候幾歲。我開始覺得有點累，也覺得背包似乎越來越重。也許安迪的墓根本不在右邊，而在左邊？現在我開始有點懷疑自己的記憶力了。

然後我想起來我們參加葬禮時，我注意到安迪的墳墓旁有一棵大樹，就是整棵樹的葉子全變成橘色和黃色，好像著了火的那一棵，但是下個週末就是冬季的第一天了，所以現在所有的樹都光禿禿的，一片葉子也沒有。我轉頭看看四周，附近只有一棵大樹，於是我朝它走去。然後我看到了。安迪的墓在大樹旁，墓碑是近黑色的深灰色，非常亮。墓碑上方刻了一顆心，碑上的名字和數字是白的，我低頭看。「安迪·詹姆斯·泰勒　二〇〇六年—二〇一六年。」即使沒人會聽到，我依然念出聲音，一邊念，一邊覺得喉嚨好痛。

冷風呼呼的吹過我身邊，像拾起我的話，低聲對我重複，然後把它吹向又高又遠的天空。現在我變得喜歡那個聲音了。我再也不覺得它可怕，它讓我覺得好像安迪的名字在四周環繞著我。現在我認為來這裡是對的，也許我會再次感覺到安迪的存在，可以像他還在祕密基地時那樣對他說話。

我看了安迪的手錶一眼，三點四十五分。新聞記者說查理總是在晚上來墓園，現在還沒到晚上，所以我必須等他來。我的肚子又餓了，這時我才想起其實我並沒有吃到那條燕麥營養棒，因為我害怕被白色廂型車的壞人抓走，所以還沒吃就把它丟在停車場。我決定把所有東西都拿出來，從中選一、兩樣吃。還不到吃晚餐的時候，畢竟那該是六點或七點，現在只能吃點心。

我解開行李捆帶，把安迪的睡袋在他的墓碑旁攤開，像在祕密基地時那樣盤腿坐在上面。我把所有東西從背包裡拿出來，在身邊排列好：為天黑而準備的巴斯光年手電筒、我的書、裝得滿滿的水壺、四條燕麥營養棒、三包小金魚餅乾、兩條起司棒，還有今天我在吃完午餐後做的、打算用來當晚餐的火腿起司三明治，以及一顆蘋果。所有東西都攤在睡袋上，看起來簡直像我是來這兒野餐的。

我和安迪的合照是我從背包裡拿出來的最後一樣東西。我翻開書，把它夾在裡頭。我拿下手套，打開一包小金魚餅乾，手指立刻在寒風中凍僵。吃完小金魚餅乾後，我又拿起書本，將照片放在我的大腿上，找到我在家裡念到的最後一頁。

「嘿！安迪。」我說：「要不要再聽我念故事？」我先看向照片，又看向刻了安迪名字的墓碑，等著感覺安迪是不是正在聽我說話。「好，那麼我先告訴你我之前念完的部分，你才知道前面發生了什麼事，然後我再繼續往下念。好嗎，安迪？」

# 49 友善的鬼

「所以在這一集裡，傑克和安妮為了救梅林，到南極尋找快樂的第四個祕密。他們發現一個研究站，各個不同國家的研究員都在裡頭一起工作。傑克和安妮戴著護目鏡和面罩，與幾個研究員一起搭乘直升機前往火山。所以我猜大概會有人發現他們其實還是小孩，然後他們就會惹上大麻煩了。你覺得呢？」

我等著看有沒有什麼事發生，或者任何徵兆讓我覺得安迪又在聽我說話。可是什麼都沒有。

我大聲再念了兩章，但是我的手指凍僵了，翻頁變得越來越困難。我抬起頭來，視線離開書本，有點嚇一跳，因為我太專注在故事上，忘了自己身在何處，也沒有注意到天色已經慢慢變暗了。

我看了一眼安迪的手錶，四點五十八分。我轉頭看看四周，沒有看到查理，所以可能還是太早了吧？我把手套戴回去，用力呼氣，就像媽咪在天冷時幫我暖手那樣，張開嘴不停的將呼出的溫暖空氣對著手吹。想到媽咪讓我的心裡有點悲傷，於是我試著再往下念，不要去想她，可是戴著手套的手根本沒辦法翻頁。

我全身都很冷，所以我打開睡袋，把兩隻腳伸進去，可是露在外頭的部分還是覺得冷。在計劃任務時，我並沒有想清楚天色變暗後的事。我是帶了巴斯光年手電筒，但我沒想到在戶外全黑，又一個人待在墓園時會是什麼情況。我只想到我會在這裡找到查理，然後我們會一起回家。

實際的狀況並非如此。現在天色還沒全黑，我仍然看得到周圍夾雜在樹影間的墓碑，看起來又暗又可怕。然後突然間我想到，如果查理今天不來呢？我可以感覺自己的心臟似乎一下子跳到了喉嚨。我把身體移向安迪的墓碑，讓我的背抵著它，然後把背包拉過來，在裡頭翻找克萊西。

克萊西沒在大口袋裡。我檢查中間夾層和小口袋，但都找不到克萊西。也許我在拿其他東西時把它弄掉了？我慌張的查看四周，可是到處都沒有。我忘記把它帶來了嗎？還是被我弄丟了？我不知道是哪一種。沒有克萊西，沒有查理，沒有媽咪，沒有爸爸。只有我一個人。

我很想哭，也很想回家，但是我怕得不敢站起來，也不敢移動。我開始想像墳墓裡的死人，而且一想就停不下來。我想著棺材裡的骨頭，還有說不定死人在天黑之後就會變成鬼魂出來遊蕩。我想著開白色廂型車的壞人，害怕的感覺越漲越大，越漲越大。

我從書裡拿出我和安迪的合照，雖然天色變暗，但我仍舊隱隱約約可以看到。「安迪。」我輕聲喚他。我的下巴顫抖，牙齒相撞。「安迪，你在嗎？拜託你一定一定要在。我真的很需要你。」什麼事都沒發生。然後我想起長褲口袋裡的天使翅膀。我脫下一隻手套，試著將手插進口袋，很難，我的手被凍成了冰棒，無法自由移動。我試了好久，終於把手插進口袋，用手指不停摩擦天使翅膀。羅素小姐曾經說：「你哥哥沒有離開，他也在天上看顧著你。」我在腦海裡一次又一次的告訴自己：「安迪沒有離開，他在天上看顧著我。安迪沒有離開，他在天上看顧著我。」

我用另一隻手拿著我和安迪的合照，突然間一陣強風向我吹來，我握住照片的力道不夠大，風將它吹離我的手，它落到地面後翻轉了幾圈，貼在一個墓碑上，就這樣黏在上面。「不！」我大叫，從安迪的睡袋跳出來，跑向那個墓碑想抓住照片，但是另一陣風卻再次搶在我之前吹走它，將它吹得更遠。我試著盯著照片，不讓它消失在黑暗裡，我追著它一直跑、一直跑，直到我撞上了人。

我嚇了一跳，因為在那之前我沒有看到任何人。也許是鬼？那隻鬼抓住我的雙臂，我開始又踢又叫：「不！不！放開我！」

「札克？是你嗎？」

我抬頭，又嚇了一跳，因為鬼居然知道我的名字，而且其實抓我的並不是鬼，而是查理。查理露出非常驚訝的表情。

「札克？你……你在這裡做什麼？」查理說，他抬頭望向我後面。「你為什麼跑成這樣？出了什麼事？」

因為剛才的跑步和又踢又叫，我現在有點上氣不接下氣，但我還是試著告訴查理關於照片的事。「風……把它吹跑了。我的照片……」

「照片被吹跑了？在哪兒？」查理問。

我指著它被吹走的方向，在一堆樹木之間。現在看起來好暗好可怕。

「好，我們去找找看。」查理說。他一隻手仍搭在我肩上，害怕的感覺因為他的陪伴慢慢消失。我們四處尋找，最後發現它卡在灌木叢裡。

「我可以看嗎？」查理問。於是我把合照遞給他。查理看了好一會兒，露出一個小小的悲傷的微笑，然後把它還給我。我伸出手去接，但是因為我的手太冷了，抖得很厲害。

「札克？」查理問，「你來這裡做什麼？你是來看你哥哥的嗎？」

「對。」我回答，「但我主要是為了要見你。」

「我？為了見我？你怎麼知道我會來這裡？」查理問。

「電視新聞說的。」我告訴查理，「他們說你每天晚上都會來這裡。」

「我明白了。」查理說。他指著一個墓碑，我們一起走過去。在即將全黑的夜色裡，我看到：

小查理・羅納理茲　一九九七年—二〇一六年

「每天晚上我都會來向他道晚安。」查理說：「我的小男孩。」

那是我這輩子所聽過最悲傷的聲音了。

# 50 回家

我們站在查理兒子的墓碑前，我抬頭看著查理的臉。

「查理？」我叫他。

「什麼事？」

「為什麼他要那樣做？為什麼他要到學校殺死安迪和其他人？」我問。

查理用手摀住嘴，然後往上抹自己的額頭，再往下摀住嘴，就這樣上上下下，上上下下。

他吸了一口長長的氣，抬頭望著天空。我也抬頭，看到月亮正高掛在我們的頭頂上，看起來像滿月，只不過左上角缺了一小塊。查理慢慢將那口長長的氣吐出來。

「我不知道。」他說。他的聲音好小好小，我差點聽不見。他仍舊看著天空，聳了聳肩，然後才又開口說話，聲音聽起來像有什麼東西哽在喉嚨裡。「我不知道，札克。我真的不知道。每一天我都問自己同樣的問題。」

「爸爸說是因為他不知道那麼做是錯的。因為他生病了。」我說。

查理點點頭，用手抹了眼睛兩、三次。

我們安靜了好一會兒，然後查理說：「你為什麼要到這裡來見我？」

現在進行到我應該將我的任務告訴查理的部分了。「我有事想告訴你。」我說：「可是我不知道你家在哪兒，所以我只好來這裡了。」

「天已經快黑了。你的父母知道你在哪兒嗎？」查理問。

「我沒告訴任何人。」我說。

「你有什麼事想告訴我？」查理問。

「我想要你和我一起回家。我想要我們一起和媽咪談一談，那麼大家就不會再吵架了。」我講得非常快，因為查理臉上掛著悲傷的微笑，看起來是個拒絕的微笑，而不是個答應的微笑。

「你能來嗎？拜託你。」我問。

「噢，札克！我希望我可以。我真的希望……但是我不能。因為……我不能這樣做。」查理一邊說，一邊伸手想攬住我的肩膀，但是我掙脫了。

突然間，我再也不覺得冷，我整個身體都在沸騰。

「為什麼？」我大喊，眼淚奪眶而出。「為什麼你不能？一切……一切都變得好糟糕。我們必須和媽咪談談，否則她要上法院告你，然後你就會被關進監獄了。」我告訴查理。我哭得很大聲，而且因為太冷了，牙齒互相撞擊喀喀作響。

查理什麼都沒說，他只是再次伸手攬住我，將我拉近他，這一次我沒再抵抗。查理緊緊的擁抱我，感覺真好，讓我不再覺得冷。我們維持這個姿勢好久好久，我把頭靠在查理的肚子上大哭，一直哭、一直哭，而查理則輕輕拍著我的頭。過了好一會兒之後，我不哭了，我的頭因為哭太久而變得很痛，全身也感到非常疲倦。

查理鬆開攬住我肩膀的手，我立刻又覺得冷了起來。他蹲下來，從外套口袋拿出一張面紙，不是衛生紙那種，而是奇普伯伯以前也用過，可以把自己的名字縮寫繡在上面、像尺寸較小的餐巾。查理輕輕擦乾我臉上的眼淚，然後他將面紙收回口袋，小聲對我說：「札克。我最好的朋友。我想我們該送你回家了，你父母一定擔心極了。」

他幫我撿起所有的東西。我把照片夾回書本裡，將書放進背包。我們走到他停在墓園馬路上的汽車，查理為我拉開後車門。他將車內的暖氣調高，我的牙齒終於不再打顫了。查理照我走來的原路慢慢開回去，但依舊只花了五分多鐘就轉進我們家的馬路。我看了安迪的手錶一眼，這趟路程我之前走了整整一個小時。在車子裡，我們沒有交談。查理在中學校車站的街角把車停下，然後轉頭看著我。

「我想你在這裡下車會比較好。」查理說。

「你真的不能陪我回家嗎？」我問：「拜託？我的任務就是要找到你，讓你和我一起回家，和媽咪談一談，也許她就不會再那麼生你的氣了。真的不行嗎？」

「對不起，札克。我不能那麼做。因為……那樣做並不適當。我不能和你一起進屋子。」查理說。

我可以感覺眼淚在眼眶裡聚集，我不想又開始哭，所以我故意雙手交叉抱胸，望向窗外。我試著不要眨眼，這樣眼淚就不會流出來。

「札克？」查理說，可是我沒有回答，因為我的喉嚨裡哽著一大團東西。「拜託你，札克，請不要生我的氣。我知道你想幫忙，但是……你真是個乖孩子，你知道嗎？聽我說，札克。請你看著我，好嗎？」

我將視線從窗外移向查理，我可以看到他的眼睛裡也有眼淚，不同的是他讓淚水就這樣流下來。

「請不要擔心我。你不用……用不著為我操心。我會沒事的，好嗎？」查理說。

我又轉頭看窗外。

「拜託？我最好的朋友？」查理說，聽起來好像他才是小孩。

「好。」我說。我又看著查理，這次我們兩個都讓眼淚順著臉頰流下來。

「查理？」

「什麼事？」

「我很抱歉，關於……媽咪說你的那些話。」我告訴他。

「你媽……她現在非常痛苦。」查理說。車子裡很溫暖，我想待在這裡，和查理在一起。

「查理？」

「什麼事？」

「你還能感覺到你兒子嗎？你還會有……有那種好像他還在你身邊的感覺嗎？」我問。

「有時候。有時候我會覺得他就在那裡，離我很近；而有時候……又會覺得他已經離開了好久好久。」查理說。

然後他說：「走吧！你該回家了。聽著，我會在這裡看著你，好嗎？我會看著你走進你家，直到你安全進門，好嗎？」

我抓起我的背包，推開後車門，在下車前我說：「再見，查理。」

「再見，札克。我最好的朋友。」查理回答。

當我走上我們家前面的馬路，立刻看到兩輛警車停在我家車道，新聞廂型車也還在那裡。我想我大概是惹上大麻煩了。我拖著腳步，緩慢的走向家門口，又開始覺得好冷。我轉頭，看到查理的車燈依舊在我身後亮起，我壓了一下安迪手錶上的按鈕，錶面亮了起來，六點十分。

快要到家時，我看到有個男人背靠在新聞廂型車上。我發現居然是戴斯特，同一時間他也看到我，立刻快步朝我走來。

「噢，天啊！札克。你跑去哪兒了？每個人都在找你。」他說。但我沒回答，而是用殺人的目光瞪了他一眼，經過他身邊，走上我們家前陽臺。我的心臟跳得超快，然後我伸出手指，按下門鈴。

# 51 哭泣這種事

門被打開之後，事情的發展和我預料的完全不同。我沒有惹上大麻煩，連小麻煩都沒有。媽咪抱著克萊西來開門，原來它在這兒，我把它忘在家裡了。她一看到我，立刻大叫：「噢，我的天啊！他回來了！」然後她跪下來擁抱我，抱著我左搖右晃個不停。「我的寶貝，我的寶貝，我的寶貝。」她一次又一次重複著說。我看到咪咪、奶奶和瑪麗伯母，還有兩個警察跟在她後面從起居室走出來，可是沒有爸爸。

媽咪停下來，拉開我們之間的距離，上上下下打量我。「你沒事吧，札克？」

「爸爸不在這裡。」我很小聲的說。

「噢，天啊！」瑪麗伯母說，然後她拿出手機，壓下一個按鈕，對著它說：「吉姆，他回家了。他已經回到家了！」

「他出去找你了，親愛的。」媽咪說：「他很快就會回來，好嗎？」

我的身體開始發抖，牙齒再度上下打顫。

「噢，札克，你凍壞了。」媽咪說，然後所有人一下子全部大驚小怪起來。「來，我們把你的鞋脫了。還有背包。讓我握一下你的手。天啊！你的手像冰棒一樣。你一定餓壞了吧？我們弄點東西給你吃，好不好？」

警察說他們必須問我幾個問題，但是媽咪說：「我們先讓孩子安頓下來吧？大家再喝杯咖啡如何？」所以全部的人，包括警察，都走到廚房坐下。

警報器的機器人女聲說：「前門！」然後爸爸就出現了。他站在門口，什麼都沒說，只是瞪著我。他大步走過整個廚房來到我的位子前，一把將我從高腳凳上拉起來，緊緊的抱著我，緊到我難以呼吸。然後我聽到那個聲音。我感覺到那個聲音。

它像是從爸爸的肚子裡出發，往上傳到他的喉嚨，再從他在我耳邊的嘴巴傳出來。聽起來像是噎住般的聲音，非常低沉。爸爸的胸膛上下起伏得很快，這時我才發現原來他在哭。

他一邊哭，一邊發出如噎住般低沉而響亮的聲音。他緊緊抱著我好久好久，我將身體往後拉，因為我想看看爸爸哭是什麼樣子。他的臉看起來比較年輕，整張臉都是眼淚，溼答答的，下巴上上下下的顫抖，看起來像個小男孩，而不像個大人。

「札克。」他用氣音呼喚我的名字，「我還以為我也失去你了。」

「我沒事的，爸爸。」我告訴他，我想要他的下巴不要再抖個不停，而且他會這麼傷心都是我的錯，我覺得很抱歉。我用雙手捧住爸爸因為流淚而溼掉的臉頰，輕輕摩擦他的鬍子。

「對不起。」我說。爸爸輕輕發出笑聲。

「親愛的小寶貝。」爸爸說，再次緊緊擁抱我。「你不需要道歉。」

他把我放回高腳凳上，我看到廚房裡每個人也都在哭。媽咪在哭，咪咪、奶奶和瑪麗伯母也都在哭。她們看著我，看著爸爸，所有人一起哭，也許這也是她們第一次看到爸爸哭，我不知道，但是有可能。

在所有人都哭完之後，其中一個警察站起來說：「我們不想打擾你們太久。我們只需要問札克兩個問題，其他細節不急，我們可以明天再繞回來。」然後他問我我跑去哪裡，我告訴他我去了墓園，以及我是怎麼走到那裡的。

警察在手上的小筆記本裡寫了一些字。「還有什麼事是你覺得需要告訴我的嗎？」警察問，我搖搖頭。我可以感覺到濺出的紅色果汁又開始了，因為我沒有告訴他我去墓園是為了找查理。另一個警察也站起來。「好了，我們明天再來處理需要的文件。今天晚上必須做的都完成了。」

警察離開，然後咪咪說我們三個（她指的是我、媽咪和爸爸）大概需要一點時間獨處，所以她和奶奶、瑪麗伯母也走了。

所有人都離開之後，家裡只剩下我們三個感覺有點奇怪，好像我們不知道三個人在一起的時候該做些什麼，讓我覺得有點害羞。

「你還沒吃東西，親愛的。」媽咪說：「你想吃什麼？」

「麥片，謝謝。」我說。於是我們三個就坐在中島一起吃麥片。我坐在中間，媽咪和爸爸坐在我的兩邊，好一陣子只聽到咀嚼的喀啦喀啦聲。

然後媽咪小聲的問：「所以你跑去墓園？」

「對。」我說。

「為什麼？」

我想著我的任務，還有查理並沒有和我一起回家，所以我的任務失敗了。我低下頭，因為我不想要媽咪和爸爸看見眼淚又回到我的眼睛裡。

「為什麼你要去墓園，札克？」媽咪又問了一次。她伸出手抬起我的下巴，看著我。「因為安迪嗎？」

「是。」我說，這不算說謊，因為我去那裡時確實也想去看看安迪的墳墓。但是這也不算是說實話，因為我沒告訴她，我去那裡是為了找查理。

「我想去看安迪，再一次和他在一起，就像以前……在家裡一樣。」我說。

「你是指在安迪的衣帽間嗎？」媽咪問，我轉頭看著爸爸，因為他居然說出了我的祕密。

「我必須告訴媽咪，札克。我們發現你不見了，那是我第一個想到可能找到你的地方。懂嗎？」

「懂。」我告訴他。其實也沒有關係了，因為祕密基地再也沒什麼特別了。

「你想再和安迪在一起？」媽咪問。

「對。」我說：「我以前在祕密基地可以感覺到他的存在。很難解釋。我可以對他說話，讓我覺得不孤單。爸爸也注意到了，不是嗎，爸爸？」

「感覺是這樣沒錯。想像安迪也在……感覺很好。」爸爸說。

「我才不是想像。」我反駁說：「真的就是這樣。可是後來祕密基地失效了。我再也感覺不到他的存在，然後就只剩下我一個還留在床上……」

「只剩下你一個還留在床上？」爸爸問，然後他看起來好像又要哭了。他用餐巾擦自己的眼睛。「天哪！哭泣這種事，我似乎慢慢習慣了。」

「就是那首只剩下最後一隻小熊還留在床上的歌，你知道嗎？《十隻熊躺在床上》？」我說，爸爸看起來一頭霧水。「算了。」我說。

媽咪推開她的碗，握住我的手。「札克，我……很抱歉。我很抱歉讓你……覺得這麼孤單。」媽咪的話說得斷斷續續的，「如果你也出了什麼事……」然後她好像再也講不下去了。

「沒關係的，媽咪。」我說。

「不，親愛的，當然有關係。你太孤單了，所以才會跑去墓園想和你哥哥作伴，而我甚至……過了好一段時間才發現你不見了。怎麼會沒關係呢？」

「那是因為你現在非常痛苦。查理今天告訴我了。」我說。

「等一下。」媽咪說。

「什麼？」爸爸說。

爸爸和媽咪一起瞪著我，我立刻後悔說出剛才的話，現在我開始擔心我會讓查理惹上更多麻煩。

媽咪坐直身體。「你這麼說是什麼意思，札克？查理今天告訴你的？他怎麼告訴你？」我可以感覺出來她在生氣。

爸爸靠向媽咪，伸手蓋住媽咪的手，然後說：「札克，你必須告訴我們你這麼說是什麼意思，這件事很重要，懂嗎？」

「但是查理會惹上更多麻煩嗎？他沒有做錯任何事。他還幫我。」我說得又快又急。

「查理怎麼幫你？」媽咪問。

「他告訴我應該回家了，因為你們兩個一定很擔心我，然後他用車子載我回來。」

媽咪看著爸爸，慢慢吐出一口長長的氣。

「你坐查理的車？」她問。

「嗯。」

「你必須把事情從頭到尾告訴我們，札克。」爸爸說。

「好。我去墓園，因為我想找查理。我的意思是，我也想去看安迪，但是主要的原因是要去那裡找查理。我想要他陪我一起回家，我們可以和媽咪談一談，結束所有的爭吵，那麼查理就不用去坐牢，爸爸也可以回家。」我說。

「你跑去墓園找查理？」媽咪問。

「對。他每天都會去那裡。」我解釋：「他每天晚上都會去那裡向他兒子道晚安。」

爸爸抿緊嘴脣，慢慢的點了點頭。「你怎麼會知道這件事？」

「電視新聞說的。」我說：「可是他不想來我們家。」我開始哭了起來，因為我做了整件事，總算有一次我很勇敢，試著不要害怕，想讓一切變好，但是還是失敗了。「我的任務結果和我計劃的不同。我想要他和你談一談，那麼你就可以看到他真的很抱歉，而且對他兒子做的事情非常內疚。」我告訴媽咪：「你就不會再那麼生他的氣了。」

好一陣子，媽咪什麼都沒說，只是瞪著我。

「他用車子載你回家？」媽咪問。

「對。」我說：「他說我應該要回家了，我告訴他我不想回家，但是他還是把我載回來了。他在中學校車站放我下來，我再走回家。我猜他不想來是因為……因為你還在生他的氣。」

「你不想回家？」媽咪說。她的聲音很小，她的鼻子似乎因為一直哭而塞住了。接下來好幾秒鐘，沒人開口，然後媽咪又問：「你可以讓我看看你的祕密基地嗎？我真的很想參觀一下。」

# 52 最後的祕密

「聞起來還有男孩子的味道。」媽咪在我和她爬進祕密基地時說：「哇，我都忘了這個衣帽間有多大了。」

「我也可以進來嗎？」爸爸站在外面問。

「可以。」媽咪說。

我們三個在衣帽間後方坐下，有一點擠，但是我不在意。我喜歡和媽咪、爸爸一起待在這裡。我坐在媽咪前面，背靠著她，她用兩手抱住我。爸爸盤腿坐在我們對面，背和頭靠在牆上。

「這些是什麼？」媽咪問，指著感覺的畫。

「感覺的畫。」我說，然後我向她解釋每一張所代表的情緒，以及我畫它們的理由，就像爸爸第一次到祕密基地時，我向他說明那樣。

「我來試試我是不是還記得。」爸爸說，於是我們玩起我問他答的遊戲。

「黑色？」我問。

「害怕。」

「紅色？」

「尷尬。」

我們一問一答講完了全部的顏色，爸爸得到一百分。

「你心裡感受到好多不同的感覺，是不是？」媽咪問。

「是的。」我回答。

「所以白色那張代表了同情？為什麼你會做一張同情的畫？你也感受到同情？」媽咪想知道。

「那是我和爸爸一起想出來的。同情是快樂的第三個祕密。」

「快樂的第三個祕密？」媽咪問。

「對，記得《神奇樹屋》裡他們為了梅林執行的任務嗎？」我說。

「嗯。」媽咪說。

「你記不記得我本來想和你一起實驗第一個快樂的祕密？注意你身邊如大自然之類的小事？可是那時你沒有空，因為你在講電話。」

「我……我不記得了。」媽咪說。

「札克一直在故事中尋找快樂的祕密，他想試試看，因為他覺得我們家裡很需要。」爸爸說。

「我們就像梅林一樣。」我告訴媽咪，「他因為太過悲傷病了，傑克和安妮為了救他，出發去找快樂的四個祕密，希望能治好他。我們也因為太過悲傷病了，因為安迪，所以變得像梅林一樣。」

「嗯。」媽咪說。她低下頭，前額抵住我的後腦。「所以其中的一個祕密是同情？」

「對。」我說：「我覺得安迪還活著的時候，在他對我很壞的時候，我沒有做到這點，但是後來我明白了，我就開始同情他了。」

爸爸挑高眉毛。他望向媽咪，輕輕的搖了搖頭。

「媽咪？」我說。

「什麼事，寶貝？」

「我覺得你也應該試著去同情查理。不要把他關進監獄。我今天在墓園時可以感覺到他的感覺，他就像我們和梅林一樣，因為太過悲傷也生病了。」

媽咪沉默了好久好久，我以為她又在生我的氣了，就像上次她強迫我去上學之前，我告訴媽咪她應該憐憫查理時一樣。

但是後來她問我：「快樂的另外兩個祕密是什麼？」聽起來她並沒有生氣。

「一個是保持好奇心。第四個我也還不知道。我試著在墓園把它讀完，但是外面變得太冷又太黑了。」我說。

「要不要現在把它念完？」媽咪問：「還是你太累了？我們也可以明天再念。」

我並不覺得累，而且我也不想現在離開祕密基地，於是我跳起來說：「我去拿書。就在我的背包裡。」我衝下樓梯，抓起書本和巴斯光年，要在衣帽間裡念書當然需要手電筒，然後衝回二樓。就在我要鑽回祕密基地之前，我聽到媽咪和爸爸在交談，於是我停下腳步，偷聽他們在說什麼。

「……我們兩個這次都要扮演好自己的角色。」我聽到媽咪說：「你不能再把所有的責任都推給我。」

「我知道，我知道。」爸爸回答，他的聲音非常小。「至少今晚不要吵架，好嗎？看到他安全回來，我實在是鬆了好大一口氣。」

然後他們好一陣子沒說話，於是我鑽了進去。

媽咪將頭擱在她的膝蓋上，爸爸則靠著牆。當他們聽到我回來的聲音時，兩個人都抬起頭來。

我告訴媽咪和爸爸故事到目前的進展，傑克和安妮到了南極大陸，和幾個研究員一起搭乘直升機前往火山，當然就像我猜測的，研究員後來發現他們還是小孩，不過所幸他們沒有真的惹上麻煩。傑克和安妮本來應該待在山屋，等人來帶他們下山，但是卻離開了屋子，掉進一條深溝裡。

我在墓園念到這個地方。在說完故事前半段後，我感覺有點累了，所以我把書遞給爸爸，讓他來念剩下的部分。爸爸打開書，我和安迪的合照掉了出來。爸爸拿著它看了好一會兒，然後把它還給我。我找到放在祕密基地的膠帶，將照片貼回牆上它本來的位置，然後我坐回媽咪懷裡，聽爸爸朗讀。媽咪的身體溫暖了我全身，爸爸小聲的念著故事。

我的眼睛變得越來越重，我想繼續張開，可是太難了……

# 53 安迪俱樂部

那是我記得的最後一件事。當我在爸爸和媽咪的床上醒來，天已經亮了。我不記得我是怎麼離開祕密基地睡到床上的，我也不記得後來故事怎樣了，不知道傑克和安妮有沒有找到快樂的第四個祕密。

媽咪和我一起睡在床上，我輕輕搖了搖她的肩膀。

「媽咪？」我說。媽咪翻身，睜開眼睛。她看到我，露出微笑，伸手撫摸我的臉頰。

「媽咪，爸爸又離開了嗎？」我問。

「沒有，親愛的。他睡在樓下的沙發上。」媽咪再翻身，看著床頭櫃上的時鐘。八點二十七分。「哇！我們睡過頭了。你想要的話，去叫爸爸起床吧！」

我走下樓，爸爸已經起來了。他坐在廚房看iPad上的報紙。

「早，瞌睡蟲。」爸爸看到我時說。他一把將我抱起，用力抱緊我，我可以聞到他呼吸的味道，聞起來像咖啡。「嘿，我有事要告訴你，札克。我真是以你為榮。真的。」聽到爸爸這麼說，我的肚子裡生起一股暖洋洋的感覺。

「你昨天做了一件非常勇敢的事。你知道嗎？」爸爸問。

「我想至少有一次像你和安迪一樣勇敢。可是我失敗了。我的任務並沒有成功。」我說。

「嗯，我覺得還不一定喔！」爸爸說，他用手抬起我的下巴，表情嚴肅的看著我。「而且我認為你一直都很勇敢。」

「守靈那天，我的行為就像個小嬰兒，還有媽咪帶我回去上學時，我也不勇敢。」我說。

「噢，札克，那和你勇不勇敢沒有關係。那是……當時其實還不應該要你回去上學的。」爸爸說。

「好。不過，爸爸？」我問。

「什麼事，札克？」

「我想，過完耶誕節後，我可以回去了。回去上學。」

「真的？太酷了。」爸爸說：「媽咪還在睡嗎？你想不想端杯咖啡拿去房間給她？」

「好。」我回答，爸爸讓我在媽咪的咖啡裡放糖，還有奶精，然後小心攪拌。我試著端起杯子，但是它裝滿了熱騰騰的咖啡，所以爸爸幫我拿著，我們一起走上樓梯。媽咪在爸爸將咖啡遞給她時，露出小小的微笑。

「你們把故事念完了嗎？」我問。

「才沒呢！我一開始念，你就睡著了。我們想一起讀完那個故事的，不是嗎？」爸爸說。

「我們可以現在繼續念嗎？」

「好啊！如果媽咪同意的話。」爸爸回答。媽咪接著說：「嗯，我們必須找出快樂的最後一個祕密，不是嗎？要回祕密基地去嗎？」

我聳聳肩。「我們也可以躺在床上念，反正祕密基地已經沒有魔力了。」我說。

「噢，可是我很喜歡昨天在裡頭的感覺。」媽咪說：「如果你不介意，我想在那裡念完故事。」

於是我們爬回祕密基地，坐在和昨天一樣的位置，我靠著媽咪，爸爸靠在牆上。爸爸拿起書，說：「你最後念到哪裡？」

「我不記得了。好像是他們跌到深溝那裡。」我說。

「好，我找一下……」爸爸一邊翻頁，一邊說，「我想，應該是第七章。」

他開始朗讀，一路念到結束。傑克和安妮遇見一群會跳舞的企鵝，裡頭有隻小企鵝沒有爸爸媽媽，傑克為牠取名「潘尼」，還把牠帶回梅林住的卡美洛王國。他們告訴梅林快樂的前三個祕密，然後將潘尼送給他。梅林照顧潘尼，慢慢的又快樂了起來。

傑克和安妮發現快樂的第四個祕密是照顧需要你的人，傑克認為也許反過來也會有效：「我想有時候讓其他人照顧你也會讓他們感到快樂。」

爸爸讀完，闔上書本，看著我和媽咪。他的眼睛看起來亮晶晶的。我們三個好一會兒都不說話。

然後媽咪小聲說：「我認為這個祕密很棒，你們覺得呢？」

「對。」我說：「也許我們可以試試看。我、你和爸爸，互相照顧。好嗎？」

「好。」媽咪說。

「那會讓我們也快樂起來嗎？」我問。

「嗯，我相信它會幫助我們覺得好一點。」爸爸說。我看著他望向我身後的媽咪，對她露出一個小小的悲傷的微笑。

「我想，我們之前沒有一起，而是各自用自己的方式面對你哥哥的死，還有……其他的一切，並不是正確的作法。」媽咪說。

我傾身向前，望著牆上的照片。「我真的很想念安迪。」我說：「有時候，我想他想到我的整顆心都在痛。」

「我也是，札克。」爸爸說。

「我真希望我還能在這裡感覺到他，可是不行。我很怕他已經永遠離開我了。」當我這麼想時，我的喉嚨像長出一大團東西哽在那兒。

爸爸傾身擁抱我很久很久，然後小聲的說：「想念安迪也是感覺他的方法之一，不是嗎？你不覺得嗎？也許將來有一天，它不會讓你整顆心都在疼。我想我們終其一生都會想念他，總是想起他，那將會是我們人生的一部分。那麼他就沒有離開我們，他就會永遠和我們在一起，活在我們心裡。」

「他會從天堂看顧我們嗎？」我問。

「會的，親愛的，當然會。」媽咪說。

我伸手撫摸照片上安迪的臉。「然後我們也死掉的時候，就會和他在天堂團聚？」我問。

「希望如此。」爸爸說，眼淚滑進他的鬍子。

「我想爸爸說的對。」媽咪說：「你一直在做對的事，你一直和他交談，和其他人討論他，將他放在你心裡。」

爸爸伸了伸懶腰，擦乾他臉上的淚水。「不過我們用不著老是躲在這個衣帽間裡吧？我的背現在痛死了，而且我左邊的屁股也早就失去知覺了。」他用手指戳了戳他左側的屁股。

「我們還是可以把這裡當成聚會地點。」我說：「就像我們專屬的俱樂部之類的。」

「我喜歡這個點子。」媽咪說：「我們的俱樂部要叫什麼名字？」

我想了一會兒。「安迪俱樂部？」我說。

「好極了，就叫『安迪俱樂部』。」爸爸說：「現在我們下樓吃早餐吧！」

# 54 繼續活下去

「準備好了嗎？媽咪？」我問。媽咪瞪著前門把手好一會兒，好像在等著門自動打開似的。我抬頭看著媽咪的臉，她的嘴脣緊緊抿在一起。我抓住她的手，用力握緊，媽咪也用力回握我的手，然後放開它，打開前門。

一陣強而有力的冷風立刻撲進屋子，媽咪拉住毛衣兩側蓋在肚子上。她走下前陽臺的階梯，風吹亂了她的頭髮。我跟著她走下臺階，爸爸走在我後面，媽咪轉頭看著我們，她的胸部像吸了一大口氣似的升了起來，然後她轉回去，直直走向仍停在我們家前面的新聞廂型車。

媽咪看看廂型車的前座，裡頭沒有人，於是她伸手敲了敲廂型車的車身。車門被推開後，我看到戴斯特和另一個男人下了車，戴斯特一隻手上拿著一個裝了飯和雞肉的盒子，另一隻手上則拿著叉子。

「噢，嘿，你們，嗯……」戴斯特低頭看了看手上的食物，轉身將它放進車內，在褲子上擦了擦手。「出什麼事了嗎？」戴斯特問。他先看著媽咪，然後又看看我和爸爸。我低頭看著自己的腳，因為我不想看戴斯特。

「我想發表一個簡短的聲明。」媽咪說。

「現在嗎？」和戴斯特一起下車的男人問。

「對。」媽咪說。

「噢，好，當然。當然可以。」戴斯特說：「等我們一下好嗎？我們沒想到……抱歉，我們剛在吃午飯。」

「沒關係，慢慢來。」媽咪說。另一陣強風又向我們吹來，吹得媽咪的頭髮到處亂飛。我可以感覺到風穿過衣服吹進來，不禁打了個冷顫。爸爸伸出手攬住我的肩膀，將我拉近他。

戴斯特和另一個男人鑽回廂型車裡，然後戴斯特拿著攝影機下車，看起來和架設在我們家起居室的那臺一樣，只是小一點。戴斯特壓下幾個按鈕，然後把攝影機扛上肩膀，從他那邊的鏡頭看著媽咪。

「你想在哪裡錄？」他問媽咪。

「噢，無所謂。這裡就可以了。」媽咪說。

「當然，好。」戴斯特說。另一個男人拿著麥克風也從廂型車上下來。

「好，等你準備好，我們就開始。」他說，然後將麥克風指向媽咪。媽咪看著爸爸，爸爸對她微笑，點了點頭。媽咪轉回去正視攝影機。

「我們現在只是在錄影，所以不用擔心。我們可以重錄好幾次，直到你滿意為止。」拿著麥克風的男人說。

「好。」媽咪說：「嗯，我只是想發表一份簡單的聲明，我決定不再追究羅納理茲夫妻在槍擊案中的責任。我和其他罹難者的父母討論過，我們都同意這個決定。」媽咪的下嘴脣不停的顫抖，好像她的牙齒因為太冷而打顫。她將袖口拉長，包住自己的雙手，然後交叉雙臂，將被袖子包住的手夾在兩側腋下。

「我知道在他們的兒子犯下槍擊案之後，我一直很勇於對外發言，我將罪過……我責怪他們，認為他們要為我兒子安迪的死和他們兒子的行為負責。」媽咪停了幾秒鐘，然後吸進一大口氣，繼續對麥克風說：「但是現在我終於明白，繼續追究羅納理茲夫妻的責任，不會……不會讓我兒子活過來，也不會讓發生在我身上、我的家人和其他受害者家庭的慘劇消失。」眼淚開始滑下媽咪的臉頰。

「我不希望將來再有任何人經歷我們家所經歷過的痛苦。我……我現在可以看出來羅納理茲夫妻也在克服失去兒子的不捨，他們就像我們一樣哀痛，他們就像我們一樣活在煉獄裡。」媽咪看著我，微微一笑。我也對她微笑，媽咪說的這些話讓我引以為傲。

「我很有智慧的兒子札克讓我看清楚這一點。我們……我們的家庭現在要把重心放在彼此照顧，試著一起療傷，找出如何在失去安迪的情況下繼續生活，尋找內在的平靜。在未來，我們願意盡自己的力量……防止類似的悲劇再次發生，希望別的家庭不會遭遇同樣的悲劇。想辦法讓不該擁有槍枝的人拿不到槍，進一步保護孩子們和家人朋友。我想說的……就是這些。」更多的眼淚不停的從媽咪的臉頰流下，她舉起包住手的衣袖抹臉。

「謝謝你。」拿著麥克風的男人說：「我的意思是，你說得相當好，不是嗎？我們可以用這段影片，除非你想重錄或調整什麼？」

「不用了。」媽咪說，她的聲音小到幾乎聽不見。

戴斯特把攝影機從肩膀上拿下來，瞪著媽咪。「哇！」他說：「實在……你真是心胸寬大。」

「好了。」媽咪說，然後她轉身走向我和爸爸。

爸爸伸手握住媽咪的手臂，上上下下搓揉。「你還好嗎？」他問。

「我還好。」媽咪說：「只是凍壞了。我只想趕快和你們回家，將這件事告一段落。你們覺得呢？」

「我贊成！」我一邊說，一邊往前衝，飛快跑上前陽臺的階梯。

# 55 做個有我的美夢

爸爸停好車子，卻沒有立刻將引擎熄火。

我、爸爸和媽咪只是安靜的坐在車裡，沒人開口說話。我的心臟撲通撲通的狂跳，在我的胸膛，也在我的耳朵裡。我看出車窗外，在幾乎全黑的夜色裡我看到一排又一排的墓碑，然後在更遠的後方，我看到有個人影站在右側。

「要走了嗎？」爸爸一邊問，一邊關掉引擎。

「走吧！」我回答。媽咪沒說話，但她已經推開車門準備下車了。我拿起放在旁邊座位上的花束，爸爸拉開我的車門。我下了車，看到查理的車就停在我們的車子前面。

我開始爬坡，腳下的地面被凍得硬硬的，吐出的氣在周圍形成一朵朵白色的雲，爸爸和媽咪在我身後走得很慢。我把手中的花束壓在胸膛上，然後走到安迪的墓前，輕輕將它放下。

爸爸和媽咪也來到墓前，媽咪跪下來，碰了一下我給安迪的花，然後她脫下一隻手套，用手指撫摸墓碑上安迪的名字。

「嗨，小寶貝。」媽咪小聲低語。眼淚滑下她的臉頰，她沒去擦，任由它們滴落。

她摸著安迪墳墓上的土說：「這麼冷，這麼硬。」然後她用雙手抱著肚子，大聲哭泣。爸爸站在媽咪身後，他用雙手環抱她的肩膀，我也把頭靠過去，靠在爸爸的手臂上。我們維持這個姿勢好久好久。媽咪跪著大哭，爸爸環抱她的肩膀，我靠在爸爸身上。

過了好一會兒，我轉頭望向查理兒子的墳墓，我看到查理正瞪著我們。他動也不動的站在那裡，雙手垂在兩側，從這個距離看過去，他看起來非常老，而且非常瘦。

「我可以過去嗎？」我問。

「去吧！」爸爸說。

我開始走向查理，突然間我聽到媽咪叫我，「等一下，札克。」

我轉身，看到媽咪正低頭看著我剛才放在安迪墓前的花。整束花都是白色的，有些花瓣很大，有些花瓣極小，像堆積在一起的小雪花。所有的花瓣都朝下，看起來十分傷心的樣子。媽咪拾起其中兩朵，拿在肚子前好一會兒，似乎在擁抱它們。

「來！帶著這些……一起去吧！」媽咪一邊說，一邊把花遞給我。

我轉身，繼續走向查理。我在途中回頭兩次，看到媽咪和爸爸併肩站在一起看著我。當我走近查理時，我可以看到他的下巴抖得很厲害。

「嗨，查理。」我說。

「嗨，札克。」查理說。

「我們來向安迪道晚安。和你一樣。」

查理很慢很慢的點了點頭。

「媽咪昨天告訴電視新聞的人，說她不想再吵架了。」我告訴查理，然後我想起我還拿著花，於是我把它們遞給查理。

查理咳了一聲，下巴仍然抖得很厲害。「我看到了。」他說。

「我想過來自己告訴你。媽咪和爸爸說我可以來。」

「謝謝你，札克。」查理說。

「不過，媽咪現在還不想和你講話。」

「我了解。」查理說，他望向我身後爸爸和媽咪站的地方，臉上表情看起來好悲傷。他緊抿著嘴脣，對著媽咪和爸爸站的方向稍微舉高那兩朵花。

我脫下手套，將手伸進長褲口袋裡。我拿出天使翅膀，用手指摩擦，然後我將它放在掌心，遞給查理。

「這個送給你。」我告訴他。查理拿起吊飾，仔細觀察。

「這是什麼？」他問。

「它代表了愛和保護。」我說：「它代表你兒子仍然和你在一起。」

查理瞪著他手中的吊飾好久好久，他的下巴一直抖、一直抖，然後他輕聲對我說：「謝謝。」聲音好小好小，小到我差一點就聽不到。

我又和查理站了一會兒，但是我不知道還能說什麼，於是我說：「耶誕快樂。」查理也說：「耶誕快樂。」然後我走回爸爸和媽咪身邊，差不多該向安迪道晚安了。

「我們可以唱我們睡覺前一起唱的歌嗎？」我問。

媽咪微微一笑。「噢，札克。我覺得我現在沒辦法唱，不如我們用念的吧？」於是我們就用念的。我們輪流念出那首歌的歌詞。

安迪・泰勒，
安迪・泰勒，
我們愛你。
我們愛你。
你是我們英俊的寶貝，
我們會永遠愛你，
永遠會。
永遠會。

我們呼出的氣在空氣中形成一朵朵的白雲。

我可以感覺土地的寒意穿透我的鞋子，我用力踏了兩下想溫暖我的腳，我的手指也覺得好冷，於是我將戴著手套的手舉到嘴巴前吹氣。

「我來！」媽咪說。她在我面前蹲下，往我的手套呼氣，我的手指立刻暖和了起來。

我望著媽咪的臉，她看起來好像也很冷。她的鼻子是紅的，臉頰上起了一顆顆的雞皮疙瘩。她的臉看起來非常疲倦，非常悲傷。我伸出雙手緊緊擁抱她，我們在安迪墓前維持這個姿勢好久好久。媽咪蹲著，我張開雙臂擁抱她。

「我們現在應該對他道晚安了嗎？」爸爸輕聲問我們。

我鬆開手，媽咪望向安迪的墓碑，又開始哭了起來。

「晚安，小寶貝。」媽咪耳語。

「晚安，安迪。」我說。

「晚安。」爸爸說。

媽咪站起來。我們一起看著安迪的墓好一會兒，然後轉過身。爸媽走在兩旁，我走在中間，我們一起走下山坡，走回停車的地方。我、爸爸和媽咪。

少年天下系列 045
# 被遺忘的孩子

作　　者｜瑞安儂・納文（Rhiannon Navin）
譯　　者｜卓妙容

責任編輯｜李幼婷
封面設計｜蕭旭芳
內頁排版｜極翔企業有限公司
行銷企劃｜葉怡伶

天下雜誌群創辦人｜殷允芃
董事長兼執行長｜何琦瑜
兒童產品事業群
副總經理｜林彥傑
總編輯｜林欣靜
主編｜李幼婷
版權主任｜何晨瑋、黃微真

出版者｜親子天下股份有限公司
地址｜台北市 104 建國北路一段 96 號 4 樓
電話｜（02）2509-2800　傳真｜（02）2509-2462
網址｜www.parenting.com.tw
讀者服務專線｜（02）2662-0332　週一～週五：09:00~17:30
讀者服務傳真｜（02）2662-6048
客服信箱｜bill@cw.com.tw

法律顧問｜台英國際商務法律事務所・羅明通律師
製版印刷｜中原造像股份有限公司
總經銷｜大和圖書有限公司　電話：（02）8990-2588

出版日期｜2018 年 7 月第一版第一次印行
　　　　　2022 年 7 月第一版第七次印行
定　　價｜380 元
書　　號｜BKKNF045P
I S B N ｜978-957-9095-86-0（平裝）

訂購服務
親子天下 Shopping ｜ shopping.parenting.com.tw
海外・大量訂購｜ parenting@cw.com.tw
書香花園｜台北市建國北路二段 6 巷 11 號　電話（02）2506-1635
劃撥帳號｜ 50331356 親子天下股份有限公司

國家圖書館出版品預行編目資料

被遺忘的孩子 / 瑞安儂 . 納文 (Rhiannon Navin) 文 ; 卓妙容譯 . -- 第一版 . -- 臺北市 : 親子天下 , 2018.07
352 面 ; 14.8×21 公分 . -- ( 少年天下系列 ; 45)
譯自 : Only child
ISBN 978-957-9095-86-0( 平裝 )
874.59　　107009569